Rebecca Michéle

Die Braut sieht rot

Die Braut sieht rot

Ein Cornwall-Krimi von

Rebecca Michéle

DRYAS

Michéle, Rebecca: Die Braut sieht rot.
Ein Cornwall Krimi
Dryas Verlag 2020

1. Auflage
ISBN 978-3-948483-10-4

Dieses Buch ist auch als E-Book erhältlich und
kann über den Handel oder den Verlag bezogen werden.
E-Book ISBN 978-3-948483-13-5

Lektorat: Christa Pohl, Heßdorf
Korrektorat: Emilia Endler, Hamburg
Umschlaggestaltung: © Guter Punkt, München (www.guter-punkt.de)
Umschlagmotiv: © Guter Punkt unter Verwendung von Motiven von
Koldunov, pictus photograph und Nastco (alle gettyimages)
und mrmhf/shutterstock
Satz: Dryas Verlag, Hamburg
Gesetzt aus der Aldus Nova Pro
Druck: CPI books GmbH, Ulm

Bibliografische Information der Deutschen Nationalbibliothek:
Die Deutsche Nationalbibliothek verzeichnet
diese Publikation in der Deutschen Nationalbibliografie;
detaillierte bibliografische Daten sind im Internet über
http://dnb.d-nb.de abrufbar.

Der Dryas Verlag ist ein Imprint der
Bedey Media GmbH,
Hermannstal 119k, 22119 Hamburg.

---

http://www.dryas.de
Gedruckt in Deutschland

EINS

Cornwall, Juni 2001

Das Erste, was sie sah, war ein großes Bukett dunkelroter Baccararosen.

»Wie wunderschön!« Sie rutschte vom Barhocker und ging dem attraktiven Mann mit dem Rosenstrauß entgegen.

»Herzlichen Glückwunsch zum Geburtstag, mein Schatz!«

Mit dem freien Arm umarmte er sie. Zärtlich küssten sie sich. Dann blickte er sich um und winkte einem der Ober.

»Sind Sie bitte so freundlich und bringen uns eine Vase?«

»Selbstverständlich, und Ihr Tisch ist jetzt auch bereit.« Der Kellner geleitete sie zu einem Zweiertisch im Erker mit bodentiefen Fenstern, dann eilte er dienstbeflissen davon, um die Vase zu holen.

Gentlemanlike rückte er ihr den Stuhl zurecht und wartete, bis sie Platz genommen hatte, bevor auch er sich setzte.

»Du verwöhnst mich«, sagte sie, einen feuchten Schimmer in den Augen. »Die Rosen waren bestimmt sehr teuer, dann das Abendessen in einem der besten Restaurants in Cornwall …«

»Es ist dein Geburtstag«, entgegnete er schlicht, nahm ihre Hand und drückte sie sanft. »Es tut mir leid, dass ich dich habe warten lassen. Zwischen Carland Cross und Chiverton

Cross ist ein LKW liegengeblieben. Der Verkehr staute sich auf mehrere Meilen.«

»Wie immer.« Sie seufzte. »Es wird Zeit, dass dieses Nadelöhr der A 30 endlich ausgebaut wird.«

»Habe ich dir schon gesagt, wie wunderschön du aussiehst?« Er zwinkerte ihr zu. »Das Kleid steht dir ausgezeichnet.«

»Ach, das ist alt.« Sie errötete wie ein Teenager, dabei war heute ihr einunddreißigster Geburtstag. Komplimente hörte jede Frau gern.

Der Ober brachte die Speisekarten und fragte nach den Getränkewünschen.

»Bringen Sie uns bitte eine Flasche Champagner«, sagte der Mann. »Den besten, den Sie haben.«

Sie runzelte die Stirn. »Wir müssen beide Auto fahren ...«

»Der Abend ist noch jung«, wiegelte er ab.

Aus der kleinen, exquisiten Speisekarte wählten sie ein Fünf-Gänge-Menü für zwei Personen: Shrimps-Cocktail an Salatgarnitur, Hummersuppe, pochierten Lachs an Weinschaumcreme mit jungen Kartoffeln, Nougat-Schokoladen-Trifle, zum Abschluss gesalzene Biskuits, kornischen Käse und Kaffee.

Sie aßen langsam, genossen jeden Bissen. Durch das Fenster warf die Dämmerung ein sanftes, rosafarbenes Licht auf ihre Gesichter. Das Restaurant lag auf einer Anhöhe über St Ives, der Blick aus dem Fenster schweifte über die weite Bucht bis zu den langen Sandstränden von Hayle. Die letzten Sonnenstrahlen blitzten auf den kleinen Wellen, die sanft auf den weißen Sandstrand des Porthmeor Beach trafen. Der Tag war warm und sonnig gewesen, immer noch tummelten sich zahlreiche Surfer in den Wellen.

»Ich bekomme keinen Bissen mehr hinunter«, sagte sie, als nach dem letzten Gang der Kaffee serviert wurde. »So köstlich habe ich noch nie gegessen.« Sie sah ihn liebevoll an. »Ich danke dir für diesen wundervollen Abend.«

Aus der Innentasche seines perlgrauen Jacketts nahm er eine kleine Schachtel aus dunkelblauem Samt und schob sie über das blütenweiße Tischtuch ihr zu. »Ich habe noch ein Geschenk für dich.«

»Noch eines?« Sie schüttelte den Kopf. »Die wundervollen Rosen, das exzellente Essen und die Zeit mit dir heute Abend – das sind mehr als genug Geschenke. Es ist der schönste Geburtstag, den ich je gefeiert habe.«

»Mach es auf, bitte!«

Zögernd nahm sie das Schächtelchen. Der Deckel sprang auf. Auf blauem Samt schimmerte ein Entouragering. Weißgold mit einem ovalen Smaragd, gefasst in glitzernde Brillanten.

»Oh!« Ihre Augen weiteten sich. »Das kann ich doch nicht annehmen.«

Er griff nach ihrer Hand, sah sie ernst an und fragte: »Möchtest du meine Frau werden?« Sie schluckte, unfähig, etwas zu sagen. Damit hatte sie nicht gerechnet. Sie hatte nicht geglaubt, dass er diese Frage jemals stellen würde. »Ich weiß, die letzten Monate waren nicht einfach für dich«, fuhr er fort. »Es tut mir leid, dass ich dich so lange im Unklaren gelassen habe. Nun aber habe ich meine Entscheidung getroffen.«

»Bist du dir sicher?« Zweifelnd sah sie ihn an. Sie mochte zwar Romantik, war aber Realistin genug, sich nicht in Wunschträume zu verlieren, mochten sie noch so wundervoll sein. »Ich meine, hast du …?«

Er nickte. »Es ist alles geklärt, es ist nur eine Frage der Zeit. In ein paar Monaten, spätestens in einem Jahr werden wir heiraten können.« Zärtlich nahm er ihre Hand und steckte das Schmuckstück an ihren rechten Ringfinger. »Betrachte dich ab sofort als verlobt.«

Sie lehnte sich zurück, schloss die Augen und wünschte sich, diesen Moment einfangen und für immer festhalten zu können.

Um halb elf Uhr verließen sie Arm in Arm das Restaurant. Im Westen zeigte sich immer noch ein Streifen Helligkeit. Im Juni waren die Nächte in Cornwall kurz. Er hatte seinen Wagen direkt neben ihrem geparkt. Als sie die Autoschlüssel aus der Handtasche holte, hielt er sie am Handgelenk fest.

»Wenn du möchtest, bleibe ich die ganze Nacht bei dir.«

»Wirklich?«

»Das Versteckspiel ist zu Ende«, antwortete er fest. »Lass uns deinen Wagen nehmen. Ich habe nur ein Glas Champagner getrunken und danach gut gegessen.«

»Wir könnten ein Taxi rufen.«

»Glaub mir, wenn ich nicht sicher wäre, würde ich das Risiko nicht eingehen. Besonders mit so einer kostbaren Fracht an meiner Seite.« Zärtlich küsste er sie auf die Stirn.

Sie kicherte und fühlte sich beschwipst. Nicht allein vom Champagner, sie war trunken vor Glück.

»Was ist mit deinem Wagen?«

»Den hole ich morgen. Entweder nehme ich mir ein Taxi, oder du fährst mich nach St Ives.«

»Ich fahre dich überall hin«, erwiderte sie. »Wenn es sein muss, auch ans Ende der Welt. Hauptsache, ich kann bei dir sein.«

Sie wohnte in dem Dorf Sennen, etwa zwanzig Meilen

südwestlich von St Ives und in der Nähe von Land's End, dem südwestlichsten Punkt der britischen Insel. Er nahm die längere, landschaftlich schönere Strecke über die B 3306. Die Straße war gewunden und schmal, an manchen Stellen nur für einen PKW befahrbar. Um diese späte Uhrzeit indes kamen ihnen nur wenige Autos entgegen, Linienbusse fuhren keine mehr.

Auf der Höhe des Dorfes Zennor deutete sie auf den gedrungenen, normannischen Kirchturm, der von zwei Scheinwerfern in ein sanftes Licht getaucht war.

»Können wir hier heiraten?«

»Warum ausgerechnet in Zennor?«

»Als Kind haben mich meine Eltern mal in die Kirche mitgenommen«, erklärte sie, »mir von der Legende der Meerjungfrau von Zennor erzählt und die Schnitzerei an der Kirchenbank gezeigt. Das hat mich fasziniert. Es ist zwar eine Sage mit einem tragischen Ausgang, zugleich aber auch die Geschichte einer immerwährenden Liebe.«

»Wie die unsere, nur dass diese gut enden wird. Wenn du es möchtest, heiraten wir in dieser Kirche.«

»Danke.«

Sie lehnte ihren Kopf gegen seine Schulter. Schemenhaft schälten sich die Überreste der Kamine der einstigen Bergwerke aus der Dunkelheit. Sie fuhren durch Morvah, Pendeen, vorbei an der Gevor Tin Mine, einer touristischen Sehenswürdigkeit der Gegend, durch Botallack mit seinen uralten, geduckten Cottages aus braunem Stein. Hier schien die Zeit stehengeblieben zu sein. In zweihundert Jahren hatte sich in diesem Dorf kaum etwas verändert. Anders in St Just, der größten Stadt der Gegend. Hier saßen Teenager rund um das steinerne Marktkreuz, vor dem örtlichen Pub, dem King's

Arms, waren alle Tische besetzt. Die milde Abendluft zog die Menschen nach draußen.

Als der Lichtkegel der Scheinwerfer auf die ersten Häuser von Sennen fiel, sagte sie: »Es ist ein so schöner Abend, und ich bin noch nicht müde. Sollen wir uns eine Zeitlang an den Strand von Sennen Cove setzen?«

Er lachte unbeschwert. »Dasselbe wollte ich auch gerade vorschlagen.«

Er setzte den Blinker und bog nach rechts ab. Die schmale Cove Road, gesäumt mit hohen, begrünten Trockensteinmauern, schlängelte sich zur Küste hinunter. Sie öffnete das Fenster der Beifahrerseite, kuschelte sich in den Sitz, schloss die Augen und sog die würzige Seeluft ein. Er nahm die erste Linkskurve.

»Zum Teufel aber auch …«

Sie schreckte hoch. »Was ist los?«

»Die Bremsen …« Er keuchte. »Verdammt!« Jetzt ging es steil nach unten, der Wagen nahm immer mehr Fahrt auf.

»Langsam!«, schrie sie. »Mach doch langsam!«

»Die Bremse reagiert nicht.«

Hektisch trat sein Fuß immer wieder auf das Pedal. Der Wagen wurde immer schneller. Er riss das Lenkrad nach rechts, um die nächste Kurve zu nehmen. Das Geäst der Hecken kratzte an der Karosserie, mit einem scheppernden Geräusch streifte das Heck die Mauer.

»Halt dich fest!«

Sie klammerte sich an den Sitz. Alles geschah so blitzschnell, dass sie keinen klaren Gedanken fassen konnte. Das Meer lag jetzt unmittelbar vor ihnen. Nur noch getrennt durch den Gehweg und ein halbhohes Geländer aus Metall. Er versuchte, nach links zu lenken. Der Wagen war zu schnell, das Heck brach aus, schleuderte über den Gehweg und durchbrach das Geländer. Wie ein Pfeil schoss das Auto ins Wasser.

Sie umklammerte den Ring an ihrer Hand und wusste, dass die Stunden ihres Glücks unwiderruflich vorbei waren.

ZWEI

Cornwall, August 2019

Mit der flachen Hand strich Sandra Flemming über die faltenlose Tischdecke, dann schob sie ein Wasserglas ein paar Millimeter zur Seite, als Nächstes rückte sie einen Stuhl zurecht.

»Stimmt etwas nicht, Sandra?« Die ältere Frau mit den herben Gesichtszügen und einem fliehenden Kinn sah Sandra fragend an.

»Sind die Blumen geliefert worden?«

»Ja, Sandra, wir stellen sie aber erst vor ihrer Ankunft in die Vasen, damit sie frisch bleiben.«

»Monsieur wird das Essen pünktlich fertig haben?«

»Auch das, Sandra.« Eliza Dexter schmunzelte. »Es wird alles reibungslos funktionieren und zu Ihrer Zufriedenheit sein.«

»Sandra, bist du fertig?« Ein hochgewachsener, schlanker Mann stand in der Tür. Das Auffälligste an ihm waren seine karottenroten Haare. »Wir müssen los. Du willst doch nicht zur Taufe deines Patenkindes zu spät kommen?«

»Einen Moment noch«, rief Sandra. »Ich möchte nochmal mit Monsieur Peintré sprechen.«

»Chief Inspector!« Eliza Dexter trat zu dem Rothaarigen.

»Können Sie nicht polizeilich anordnen, dass Sandra das Hotel umgehend verlassen muss? Sie könnten sie ja abführen.« Eliza zwinkerte DCI Christopher Bourke verschwörerisch zu. »Wenn nötig in Handschellen.«

»Es ist gut, ich geh' ja schon!« Sandra lachte. »Ich möchte nur, dass bei diesem besonderen Anlass alles perfekt ist.«

»Das wird es sein, Sandra.« Mit sanfter Gewalt schob Eliza ihre Chefin zur Tür. »Wir haben seit Wochen alles bis ins kleinste Detail organisiert. Von dieser Tauffeier wird in Cornwall noch lange gesprochen werden – und zwar im positiven Sinn.«

»Ich weiß, dass ich mich auf Sie, Eliza, auf alle hier im Haus verlassen kann«, erwiderte Sandra.

»Ms und Mr Trengove sind Ihre Freunde«, erwiderte Eliza. »Es ist nur zu verständlich, dass der heutige Tag absolut perfekt verlaufen muss.«

»Solange nicht jemand ums Leben kommt ...«

»Sandra!«, rief Christopher entrüstet. »Mal den Teufel nicht an die Wand!«

»Es war nur Spaß«, erwiderte Sandra. »Du glaubst gar nicht, wie froh ich bin, dass es seit Monaten in der Gegend keinen Mord mehr gegeben hat.«

»Heute dürfen Sie an so etwas nicht einmal denken.« Eliza hob ermahnend den Finger. »Jetzt ab mit Ihnen, Sandra, DCI Bourke, nicht, dass der Gottesdienst ohne Sie anfängt.«

Sandra hatte es sich nicht nehmen lassen, die Tauffeier für das Kind ihrer Freunde in ihrem Hotel auszurichten. Als Ann-Kathrin sie gefragt hatte, ob sie die Patin für das Mädchen sein wolle, hatte Sandra ihre Tränen der Rührung nicht verborgen und freudig zugestimmt.

Sandra und Christopher waren bereits an der Ausgangstür, da schepperte und klirrte es lautstark aus dem hinteren Bereich des Erdgeschosses, gefolgt von einem lauten, ärgerlichen Schimpfen: »Kannst du nicht aufpassen?«

»Ich kümmere mich darum«, sagte Eliza, aber Sandra war schon auf dem Weg zu den Wirtschaftsräumen, wo sich auch die Hotelküche befand.

Auf dem Fußboden des Korridors lagen Dutzende von Scherben, und Imogen, eines der Hausmädchen, lehnte mit hochrotem Kopf an der Wand.

»Ich räume das gleich weg, Ms Flemming!«, versicherte sie hastig. »Es tut mir so leid. Sie können das kaputte Geschirr von meinem Gehalt abziehen.«

»Es geht immer mal was zu Bruch«, sagte Sandra beruhigend. »Während meiner Ausbildung habe ich andauernd etwas fallenlassen oder zerschlagen.«

»Nur, dass das schon das dritte Mal in dieser Woche ist.« Unter dem Türsturz zur Küche stand ein kleiner, gedrungener Mann mit lichtem Haupthaar und einem dunklen, schmalen Oberlippenbart. Er funkelte das Hausmädchen zornig an. »Zum Glück war es heute nur das Geschirr für die Angestellten, vorgestern aber …«

»Ich sagte doch: Es tut mir leid!«, unterbrach Imogen den Koch heftig, ihre Lippen zitterten.

»Es ist nicht schlimm, Imogen«, tröstete Sandra. »Räum die Scherben weg und pass künftig besser auf.«

Sandra drehte sich um und kehrte in die Hotelhalle zurück.

»Es stimmt, was Monsieur Peintré gesagt hat«, bemerkte Eliza Dexter leise. Sie hatte alles mitangehört. »Seit einigen Tagen ist Imogen fahrig und unkonzentriert. Heute sagt man dazu auch: Sie ist total durch den Wind.«

»Davon haben Sie mir gar nichts gesagt, Eliza.«

Die Hotelmanagerin zuckte mit den Schultern. »Ich wollte Sie nicht mit den Problemen einer Angestellten belasten, Sandra, Sie haben genügend anderes um die Ohren.«

»Ich werde mit Imogen sprechen«, murmelte Sandra und sah auf die antike, französische Kaminuhr. »Jetzt müssen wir aber wirklich los.«

»Sag' ich doch schon seit zehn Minuten«, murrte Christopher Bourke – und da Sandra den Sitz ihres weinroten Fascinators in Form einer Blüte im Spiegel überprüfte: »Du siehst wunderschön aus, Sandra, wie immer. Heute steht allerdings die kleine Demelza im Mittelpunkt.«

Draußen schlug ihnen heiße Luft entgegen. Der Himmel war azurblau und von keiner Wolke getrübt, es wehte nur ein leichter Wind.

»Ist das wieder heiß!« Sandra stöhnte. »Im letzten Jahr hat es die Sommerferien hindurch fast nur geregnet.«

»Tja, das ist Cornwall. Kälte und Regen im August, Wärme und Sonne an Weihnachten. Manchmal erleben wir alle Jahreszeiten binnen einer Woche, selbst im Sommer. Freu dich über die Sonne und Wärme. Bei gutem Wetter fühlen sich die Besucher gleich wohler.«

»Demelza ... ein schöner, aber seltener Name«, sagte Sandra, nachdem Christopher den Wagen gestartet hatte und langsam das Hotelgelände verließ. »Ich habe ihn nie zuvor gehört.«

»Demelza ist ein alter kornischer Name, er bedeutet so viel wie starke Festung« erklärte Christopher. »Dass der Name dir fremd war, ist ein Beweis dafür, dass du eindeutig zu viel arbeitest.«

»Was hat meine Arbeit mit dem Namen der Tochter unserer Freunde zu tun?«

Der DCI schmunzelte. »Ann-Kathrin nennt ihre Tochter so, weil sie ein Fan der Fernsehserie Poldark ist. Eine der Protagonistinnen heißt Demelza. Sie hat keine Folge versäumt, wobei die Produktionen auf den Büchern des Autors Winston Graham beruhen. In den 1970er-Jahren gab es schon mal eine Fernsehserie, die Neuverfilmung brach in England aber alle Rekorde und war ein regelrechter Straßenfeger.«

»Klar habe ich von Poldark gehört«, erwiderte Sandra. »Der Hauptteil der Drehabreiten fand schließlich in Cornwall statt. Seitdem kommen noch mehr Touristen in den Westen, um auf Poldarks Spuren zu wandeln. Veranstalter bieten Touren zu den Drehorten an.« Grübelnd rieb sich Sandra den Nasenrücken und murmelte: »Vielleicht sollte ich es doch mal anschauen. Ann-Kathrin hat mir immer wieder davon vorgeschwärmt.«

Ann-Kathrin Trengove, Sandras Freundin, hatte vor acht Wochen ihr erstes Kind zur Welt gebracht. Ihr Mann Alan platzte ob seines Nachwuchses beinahe vor Stolz. Alan Trengove war der erfolgreichste Anwalt Cornwalls, zu seinen Klienten zählte alles, was im Südwesten Rang, Namen und auch Geld hatte. Dennoch war der Endvierziger ein herzensguter Mensch, ohne Standesdünkel und stets hilfsbereit denen gegenüber, die Hilfe brauchten und sich eine teure Anwaltsvertretung nicht leisten konnten. Sandra kannte Alan seit drei Jahren. Seitdem hatte er keinen Fall vor Gericht verloren und ihr mehrmals aus der Klemme geholfen. Ann-Kathrin war gerade vierzig geworden. Sie war klein, nicht ganz schlank, aber quirlig und temperamentvoll.

Sandra lehnte sich im Polster von Christophers Rover zurück. Seit der Schwangerschaft ihrer Freundin dachte sie hin und wieder daran, wie es wäre, selbst ein Kind zu haben. Sie wusste, Christopher war dem nicht abgeneigt. Sie waren aber erst seit einem Dreivierteljahr ein Paar. Ihre Beziehung verlief harmonisch, was auch daran lag, dass sie sich oft tagelang nicht sahen. Christopher Bourke war der Detective Chief Inspector von Lower Barton, dem kleinen Ort, der zu dem einstigen herrschaftlichen Landsitz Higher Barton gehörte. Ann-Kathrin und ihr Mann Alan wohnten in Truro. An der Grundschule in Polperro unterrichtete Ann-Kathrin Kinder zwischen fünf und zehn Jahren und liebte jede einzelne kleine Range. Wie Ann-Kathrin mit Leib und Seele Lehrerin war, machte auch Sandra ihr Beruf als Hotelfachfrau großen Spaß. Für sie war es nicht nur ein Beruf, sondern Berufung. Der Umgang mit Menschen unterschiedlichster Charaktere, sich jeden Tag auf neue Gesichter und Situationen einzustellen – das liebte Sandra, denn eine tägliche Gleichförmigkeit war überhaupt nicht ihr Ding. In Eliza Dexter hatte Sandra eine zuverlässige und loyale Managerin für das Higher Barton Romantic Hotel. Sandra selbst versuchte, sich um jeden Gast einzeln zu kümmern und ihm den Aufenthalt so angenehm wie möglich zu machen. Im Herbst wurde sie sechsunddreißig Jahre alt. Ann-Kathrin war bei der Geburt vierzig gewesen. In der heutigen Zeit waren Schwangerschaften in diesem Alter kein großes Problem.

»Alles okay, Darling?«, fragte Christopher.

»Wie?« Sandra schreckte auf. »Was meinst du?«

»Na ja, du hast gerade geseufzt, als läge alle Last der Welt auf deinen zarten Schultern. Du hast doch nicht wieder einen Verbrecher am Hals?«

Sandra gab Christopher einen spielerischen Klaps auf den Oberschenkel.

»Keine Leichen, keine verschwundenen Menschen, keine

versteckten Mörder. Seit Monaten ist Higher Barton ein ganz normales Hotel mit einem ausgezeichneten Service.«

»Woran hast du denn gerade gedacht?«, fragte Christopher.

»An ein eigenes Kind.«

»Wie bitte?« Für einen Moment schlingerte der Wagen, Christopher hatte ihn aber sofort wieder im Griff.

Sie grinste. »Keine Angst, Christopher, ich bin nicht schwanger. Und ich möchte es in der nächsten Zeit auch nicht werden«, fügte sie hinzu. »Ich mag Kinder, aber im Moment passen sie eher nicht in meine Planung.«

Christopher nickte. »Wir haben noch viel Zeit, Darling. Als Patentante kannst du mit der kleinen Demelza schon mal ein bisschen üben.«

»Sofern Ann-Kathrin das Mädchen mir überlässt«, erwiderte Sandra. »Wie Helikoptereltern schätze ich die beiden allerdings nicht ein.«

Sie waren in Lower Barton angekommen. Rund um die Kirche mit dem gedrungenen Kirchturm aus dem 12. Jahrhundert standen Dutzende von Autos, vorrangig Modelle der Oberklasse. In seiner Position hatte Alan viele Angehörige der oberen Gesellschaftsschicht einladen müssen. Ann-Kathrin hätte am liebsten eine kleine Tauffeier gehabt, verstand aber, dass ihr Mann gesellschaftlichen Verpflichtungen nachkommen musste. Es betraf ja auch nur die Feier in der Kirche. Beim späteren Empfang und dem Essen in Higher Barton würden sie nur vierzig Gäste sein.

Ganz Gentleman öffnete Christopher die Beifahrertür und reichte Sandra die Hand zum Aussteigen. Sie zupfte den Rocksaum ihres weinroten Kostüms zurecht und hängte sich bei Christopher ein.

»Dann wollen wir mal. Ich glaube, ich bin aufgeregter als

die Eltern. Hoffentlich vergesse ich nicht meinen Text. Ich hätte mir doch einen Spickzettel mitnehmen sollen.«

»Von dem du am Altar ablesen willst? Tz, tz, tz.« Gespielt empört schüttelte Christopher den Kopf. »Du machst das schon! Die Kleine wird auf ihre Patentante stolz sein.«

Christopher behielt recht. Fehlerlos, ohne einmal zu stocken, sprach sie nach den Eltern laut und deutlich ihr Taufgelöbnis. Das Mädchen sah sie dabei aus großen blauen Augen an, als verstünde es jedes Wort. Als der Vikar ihre Stirn mit Wasser benetzte, brüllte Demelza laut und durchdringend. *Von wegen manche Babys verschlafen ihre Taufe,* dachte Sandra belustigt. Ann-Kathrin wiegte ihre Tochter liebevoll, und die Kleine beruhigte sich langsam wieder. Es war ein schöner Gottesdienst. Sandra merkte gar nicht, wie schnell die Zeit verflogen war, als Vikar Alverton mit den Worten endete: »Leuchte als ein Licht der Welt in der Ehre Gottes.«

Vor der Kirche, beim Glockengeläut, schüttelte Sandra dem Vikar die Hand.

»Nun haben Sie ja doch den Weg in unsere Kirche gefunden«, sagte er.

»Wie Sie wissen, bin ich keine Kirchgängerin «, erwiderte Sandra. »Dennoch möchte ich Ihnen bei der Gelegenheit zur Beförderung gratulieren.«

Der Vikar winkte ab. »Ob Reverend oder Vikar: Der Dienst an der Christenheit bleibt derselbe.«

»Sie kommen doch auch zur Feier nach Higher Barton?«, fragte Sandra.

»So gern ich dies möchte, Ms Flemming, aber ich bedaure. Andere Pflichten erwarten mich. Sie sehen heute wieder sehr hübsch aus, wenn ich das sagen darf.«

Es hatte mal eine Zeit gegeben, in der der dunkelhaarige, blauäugige Geistliche mit dem gepflegten Dreitagebart mit Sandra geflirtet hatte. Als Angehöriger der Church of England durfte er ja Beziehungen eingehen und auch heiraten. Damals hatte Sandras Herz ein bisschen schneller geschlagen. Ihre tiefen, aufrichtigen Gefühle gehörten aber Christopher Bourke. Trotzdem schmeichelten ihr seine Worte.

Sie verabschiedete sich von dem Vikar und trat zu Ann-Kathrin und Alan. Die kleine Demelza war inzwischen eingeschlafen, ruhig lag sie im Arm ihres Vaters.

»Demelza Sarah Victoria«, sagte Sandra. »Das sind wunderschöne Namen. Wie werdet ihr sie rufen?«

»Demi«, sagte Alan schnell. »Gegen den Namenswunsch meiner Frau konnte ich mich wie meistens nicht durchsetzen«, er zwinkerte Ann-Kathrin zu, »Demelza klingt aber viel zu hochtrabend für so ein kleines, zerbrechliches Wesen.«

»Bei Demi denkt jeder doch gleich an Demi Moore und an den Film Ghost«, sagte Ann-Kathrin trocken. »Außerdem hat sie auch den Namen deiner Großmutter, Victoria, erhalten.«

»Ich bin sicher, Demi-Demelza wird eine eigene, starke Persönlichkeit entwickeln«, bemerkte Sandra. »Sarah heißt deine Mutter, Ann-Kathrin, nicht wahr?«

Die Freundin nickte. »Hast du meine Eltern schon begrüßt? Nein? Sie stehen da vorne, ich stelle dich ihnen vor. Dann fahren wir nach Higher Barton. Ich habe so großen Hunger, ich könnte ein ganzes Lamm verspeisen.«

»Kein Lamm im August.« Sandra lachte. »Du musst leider mit Rind und Geflügel vorliebnehmen.«

»Solange es zum Nachtisch die köstliche Schokoladentorte von deinem genialen Koch gibt, esse ich alles.« Ann-Kathrin hängte sich bei Sandra ein und führte sie zu ihren Eltern.

DREI

Erleichtert und mit einem zufriedenen Lächeln lehnte sich Sandra gegen den Tresen der Rezeption und sah dem letzten Gast nach. Natürlich war die Tauffeier perfekt verlaufen und das Essen von allen gelobt worden. Zwischendurch war Ann-Kathrin mal in Sandras Büro gegangen, um Demelza zu stillen. Gerührt, mit feuchten Augen, hatte Sandra zugesehen und sich gewünscht, malen zu können, um dieses idyllische Bild für immer auf eine Leinwand zu bannen. Keine Fotografie konnte dem wirklich gerecht werden.

»Ich werde alles tun, um Demi eine gute Patentante zu sein«, hatte Sandra geflüstert.

»Sei einfach du selbst, dann wird Demelza dich lieben.«

Christopher kam, um sich von Sandra zu verabschieden.

»Ich habe heute Nachtdienst«, erklärte er. »Sergeant Greenbow wird froh sein, wenn ich endlich komme und ihn ablöse, damit er den Sonntagabend mit seiner Familie verbringen kann.«

»Ihr bekommt keinen Constable zur Unterstützung?«

Christopher schüttelte den Kopf und seufzte. »Greenbow ist zwar zum Detective Sergeant befördert worden, eine zusätzliche Stelle wird unserem kleinen Revier aber nicht zugestanden.«

»Dabei ist in Lower Barton doch immer was los!«

»Solange du meinst, Verbrecher überführen zu müssen, bekomme ich nie einen weiteren Kollegen oder eine Kollegin«, erwiderte Christopher trocken. Er küsste Sandra auf die Lippen. »Morgen muss ich für drei Tage zur Fortbildung nach Exeter. Versuch bitte, in der Zeit nicht wieder über eine Leiche zu stolpern.«

»Ach du!« Sie knuffte Christopher in die Seite. »Als ob ich scharf darauf wäre, immer wieder in Mordfälle verstrickt zu werden.«

»Mord?«, sagte eine tiefe Stimme hinter ihnen. »Höre ich ›Mord‹? Ist wieder was passiert?«

»Zum Glück nicht«, riefen Sandra und Christopher unisono, und Sandra ergänzte: »Hatten Sie einen schönen Nachmittag, Major?«

»Es war zu heiß für einen Spaziergang«, antwortete der kahlköpfige Mann mit dem grauen Vollbart. »Gut, dass die Räume in einem alten Gemäuer wie Higher Barton im Hochsommer angenehm kühl sind.«

Deswegen im Winter schwer zu heizen, dachte Sandra, sagte aber laut: »Wenn Sie Tee trinken möchten, Major, sage ich Lucas Bescheid. Er serviert Ihnen den Tee hier in der Halle, im Restaurant muss erst aufgeräumt und saubergemacht werden.«

»Ich nehme den Tee gern in der Halle ein.«

Der Major setzte sich in einen bequemen Sessel vor dem großen Kamin, in dem locker ein Mann hätte stehen können. Major Collins lebte im Romantic Hotel. Er war vermögend, ohne Familie und hatte sich entschlossen, anstatt allein in einem großen Haus zu leben, lieber alles zu verkaufen und die Annehmlichkeiten eines Rund-um-die-Uhr-Services in

Higher Barton zu genießen. Er war ein angenehmer, ruhiger Gast. Bis zu seiner Pensionierung vor fünfzehn Jahren hatte er in der Royal Air Force gedient. Von dieser Zeit erzählte der Major gern häufig und ausführlich. Dass er dabei manchmal etwas übertrieb, wurde ihm von allen verziehen.

»Sie machen jetzt auch Feierabend«, sagte Sandra zu Eliza, nachdem Christopher gegangen war. »Ich erledige den Rest und übernehme den Abenddienst. Im Büro liegen bereits die ersten Anfragen für Weihnachten.«

Eliza nickte. »Wenn man in Cornwall zum Fest und Jahreswechsel ein freies Hotelzimmer und einen Platz bei einem Weihnachtsdinner bekommen will, muss man rechtzeitig buchen. Sind Sie sicher, dass Sie sich heute Abend nicht freinehmen möchten?«

»Ganz sicher!« Sandra schmunzelte. »Ich danke Ihnen für die wunderbare Tauffeier. Sie haben den Tag hervorragend gemanagt, Eliza. Monsieur Peintré und Rosa habe ich bereits gedankt. Das Menü hat allen hervorragend geschmeckt, Ann-Kathrins Mutter lobte besonders die kalte Melonen-Limetten-Soße zu den Jakobsmuscheln. Über die immer wieder neuen Kreationen von Monsieur bin ich überrascht. Unser Koch scheint ein unendliches Repertoire an Rezepten zu haben.«

»Und einen besonders feinen Gaumen«, ergänzte Eliza. »Rosa sagte mir, Monsieur Peintré habe die heutige Suppe selbst kreiert. Loben Sie ihn aber bloß nicht zu sehr, Sandra! Nicht, dass er wieder abhebt. In den letzten Monaten ist Peintré beinahe zu einem normalen, umgänglichen Mann geworden.«

»Pst, Eliza!« Sandra legte einen Finger auf ihre Lippen.

»Ohne Peintré wäre das Restaurant wohl weniger gut besucht. Er darf es nur nicht erfahren.«

Eliza lachte, holte aus dem Büro ihre Handtasche und ging nach oben. Sie, der Koch Monsieur Peintré und das Küchenmädchen Rosa Piotrowski wohnten im Hotel. Im westlichen Dachgeschoss, wo früher die Zimmer für das Personal gewesen waren, hatte jeder eine gemütliche Suite mit eigenem Badezimmer. Sandra Flemming bewohnte ein dreihundert Jahre altes Cottage in der Nähe des Hotels. Früher hatte das Haus den verheirateten Angestellten gedient. Nun ja, wohnen war eigentlich zu viel gesagt. Sandra schlief in ihrem Cottage, duschte dort und trank morgens im Stehen eine Tasse Kaffee mit reichlich Milchschaum. Die meiste Zeit verbrachte sie im Hotel. Seit sie mit dem DCI von Lower Barton enger befreundet war, sorgte Christopher Bourke allerdings dafür, dass Sandra die Arbeit auch mal sein ließ und sich mehr Freizeit nahm. Nach Ostern waren sie zusammen für eine Woche in Sandras Heimat, nach Dufftown in Schottland, gefahren und hatten Sandras Eltern besucht. Zum Glück hatte Heather Flemming auf Anspielungen, wann Christopher und Sandra heiraten würden, verzichtet. Seit den Vorfällen während des vergangenen Weihnachtsfestes in Higher Barton hatte Heather mehr Vertrauen in ihre Tochter, mischte sich nicht ständig in ihr Leben ein oder gab ihr wohl gemeinte Ratschläge. Sandra liebte ihre Eltern zärtlich, sie wusste, Heathers übertriebene Sorge war auch ein Zeichen ihrer Liebe zur Tochter.

Sandra öffnete das Fenster im Büro und atmete tief ein. Das Fenster lag auf der Rückseite des Hauses. Bevor Higher Barton zu einem Romantic Hotel geworden war, war hier ein kleiner Küchen- und Kräutergarten gewesen. Heute erstreckte sich ein gepflegter Rasen, gesäumt von Blumenbeeten, in der Mitte eine mannshohe Statue des heiligen St Pirans, des Schutzheiligen Cornwalls. Von Ann-Kathrin wusste Sandra, dass auch St Petroc als Schutzheiliger galt. Was die Geschichte Südenglands betraf, war die Freundin ein wandelndes Lexikon, und Sandra wurde nicht müde, Ann-Kathrin zu lauschen, wenn sie von den Sagen und Legenden erzählte, die in keiner anderen Gegend Englands so zahlreich waren wie im Herzogtum Cornwall. Ann-Kathrin war es auch gewesen, die Sandra vorgeschlagen hatte, die Gästezimmer zu benennen, anstatt sie einfach durchzunummerieren.

»Du könntest Namen von Persönlichkeiten der Tudors nehmen«, hatte Ann-Kathrin vorgeschlagen. »Higher Barton wurde im 16. Jahrhundert erbaut, das würde gut passen.«

»Eine tolle Idee!«, hatte Sandra zugestimmt. »So können sich die Gäste mehr mit dem Haus identifizieren und lernen etwas über die Historie. Ich werde in jedem Raum die Geschichte zu den jeweiligen Persönlichkeiten auslegen und die Wände mit Bildern aus der Zeit schmücken. Natürlich keine echten Ölgemälde, die kann ich mir leider nicht leisten.«

Gleich am folgenden Tag hatte Sandra den Vorschlag in die Tat umgesetzt. Vor drei Jahren war sie aus Schottland nach Cornwall gekommen, um das Hotel zu managen. Ihr Anfang im Südwesten war voller Steine gewesen, inzwischen hatte sie sich aber eingelebt und wollte Cornwall nie wieder verlassen. Im letzten Jahr hatte Sandra Higher Barton gekauft, was sie jeden Tag aufs Neue mit großer Freude und Stolz erfüllte. Ihr Jugendtraum war Realität geworden – sie war ihr eigener Chef.

Sandra schmunzelte bei diesen Erinnerungen und überlegte, einen Spaziergang zu machen und den schönen Tag so ausklingen zu lassen. Allerdings wartete auf dem Schreibtisch eine Menge Arbeit. Das Hotel war bis auf das letzte Zimmer ausgebucht, alle paar Tage erfolgten An- und Abreisen. Im August war in Cornwall kaum noch ein freies Zimmer zu bekommen. Zwar wurden die Übernachtungsmöglichkeiten an den Küsten mit den langen, weißen Sandstränden und dem kristallklaren Wasser bevorzugt, aber gerade Landhotels wie Higher Barton waren bei den Gästen auch beliebt. Hierher kamen Besucher, die Ruhe und Erholung suchten und dem Trubel in den Ferienresorts entgehen wollten.

Sandra setzte sich an ihren Schreibtisch und schaltete den Rechner ein. Heute Abend wollte sie die Liste der Anmeldungen für die Regatta und die Carnival Week in Fowey durchgehen, um morgen dem Busunternehmen die genaue Anzahl der Gäste durchzugeben. Nächsten Sonntag begann die Festwoche in dem Städtchen an der Südküste, etwa zehn Meilen von Higher Barton entfernt. Die Regatta war eine der beliebtesten in ganz Großbritannien, dementsprechend viele Besucher wurden in Fowey erwartet. Bereits vor Monaten hatte Sandra exklusiv für ihre Gäste im Restaurant *Havener's* direkt am Hafen Tische reserviert. Von diesen Plätzen hatte man den besten Blick auf die Bucht und die Regatta. Das Angebot war gut angenommen worden. Ein Bus würde die Gäste im Romantic Hotel abholen und am späten Abend wieder zurückbringen. So konnte der eine oder andere auch ein Gläschen mehr trinken.

Sandra zählte gerade die Anmeldungen, als es in der Halle schepperte, dann hörte Sandra eine weibliche Stimme: »Mist, aber auch!«

Sandra stand auf und ging durch die offene Tür hinter die Rezeption. Zwischen dem Kamin und der Tür zum Restaurant stand eine mittelalterliche Ritterrüstung als Dekoration. Vor dieser kniete eine junge Frau, einen Teil des Arms der Rüstung in der Hand.

»Imogen! Was tust du da?«, rief Sandra.

Das Zimmermädchen sprang auf. »Es tut mir leid, Ms Flemming. Ich bringe das gleich wieder in Ordnung.«

»Wie ist das passiert?«

»Ich weiß nicht. Ich wollte vorbeigehen, da muss ich wohl hängengeblieben sein.« Imogen starrte Sandra aus weit aufgerissenen blauen Augen an. »Entlassen Sie mich jetzt?«

»Dich entlassen?« Sandra schmunzelte. »Warum sollte ich das tun?«

»Na ja, heute Vormittag das Geschirr …«

»Zweifelsohne bist du in letzter Zeit etwas schusselig«, stellte Sandra fest. »Alles okay bei dir? Du weißt, wenn du Sorgen hast, kannst du jederzeit mit mir sprechen.«

»Ich weiß«, murmelte Imogen verlegen. »Es gibt tatsächlich etwas …«

»Komm in mein Büro«, forderte Sandra das Zimmermädchen auf. Imogen Paynter arbeitete hier seit der Eröffnung des Higher Barton Romantic Hotels. Sie war fleißig und zuverlässig, an ihrer Arbeit hatte Sandra bisher nichts auszusetzen gehabt. Am Vormittag hatte Eliza aber angedeutet, die junge Frau sei in den letzten Tagen unkonzentriert und ihr würden häufiger Fehler passieren.

Wie ein Häufchen Elend kauerte Imogen auf dem Stuhl. Aus der bereitstehenden Karaffe schenkte Sandra ein Glas Wasser ein und reichte es Imogen. Sie trank es durstig bis zur Neige.

»Was ist los, Imogen?«, fragte Sandra. »Derart fahrig kenne ich dich gar nicht. Hast du private Probleme?«

»Nein, nein«, versicherte Imogen hastig, dann allerdings: »Oder doch, ja, ach, ich weiß nicht ...« Sie sah Sandra ernst an. »Ms Flemming, Privates und Berufliches sollten streng getrennt sein, aber ...«

»In diesem Haus sind wir doch wie eine Familie«, warf Sandra ein. »Ihr habt fest zu mir gehalten, als mir das Wasser bis zum Hals stand. Ich hoffe, ich bin keine Chefin, vor der man Angst haben muss.«

»Nein, das sind Sie nicht«, raunte Imogen. Mit dem Handrücken wischte sie sich über die Stirn. »Es ist wahrscheinlich besser, wenn ich mit Ihnen rede. Allein stehe ich das wohl nicht durch.«

In Sandras Magen grummelte es unangenehm. Hoffentlich war nichts Schlimmes geschehen! Was sie, Sandra, jetzt am wenigstens gebrauchen konnte, war ein Verbrechen oder gar ein Mord in Verbindung mit dem Hotel. Wenngleich: Ihre detektivischen Ermittlungen in der Vergangenheit waren durchaus reizvoll und aufregend gewesen, wobei stets immer alles gut ausgegangen war. Sandra räusperte sich und konzentrierte sich wieder auf Imogen.

»Geht es um einen Mann?«, fragte sie geradeaus.

Die tiefe Röte auf Imogens Gesicht bewies Sandra, dass sie ins Schwarze getroffen hatte. Sie hatte also Liebeskummer, dachte Sandra und verkniff sich ein Schmunzeln. Aus eigener Erfahrung wusste sie, wie wenig man sich auf die Arbeit konzentrieren konnte, wenn das Herz wund war.

»Ja, Ms Flemming. Letzten Februar, als ich eine Woche Urlaub hatte, flog ich mit einer Freundin nach Ägypten. Da lernten wir uns kennen. Ich weiß, es klingt wie aus einem

Kitschroman, aber es war Liebe auf den ersten Blick. Wir wussten sofort, dass wir zusammengehören.«

»Ist er Ägypter?«, fragte Sandra vorsichtig, wohl wissend, dass solche Beziehungen schwierig waren.

Imogen schüttelte den Kopf. »Andy ist Engländer, er lebt in Sussex.«

»Hat er mit dir Schluss gemacht?«, hakte Sandra nach.

Wieder ein Kopfschütteln. »Vor vier Wochen fragte mich Andy, ob ich ihn heiraten will.«

»Das ist doch wundervoll!« Sandras Augen leuchteten. »Ich vermute, du willst deine Anstellung in diesem Haus aufgeben und zu deinem Andy nach Sussex ziehen. Bist du deswegen derart durch den Wind, Imogen?«

»Nein, oder ja, auch ...« Mit einer hilflosen Geste hob Imogen die Hände. »Ja, wenn wir heiraten, werde ich aus Cornwall fortgehen müssen.«

»Willst du überhaupt heiraten, oder wo ist der Haken?« Sandra schwante nichts Gutes. Bisher hatte sie Imogen nie jedes Wort aus der Nase ziehen müssen, im Gegenteil. Imogen war eine liebenswürdige junge Frau, die offen auf alle Menschen zuging und ihr Herz auf der Zunge trug.

»Natürlich will ich Andy heiraten!«, rief Imogen aufgeregt und knetete ihre Finger, dass die Knöchel knackten. »Ich liebe ihn und möchte mein Leben mit ihm verbringen.«

»Aber?«

»Es ist seine Mutter, Ms Flemming. Sie wird niemals erlauben, dass er eine wie mich heiratet.«

»Was bedeutet ›eine wie du‹?« Verständnislos sah Sandra ihre Angestellte an.

»Andy ist ihr einziges Kind, und er ist ein echter Lord«, erklärte Imogen. »So einer, über die man immer in den Zeitschriften liest. Er war sogar schon im Buckingham Palace bei der Queen. Das wusste ich allerdings nicht, als wir uns kennenlernten. Er sagte es mir erst später. Die Familie ist von uraltem englischem Adel, und Andy und seine Mutter leben in einem Haus, das Higher Barton nicht unähnlich ist. Er hat mir Fotos gezeigt.«

»Du hast ihn also noch nie zu Hause besucht?«

»Wo denken Sie hin, Ms Flemming!« Imogen schüttelte so heftig den Kopf, dass ihre langen, welligen Haare in alle Richtungen flogen. »Andys Mutter hätte mich nie in ihrem Haus empfangen. Sie weiß nichts von Andy und mir.«

»Also wirklich, Imogen, wir leben im 21. Jahrhundert! Es hört sich an wie einem Jane-Austen-Roman entnommen. Die Zeiten, in denen Kinder die Erlaubnis ihrer Eltern brauchten, um zu heiraten, sind lange vorbei. Wenn selbst die Prinzen William und Harry Bürgerliche ...«

»Andy ist es wichtig, dass seine Mutter mich mag«, unterbrach Imogen Sandra. »Sein Vater starb von heute auf morgen, als er noch ein Kind war, an einem Blutgerinnsel im Kopf. Seitdem hat seine Mutter nur noch ihn. Er kann nicht mit ihr brechen, das würde ihn sehr unglücklich machen.«

Das hört sich nach einem Muttersöhnchen an, dachte Sandra, ließ sich aber nicht anmerken, wie besorgt sie war.

»Was wirst du tun?«, fragte sie. »Ich verstehe jetzt, warum du so konfus bist, aber auf Dauer müsst ihr eine Lösung finden.«

»Er kommt morgen hierher«, platzte Imogen heraus. »Er und seine Mutter.«

»Lady und Lord Withcombe!« Sandra nickte verstehend. »Wir haben morgen nur die eine Anreise. Ich dachte allerdings, es handle sich bei den Herrschaften um ein Ehepaar.

Ich vermute, Lady Withcombe hat keine Ahnung, in welcher Beziehung du zu ihrem Sohn stehst, nicht wahr?«

»Andy meint, es wäre eine gute Gelegenheit, dass seine Mutter mich kennenlernt. Wir könnten uns ganz zwanglos beschnuppern, vielleicht mag sie mich dann ein bisschen.« Imogen sah Sandra flehend an. »Sie werden mich doch nicht verraten, Ms Flemming? Wenn es für Sie okay ist, werde ich neben der Reinigung der Suite zusätzlich im Service helfen, damit ich Lady Claire kennenlernen kann. Selbstverständlich ohne zusätzlichen Lohn, die Überstunden mache ich freiwillig.«

»Ich weiß nicht.« Sandra zögerte. »Ist es nicht besser, mit offenen Karten zu spielen? Wenn die Lady erfährt, dass sie hintergangen wurde ...«

»Wir hintergehen Lady Claire doch nicht«, rief Imogen. »Wenn Andy seiner Mutter sagt, er will ein einfaches Zimmermädchen heiraten, wird sie es ablehnen, mich überhaupt kennenzulernen. Bitte, Ms Flemming! Sie brauchen nichts zu tun, dürften sich nur nicht anmerken lassen, dass Sie Bescheid wissen. Andy und ich werden sehr vorsichtig vorgehen, damit seine Mutter nicht merkt, wie sehr wir uns lieben.«

Sandra hielt den Plan für falsch, dachte aber an sich und Christopher. Obwohl sie sich vom ersten Moment an gemocht hatten, war auch ihre Beziehung von vielen Stolpersteinen geprägt gewesen – und war es heute noch. Gab es aber Schöneres, als zu lieben und geliebt zu werden? Wenn Lady Claire Withcombe so ein Snob war und an altmodischen Traditionen festhielt, wie Imogen sie beschrieb, konnte es für die junge Frau wirklich eine Chance sein.

»Also gut, Imogen«, gab Sandra nach. »Ich werde mitspielen, deine Arbeit darf darunter aber nicht leiden. Ich erwarte, dass du dich besser konzentrierst und nicht jeden Tag etwas zu Bruch geht.«

»Selbstverständlich, Ms Flemming!« Imogens Augen leuchteten. »Den anderen sagen wir nichts davon, dass Andy und ich uns kennen. Ich bin sicher, Lady Claire wird mich mögen, so wie ich bin.«

Sandra hoffte, dass diese kleine Scharade keine Auswirkungen auf den laufenden Hotelbetrieb haben würde.

VIER

Sandras Philosophie war, sich persönlich um jeden einzelnen Gast zu kümmern. Das Higher Barton Romantic Hotel verfügte über neun Räume, die als Doppel- oder Einzelzimmer genutzt wurden, und drei Suiten. Die kleinste von ihnen, *Queen Mary*, bewohnte der Dauergast Major Collins, die *Lord-Leicester-Suite* mit zwei Schlafzimmern war von Lady Claire Withcombe und ihrem Sohn Andrew gebucht worden. In der *Queen-Elizabeth-Suite* logierte ein frischvermähltes Paar aus den Niederlanden, die während ihrer Hochzeitsreise durch Südengland tourten. Jedem neuen Gast sah Sandra mit freudig-gespannter Erwartung entgegen. Heute Nachmittag war sie aber derart unruhig, dass Eliza Dexter sagte: »Alles in Ordnung, Sandra? Sie wirken etwas hippelig.«

»Alles okay.« Sandra winkte ab. »Übrigens, Eliza: Imogen fragte mich, ob sie diese Woche Sonderschichten machen und im Service mithelfen kann. Ich habe zugestimmt.«

»Warum denn das?«, entfuhr es der spröden Managerin.

Sandra, die mit dieser Reaktion gerechnet hatte, antwortete: »Das Haus ist voll belegt, zum Dinner kommen immer mehr Gäste von außerhalb. Wir können jede zusätzliche Hand und Imogen am Ende des Monats ein paar Pfund mehr gut gebrauchen.«

»Von mir aus.« Eliza zuckte mit den Schultern und stellte Sandras Entscheidung nicht infrage.

In diesem Moment kam Imogen die Treppe in die Halle herunter. »Soeben ist ein Wagen vorgefahren«, sagte sie mit einem wissenden Blick zu Sandra. »Das müssen Lord und Lady Withcombe sein.«

Imogen hatte sich perfekt im Griff. Nur weil Sandra über die Besonderheit dieser Gäste informiert war, bemerkte sie bei dem Zimmermädchen eine leichte Nervosität. Sandra verließ das Haus, um die neuen Gäste zu begrüßen. Aus einem silberfarbenen Bentley stieg der Fahrer, ein hochgewachsener Mann mit einer schlaksigen Figur und hellblonden, kurzgeschnittenen Haaren. Imogens Augen leuchteten auf. *Das ist also der besagte Andy,* dachte Sandra. Der junge Mann öffnete die Tür im Fond und reichte der Dame helfend die Hand. Die Ähnlichkeit zwischen Lady Claire Withcombe und ihrem Sohn war unverkennbar. Auch sie war groß und schlank, beide hatten die gleiche Gesichtsform und volle Lippen. Lady Claires langes Haar war kupferrot. Sie trug es hochgesteckt, geschmückt mit einem türkisgrünen Fascinator, das Twinset in derselben Farbe.

Sandra ging den Gästen entgegen. »Willkommen in Cornwall, Lady Withcombe, Lord Withcombe. Ich bin Sandra Flemming, die Inhaberin von Higher Barton.«

Lady Claire musterte erst Sandra, dann das Haus. Ihr Teint war hell, porzellanartig, frei von Sommersprossen, bei roten Haaren eher untypisch, und nahezu faltenfrei, ihre grünen Augen hatten bernsteinfarbene Einsprengsel. Neidlos musste Sandra zugeben, dass Andys Mutter eine wunderschöne Frau war. Aus dem Buchungsformular wusste sie, dass Lady Claire Mitte Fünfzig war.

»Es sieht unerwartet nett aus.« Lady Claires Stimme war tief und etwas rau. »Ich verstehe nicht, warum mein Sohn darauf bestanden hat, ausgerechnet in der Hauptsaison nach Cornwall zu reisen.« Sie seufzte. »Wenn das Hotel wenigstens am Meer liegen würde.«

»Die Lage auf dem Land schätzen unsere Gäste sehr«, erwiderte Sandra mit einem freundlichen Lächeln. »In den Badeorten an den Küsten treten sich die Touristen gegenseitig auf die Zehen, in Higher Barton werden Sie Ruhe und Erholung finden, Mylady.«

»Erholung wovon?« Die Dame zog eine ihrer sorgfältig schmal gezupften Augenbrauen hoch. »Mit Ruhe meinen Sie wohl Langeweile, aber die eine Woche wird schnell vergehen.«

»Mum, ich verspreche dir, du wirst diese Gegend lieben.« Zum ersten Mal sprach Andrew Withcombe. Auch er hatte eine tiefe Stimme, die Sandra angenehm in den Ohren klang. »Abseits des Trubels finden sich hier viele prähistorische Stätten, Cornwall hat ausgezeichnete Museen, die Tate Gallery in St Ives ist weltberühmt, und …«

»Lass es gut sein, Andrew.« Zum ersten Mal lächelte Lady Claire. Auf Sandra wirkte sie gleich freundlicher. »So ist das halt mit Kindern.« Sie zwinkerte Sandra zu. »Man kann ihnen schlecht etwas abschlagen. Haben Sie Kinder, Ms Flemming?«

»Nein«, erwiderte Sandra und fügte hinzu: »Noch nicht. Darf ich Sie in Ihre Suite führen oder möchten Sie erst eine Erfrischung zu sich nehmen, Mylady?«

»Ich glaube, ich möchte gleich auf mein Zimmer. Ach, sagen Sie Lady Claire zu mir, Mylady klingt nach einer alten Matrone.«

»Die du zweifelsohne nicht bist, Mum.« Liebevoll legte Andy einen Arm um die schmalen Schultern seiner Mutter. »Es wird dir in Cornwall gefallen.«

»Solange du an meiner Seite bist, gefällt es mir überall, Andrew.« Lady Claire legte ihren Kopf an die Schulter ihres einen Kopf größeren Sohnes. »Du hast sicher recht, ein Tapetenwechsel wird mir guttun.«

»Wir werden eine wundervolle Zeit miteinander haben, Mum.«

Aus dem Augenwinkel sah Sandra, wie ein Ausdruck von Beklemmung über Imogens Gesicht huschte. Das innige Verhältnis zwischen Mutter und Sohn war zu offensichtlich.

Andrew Withcombe öffnete den Kofferraumdeckel und stellte drei Trolleys und ein Beautycase auf das Kiesrondell. Zwei der Koffer nahm er zur Hand, Imogen trat vor und griff nach dem Trolley und dem Schminkkoffer.

»Ich helfe Ihnen mit dem Gepäck, Sir«, sagte sie.

»Das ist nicht nötig, ich kann zweimal gehen.«

»Andrew, lass die Frau doch«, mischte sich Lady Claire ein. »Sie wird dafür bezahlt, sich um uns zu kümmern.« Zum ersten Mal sah Andys Mutter Imogen an. »Na ja, ausgesprochen kräftig wirkt sie nicht.«

»Ich versichere Ihnen, Ms Imogen ist eine ausgezeichnete Kraft«, sagte Sandra schnell. Die Andeutung eines Lächelns huschte über Imogens Lippen. »Sie ist loyal, zuverlässig und hilfsbereit. In meinem Haus möchte ich sie nicht missen. Wenn Sie Wünsche haben, Lady Claire, wenden Sie sich bitte an Imogen und natürlich an mich.«

Lady Claire nickte so huldvoll, als hätte sie nichts anderes erwartet. Sandra wusste nichts über die Familie, vermutete aber, dass die Lady daran gewöhnt war, bedient zu werden.

Die Lord-Leicester-Suite befand sich im zweiten Stock im Westflügel: ein kleiner Wohnraum, ein großzügig geschnittenes Schlafzimmer mit einem Doppelbett, im zweiten Schlafraum ein schlichteres Bett, ein Bad mit Tageslicht, Doppelwaschbecken, Badewanne und einer separaten Duschkabine mit Regendusche. Die zartgelben Hand- und Badetücher waren flauschig, mit einem Duft nach Verbenen. Kritisch blickte sich Lady Claire um, schien aber nichts zu finden, was ihr nicht zusagte. Sie ließ sich sogar zu den Worten »So hübsch habe ich es mir nicht vorgestellt« hinreißen. Sie trat ans Fenster. Der Blick ging über die rückwärtigen Gärten von Higher Barton zu den sanft geschwungenen Hügeln, hinter denen das Land zur Küste abfiel. Das Gras war saftig grün, in den mächtigen, alten Eichen und Rotbuchen flatterten Vögel.

»Ich denke, ich sollte nach dem Tee einen kleinen Spaziergang machen«, murmelte Lady Claire. »Es ist so ein schöner Tag.«

»Von Higher Barton führen zahlreiche Wander- und Spazierwege in die Umgebung«, erklärte Sandra. »In etwa einer halben Stunde kommen Sie nach Lower Barton, einer alten Ortschaft, die bereits im Doomsday Book erwähnt worden ist. Die Kirche mit dem normannischen Turm ist sehenswert. Sie sollten aber immer auf den ausgewiesenen Wegen bleiben. Die Gegend war einst ein Zentrum des Bergbaus. Mitte des 19. Jahrhunderts wurden zwei Drittel des Weltbedarfs an Zinn und Kupfer in Cornwall gefördert. Noch heute finden sich zahlreiche Schächte, die auf den ersten Blick als solche nicht zu erkennen sind. Man kann einbrechen und viele Meter in die Tiefe stürzen.«

»Wollen Sie damit sagen, ein Spaziergang kann lebensgefährlich sein?« Lady Claires Augen weiteten sich erschrocken.

»Mitnichten«, wiegelte Sandra ab. »Es ist nur meine Pflicht, Sie darauf aufmerksam zu machen. Die markierten Wege werden regelmäßig überprüft. Solange man diese nicht verlässt, kann nichts geschehen.«

»Ich wusste nicht, dass Cornwall eine so gefährliche Gegend ist«, sagte Lady Claire, zwinkerte Sandra aber zu. Sie wurde Sandra von Minute zu Minute sympathischer.

»Mylady, ich werde Ihre Sachen auspacken, solange Sie den Tee einnehmen«, sagte Imogen.

Mit einer Handbewegung gab Lady Claire zu verstehen, dass sie damit einverstanden war, dabei sah sie Imogen jedoch nicht an. Sandra hoffte, Imogens und Andys Plan möge aufgehen. Sandra fragte nun nach den Wünschen für das Dinner.

»Ich esse am Abend nur wenig«, antwortete Lady Claire. »Mageres Fleisch oder Fisch, etwas gedämpftes Gemüse ohne Salz und ein paar Kartoffeln. Keine fetten Soßen und keinen Nachtisch.«

»Ich esse alles und freue mich auf das Dinner«, bemerkte Andrew. »Der Chefkoch, ein Belgier, ist mit zwei Sternen dekoriert und hat in den besten Häusern Europas gearbeitet.«

»Woher weißt du das?«, fragte Andrews Mutter. »Ich wüsste nicht, dass du schon mal hier gewesen bist.«

»Es steht auf unserer Webseite«, warf Sandra schnell ein und sah Andrew an. »Ich nehme an, Sie haben es dort gelesen, Sir.«

»Äh … Ja, natürlich.« Andrew reichte seiner Mutter den Arm. »Gehen wir zum Tee hinunter? Ich habe nämlich Hunger, und bis zum Dinner dauert es noch ein paar Stunden.«

Beim Hinausgehen lächelte er, von Lady Claire unbemerkt, Imogen zu, die seinen Blick liebevoll erwiderte.

Nachdem Lady Claire und ihr Sohn auf der Terrasse Platz genommen hatten, um den Tee zu trinken, setzte sich Sandra an den Schreibtisch. Nach ein paar Klicks im Internet hatte sie ausführliche Informationen über die Withcombes gefunden. Wie Imogen gesagt hatte, reichte der Stammbaum der Familie ins 17. Jahrhundert zurück. In dieser Zeit war auch West Yverton Manor House, das Heim der Withcombes, erbaut worden. Heute war das Anwesen ein landwirtschaftliches Unternehmen, das sich auf die Milchwirtschaft spezialisiert hatte. Auf der Webseite fand Sandra mehrere Fotos von Lord Andrew Withcombe. Er trug einfache Jeans oder dunkelgrüne Arbeitshosen, karierte Hemden, darüber eine Steppweste und auf dem Kopf eine Schiebermütze. Mit einem Aristokraten hatte Andy wenig Ähnlichkeit, eher mit einem durchschnittlichen Farmer. Er war ein Mann der Tat und packte kräftig mit an. Die Zeiten, in denen sich der Adel von allein ernährte, waren seit über hundert Jahren vorbei. Längst füllte ein guter, alter Name nicht mehr die Teller und Börsen der Familienmitglieder. Sandra zollte dem jungen Mann Respekt und verstand, warum sich Imogen in ihn verliebt hatte.

»Ms Flemming?« In der Tür stand Imogen und sah Sandra fragend an.

»Komm rein«, sagte Sandra.

Imogen schloss die Bürotür hinter sich, damit Eliza Dexter an der Rezeption nicht hören konnte, was Imogen sagte.

»Wie finden Sie ihn?«

»Freundlich und zuvorkommend«, antwortete Sandra, deutete auf den Bildschirm und fügte hinzu: »Ein Mann, der mit beiden Beinen im Leben steht.«

»Ja, das tut Andy.« Imogens Augen leuchteten. »Er managt den Besitz ganz allein, seine Mutter will mit der Landwirtschaft nichts zu tun haben.«

»Auf mich macht Lady Claire einen sympathischen Eindruck. Allerdings ist sie daran gewöhnt, bedient zu werden.«

»Sie hat vier Angestellte, die sich ausschließlich um sie kümmern«, erklärte Imogen. »Andy sagt, seine Mutter wäre erzogen worden, eine Lady zu sein. Ihre Eltern gehörten zwar nicht dem Adelsstand an, aber ihr Vater war Politiker. Dementsprechend hatte die Familie stets Umgang mit der Oberklasse.«

»Oberklasse ... Unterklasse ...« Sandra schüttelte den Kopf. »Diese Zeiten sind doch überholt! Imogen, du bist eine tolle Frau mit einem einwandfreien Charakter und mindestens so viel wert wie jede Lady dieses Landes. Vergiss das nie!«

»Das haben Sie lieb gesagt, Ms Flemming.« Imogen lächelte verlegen. »Danke, dass Sie mir helfen.«

»Viel kann ich nicht ausrichten. Schlussendlich ist es deine und Andys Angelegenheit.«

Es klopfte an der Tür. Sie öffnete sich, und Eliza Dexter sah ins Büro.

»Sandra, der Herr wegen der Photovoltaikanlage ist jetzt da. Sie haben einen Termin mit ihm.« Eliza musterte Imogen.

Sandra konnte ihr nicht verübeln, dass Eliza skeptisch dreinblickte. Sie fragte sich wohl, was ein Zimmermädchen mit der Chefin hinter verschlossenen Türen zu besprechen hatte.

»Führen Sie ihn bitte herein, Eliza«, sagte Sandra und zu Imogen: »Danke, dass du Sonderschichten machst. Das hilft uns sehr.«

Imogen verließ das Büro. Die nächste Stunde verbrachte Sandra mit dem Handwerker. Die Heizungsanlage war zwar beim Umbau Higher Bartons zu einem Hotel vor vier Jahren erneuert worden. Nun plante Sandra allerdings, die Leistung mit einer Photovoltaikanlage nachhaltiger zu gestalten. Auch während der Wintermonate schien in Cornwall häufig die Sonne. Auf längere Sicht würde sich die Investition rechnen.

Gedankenverloren fuhr Sandra mit der Fingerspitze über den Rand ihres Glases. Die letzten Strahlen der untergehenden Sonne blitzten in dem blutroten Wein.

»Schmeckt dir der Wein nicht?«, fragte Christopher Bourke. »Er kommt aus Spanien.«

»Er ist ausgezeichnet, Christopher.« Sandra lächelte und nippte an ihrem Glas.

Sie saßen auf der Bank vor Sandras Cottage. Nach dem Dinner war Sandra nach Hause gegangen. Eliza Dexter hatte heute den Abenddienst. Um zweiundzwanzig Uhr wurde das Haus geschlossen. Alle Gäste konnten es aber die ganze Nacht hindurch verlassen und wieder betreten. Die Tür war mit einem Lesegerät gesichert, vor das die Gäste ihre Zimmerkarten halten mussten. Sandra freute sich, dass Christopher gekommen war und gemeint hatte, er könne auch die Nacht bei ihr verbringen. Sie sah zum Haus hinüber, das etwa zweihundert Yards von ihrem Cottage entfernt war. Fast alle Fenster waren hell erleuchtet. Sandra vermutete, dass die Gäste, die am Abend nicht ausgegangen waren, auf der Terrasse saßen und sich die Drinks von der Bar schmecken ließen.

Unwillkürlich seufzte Sandra.

»Dich bedrückt doch etwas, Sandra.« Christopher legte

einen Arm um ihre Schultern. »Was ist los? Irgendwelche Diebstähle oder suspekte Gäste im Hotel?«

»Du kennst mich gut.« Sandra lächelte und legte ihre Wange auf Christophers Hand. Es tat gut, die Wärme seiner Haut zu spüren. »Ja, es geht mir eine Sache durch den Kopf, bei der ich nicht weiß, was ich davon halten soll. Es ist aber nichts Illegales oder gar Kriminelles!«, fügte sie schnell hinzu.

»Das will ich hoffen.« Christopher lachte. »Wenn du darüber sprechen möchtest – ich kann gut zuhören.«

Sandra zögerte. Sie hatte Imogen zwar versprochen, gegenüber den anderen Angestellten über deren Beziehung zu Andrew Withcombe Stillschweigen zu bewahren, ihr Freund indes war davon ausgeschlossen. Christopher hatte zu den Gästen keinen Kontakt, Imogen kannte er nur flüchtig, es bestand also keine Gefahr, dass er sich verplappern konnte. So erzählte Sandra ihm von den Withcombes und dem Plan des Zimmermädchens, das Herz von Lady Claire zu gewinnen, damit sie Andy heiraten konnte. Als Sandra geendet hatte, pfiff Christopher durch die Zähne.

»Da macht deine Angestellte eine gute Partie. Sie wird eine Lady werden und in einem Schloss leben.«

»Darauf legt Imogen keinen Wert.« Sandra knuffte Christopher in die Seite. »Sie mag vielleicht aus einfachen Verhältnissen stammen, strebt aber nicht nach Höherem. Ich habe den Eindruck, sie liebt diesen Mann aufrichtig. Auch wenn es bedeutet, dass ich mich nach einer neuen Kraft umsehen muss, gönne ich Imogen ihr Glück. Der Besitz der Withcombes ist ein Wirtschaftsunternehmen, da wird Imogen ohnehin kräftig mit anpacken müssen. Lady Claire kann ich noch nicht einschätzen. Auf mich macht sie einen freundlichen Eindruck, allerdings habe ich bemerkt, wie innig die Beziehung zwischen ihr und ihrem Sohn ist.«

»Kein Wunder, wenn der Vater gestorben ist, als Andy noch ein kleiner Junge war. Da klammert sich eine Mutter oft an den Sohn, sieht in ihm einen Ersatz für den toten Ehemann.«

»Für Imogen hoffe ich, dass ihr Freund zu ihr stehen wird, sollte Lady Claire mit der Heirat nicht einverstanden sein.«

»Standesunterschiede spielen heute keine Rolle mehr«, erwiderte Christopher. »Sandra, du bist sehr gutherzig, dass du das Spiel mitmachst.«

»Ach, mein Part dabei ist gering. Ich habe Imogen lediglich erlaubt, sich um Lady Claire zu kümmern. Das Glück meiner Angestellten ist mir wichtig.« Sandra nahm einen kleinen Schluck von dem Wein. »Was ist bei dir so los, Christopher? Hast du gerade einen wichtigen Fall?«

»Du weißt genau, dass ich über meine Arbeit nicht sprechen darf.« Er gab Sandra einen liebevollen Nasenstüber. »Glücklicherweise ist seit Monaten in Lower Barton und Umgebung nicht viel passiert ist. Ab und zu ein paar Streitereien im Pub, wenn zu viel getrunken wurde, Ruhestörungen von Jugendlichen, die zu laut und lange Party machen. Das Aufregendste war ein Autodiebstahl, der aber schnell aufgeklärt und der Wagen dem Besitzer unbeschädigt zurückgegeben werden konnte. Tja, und seit ein paar Wochen gibt es vermehrt Enkeltrickfälle in der Gegend.«

»Enkeltrick?«

»Hast du noch nie davon gehört?«, fragte Christopher. Sandra schüttelte den Kopf. »Du gehörst auch nicht zur potenziellen Zielgruppe dieser Betrüger, dafür bist du zu jung. Ältere Personen erhalten einen Anruf von einem angeblichen Enkel oder einer Enkelin, die behaupten, in finanzielle Schwierigkeiten geraten zu sein. Natürlich unverschuldet, versteht sich. Die Anrufer verstehen sich bestens darauf, auf die Tränendrüse zu drücken und die *Großeltern* um Bargeld zu bitten. Sie selbst könnten das Geld aber nicht abholen, sie schicken einen *Freund*.« Christopher hob vielsagend eine Augenbraue. »Das Geld ist dann natürlich futsch, und von den Betrügern gibt es keine Spur.«

»Darauf fallen die Leute wirklich rein?«, fragte Sandra verständnislos. »Am Telefon müssten sie doch die Stimmen ihrer Enkel erkennen oder zumindest ahnen, ob diese wirklich in Schwierigkeiten stecken.«

»Die Betrüger sind sehr raffiniert. Schon lange wird in den Medien vor der Masche gewarnt, leider nicht immer mit Erfolg.« Christopher seufzte. »Letzte Woche hatten wir wieder einen Fall in Lower Barton. Der Mann hob fast sein ganzes Barvermögen vom Konto ab und händigte es diesem besagten Freund aus. Angeblich sei seine Enkelin unverschuldet in einen Autounfall verwickelt worden. Wenn sie nicht sofort eine größere Summe bezahlte, hätte sie ins Gefängnis gehen müssen.«

»So ein Quatsch!«, rief Sandra aufgeregt. »Glauben das die Leute wirklich?«

»Wir können nur versuchen, noch mehr Aufklärungsarbeit zu leisten«, sagte Christopher. »Diese Straftaten sind natürlich sehr unschön, aber ich bin heilfroh, wenn niemand umgebracht wird, allerdings …«

»Allerdings?«, hakte Sandra nach.

»Na ja, das Hauptquartier in Exeter stellt infrage, ob sich der Posten in Lower Barton noch rechnet«, erklärte Christopher mit einem bitteren Unterton. »Seit Jahren wird auch bei der Polizei an allen Ecken und Enden gespart, viele kleine Reviere wurden inzwischen aufgelöst. Es könnte passieren, dass John Greenbow abgezogen und in eine andere, größere Dienststelle versetzt wird.«

»Oje! Dabei versteht ihr beide euch so gut.«

Christopher nickte. »John Greenbow ist ein angenehmer und intelligenter Kollege. Er würde mir sehr fehlen. Es kursieren Gerüchte, ob der Posten in Lower Barton noch länger nötig ist.«

Scharf zog Sandra die Luft ein. »So schlimm? Sollte das wirklich passieren«, Sandra schluckte trocken, »was wirst du dann machen?«

Christopher zuckte mit den Schultern. »Es ist anzunehmen, dass ich nach Plymouth oder ins Hauptquartier in Exeter versetzt werde. Sollte es so kommen, müsste ich umziehen.« Sandra zuckte zusammen. Schnell sprach Christopher weiter: »Noch ist es nicht soweit. Selbst wenn ich Lower Barton verlassen muss – zwischen uns wird sich nichts ändern.«

»Ach nein?« Sandra runzelte die Stirn. »Du in Exeter, ich hier? Wie du weißt, bin ich an Higher Barton gebunden, ich kann kaum mal einen ganzen Tag lang weg. Ganz ehrlich, Christopher: Auf eine Fernbeziehung habe ich keine Lust. Man kennt das doch: Anfangs schreibt und telefoniert man täglich, dann wird es immer weniger, und schließlich …«

»Ach, Liebling.« Christopher wirkte bedrückt. »Noch ist gar nichts sicher. Hätte ich lieber nichts gesagt, ich wollte dich nicht beunruhigen. Greenbow und ich haben noch viele Akten ungeklärter Fälle, die uns beschäftigen.«

Sandra hatte sich wieder beruhigt. Sie zwinkerte Christopher schelmisch zu und meinte trocken: »Das heißt, Lower

Barton braucht mal wieder einen Mord, damit eure Arbeitsplätze gesichert sind.«

»Sandra!«, rief Christopher empört. »So etwas darfst du nicht sagen, nicht einmal denken!«

»Es war nur ein Spaß.« Sandra hauchte Christopher einen Kuss auf die Lippen. »Ich bin die Letzte, die sich einen Mord wünscht, erst recht nicht in Higher Barton. Es macht nämlich großen Spaß, ein Hotel zu führen, wenn dort nicht dauernd jemand stirbt oder droht, das Haus in die Luft zu sprengen.«

»Dein Wort in Gottes Ohr, Sandra.« Christopher reckte sich und gähnte. »Gehen wir zu Bett? Ich bin müde.«

»Hoffentlich nicht *zu* müde.« Sandra sah ihn neckisch an.

»Wo denkst du hin!« Er lachte und zog sie von der Bank hoch. Aneinandergeschmiegt gingen sie hinein.

FÜNF

Etwas Kühles, Feuchtes stupste an ihre Nase. Agnes Roberts schlug die Augen auf – und sah direkt auf eine rote, lange Zunge, die versuchte, ihr Gesicht abzulecken.

»Runter vom Bett!« Sie schob den braun-schwarzen Mischling von ihrer Brust. »Sabu! Was fällt dir ein?«

Der Hund sah sie mit einem Blick an, der sagte: Selbst schuld, wenn du die Schlafzimmertür offenlässt.

Die Leuchtziffern des Weckers zeigten zehn Minuten vor fünf, das Dämmerlicht des Morgens schimmerte durch das Fenster. Agnes Roberts seufzte und schwang die Beine aus dem Bett. Eigentlich müsste sie erst in einer Stunde aufstehen, aber jetzt war sie wach. Außerdem musste sie mit Sabu nach draußen gehen, damit das Tier sein Geschäft verrichten konnte. Sabu gehörte ihrem Nachbarn, einem älteren Herrn, der sich einer dringend notwendigen, stationären Knieoperation hatte unterziehen müssen. Da der Mann keine Angehörigen hatte, hätte der liebe Rüde ins Tierheim müssen, bis sein Herrchen wieder nach Hause durfte. Als Ms Roberts das erfahren hatte, war sie sofort bereit gewesen, Sabu bei sich aufzunehmen.

»Ein Hund in einer Metzgerei, wie passend«, hatte sie lachend gesagt. »In die Verkaufsräume darf er allerdings nicht rein. Ich werde aber gut für ihn sorgen.«

Sabu war gut erzogen und pflegeleicht. Er kläffte nicht und akzeptierte, tagsüber in Ms Roberts' Wohnung zu bleiben, die sich im selben Haus wie die Metzgerei befand. Mehrmals am Tag ging sie mit ihm Gassi, am Abend lag Sabu neben ihrem Sessel in seinem Körbchen und schnarchte vor sich hin. Wie sein Herrchen war auch der Mischling im fortgeschrittenen Alter.

Agnes Roberts streifte sich eine elastische Baumwollhose über, zog ein T-Shirt an, darüber eine leichte Strickjacke und schlüpfte in bequeme Sandalen, befestigte dann die Leine an Sabus Halsband. Der Hund sprang aufgeregt herum und konnte seinen Morgenspaziergang kaum erwarten.

Im Osten wurde der Himmel immer heller, als Agnes Roberts und Sabu durch die noch menschenleeren Straßen von Lower Barton liefen. An jedem Baum blieb der Hund stehen, schnüffelte und hinterließ seine Marke, sofern ihm das notwendig erschien. Agnes Roberts bog in die Gasse ein, die von der High Street zum Sunset Close führte. Bis in die zweite Hälfte des 19. Jahrhunderts hatte auf diesem Platz, der an drei Seiten von Häusern gesäumt war, ein Galgen gestanden. In Lower Barton, so hieß es, wären in früheren Zeiten hier auch Hexen verbrannt worden. Heute zählten die weiß getünchten, zweistöckigen Häuser aus dem 18. Jahrhundert zur begehrtesten und damit teuersten Wohngegend des Ortes. Die Mitte des ovalen Platzes zierte ein Rasenrondell mit Beeten voller Rosen- und Hortensienbüsche. Hell lackierte Bänke luden zum Verweilen ein. Vögel huschten durch die Zweige und zwitscherten ihr Morgenlied. Ms Roberts ließ Sabu von der Leine. Er erledigte sein großes Geschäft. Aus der Jackentasche zog Ms Roberts einen Plastikbeutel, nahm die Hinterlassenschaft auf, verschloss den Beutel und warf ihn in den bereitstehenden Mülleimer für Hundekot.

»Sabu, komm her! Wir gehen zurück, es gibt gleich Frühstück.« Entgegen seiner sonstigen Art reagierte der Mischling nicht. Er war zu einem Eckhaus gelaufen, schnupperte unter einem in voller Blüte stehenden Sommerfliederbusch herum und jaulte. »Sabu, bei Fuß!«

Der Hund reagierte wieder nicht. Ms Roberts runzelte unwillig die Stirn. Sonst gehorchte Sabu aufs Wort. Jetzt scharrte er unter dem Strauch, seine buschige Rute peitschte aufgeregt.

»Sabu, mein Kleiner, hast du einen vergrabenen Knochen gefunden?«

Sie näherte sich dem Busch. Inzwischen war es fast hell geworden. Das Haus, in dessen Vorgarten der Hund sich so ungewöhnlich aufgeregt verhielt, war unbewohnt. Das Schild eines Maklerbüros wies darauf hin, dass es zu verkaufen war.

»He, Sabu, jetzt ist es wirklich genug! Ich muss meinen Laden pünktlich öffnen.«

»Wuff, wuff!« Der Mischling drehte den Kopf und sah Agnes Roberts an, als wolle er sagen: Na, komm schon und sieh, was ich gefunden habe.

Sie seufzte, trat zu dem Hund, bog die Zweige des Sommerflieders auseinander und sah unter den Busch. Ihr wurde heiß und eiskalt zugleich, sie stieß einen spitzen Schrei aus und merkte, wie sie am ganzen Körper zitterte. Sabu hatte keinen Knochen oder ein weggeworfenes Spielzeug gefunden, sondern einen Menschen, genauer gesagt eine Frau, und Agnes Roberts kannte sie. Sie lag auf dem Bauch, den Kopf zur Seite gedreht, die Augen weit aufgerissen und starr, das Gesicht voller Blut. Dass die Frau mausetot war, erkannte Agnes Roberts auch ohne medizinische Kenntnisse.

SECHS

Eliza Dexter kam aus dem Restaurant, in dem gerade das Frühstück serviert wurde, und trat zu Sandra an die Rezeption.

»Bei allem Verständnis, dass Imogen sich etwas dazuverdienen will«, sagte sie missbilligend, »es ist aber nicht notwendig, dass das Mädchen auch beim Frühstücksservice hilft. Warum putzt sie nicht die Zimmer?«

»Das wird Imogen nach zehn Uhr machen«, erwiderte Sandra. »Sie brauchen keine Sorge zu haben, dass sie ihre Arbeit vernachlässigt, weil sie Lucas und Harry zur Hand geht.«

»Na ja, Sie sind die Chefin.« Eliza zuckte die Schultern und rümpfte die Nase. »Sie erlauben mir aber die Bemerkung, dass ich den Eindruck habe, Imogen kümmere sich ein wenig viel um Lord und Lady Withcombe.«

»Was soll daran falsch sein?«, fragte Sandra.

»Eine Philosophie des Hotels ist es, alle Gäste gleich zu behandeln, Sandra.« Elizas Stimme hatte einen belehrenden Unterton. »Meiner Ansicht nach sollten Gäste nicht bevorzugt werden, weil sie dem Adelsstand angehören.«

»Sie würden die Queen also nicht anders behandeln wie zum Beispiel eine Fabrikarbeiterin aus Leeds?« Sandra neckte ihre Managerin, weil sie wusste, dass Eliza Dexter eine treue

Anhängerin des Königshauses war. »Vielleicht sollte die Queen ihr Bett auch selbst machen?«

»Das ist etwas völlig anderes!«, rief Eliza empört, sah das belustigte Zwinkern in Sandras Augen und lachte. »Ach, Sandra! Sie wissen genau, was ich meine. Wenn Imogen derart um die Withcombes herumscharwenzelt, könnte das Lady Claire unangenehm sein, sie sogar nerven.«

»Die Familie Withcombe ist tatsächlich über sieben Ecken mit der Königsfamilie verwandt«, erklärte Sandra.

»Eben hörte ich, wie Imogen Lady Claire fragte, welche Cerealien sie ihr bringen dürfe«, fuhr Eliza fort. »Normalerweise bedienen sich die Gäste von den Cornflakes und dem Obst selbst, nur das warme Frühstück wird an den Tisch serviert.«

»Ach, Eliza, lassen Sie mal fünfe gerade sein! Dass sich Imogen um Lady Claire und ihren Sohn kümmert, hat nichts mit deren Titel und Namen zu tun.«

»Ach, womit sonst?« Eliza verschränkte die Arme vor der Brust und sah Sandra herausfordernd an.

Sandra, die es verabscheute, die Unwahrheit zu sagen, gab sich einen Ruck und erwiderte: »Ich habe Imogen versprochen, nichts zu sagen, Eliza. Daher nur so viel: Andrew Withcombe ist ein attraktiver Mann, Imogen eine hübsche junge Frau. Lady Claire hingegen wünscht sich für ihren einzigen Sohn eine ihrer Auffassung nach passendere Schwiegertochter, am liebsten eine Prinzessin aus einem europäischen Königshaus, ganz sicher kein Zimmermädchen.«

»Oh! Ich glaube, ich verstehe.« Eine von Elizas positiven Eigenschaften war ihre schnelle Auffassungsgabe.

»Behalten Sie es für sich«, bat Sandra. »Imogens Mehrarbeit hat keine Auswirkung auf den laufenden Hotelbetrieb. Sollte das geschehen, werde ich einschreiten. Ich habe Ihnen das gesagt, Eliza, weil ich nach den Vorfällen im letzten Dezember beschlossen habe, die Menschen, die mir lieb und teuer sind, nie wieder zu belügen.«

»Ich bin Ihnen also lieb und teuer?« Wenn Eliza Dexter lächelte, wirkte sie gleich weniger streng.

»Das wissen Sie doch.«

Eliza nickte. »Sonst hätten Sie das nicht getan, was Sie im letzten Jahr getan haben.«

»Apropos: Stehen Sie noch in Kontakt mit Nicolas Lambourne?«, fragte Sandra.

»Wir schreiben uns«, antwortete Eliza. »Einmal im Monat darf ich ihn besuchen. In fünf Monaten kann er auf Bewährung aus dem Gefängnis entlassen werden, da er sich gut führt und eingesehen hat, dass sein Verhalten falsch war, auch wenn es einem guten Zweck gedient hat.«

»Es ist ein Glück, dass Nicolas einen guten und vertrauensvollen Manager für die Firma gefunden hat«, sagte Sandra. »So hat er eine Aufgabe, wenn er seine Strafe verbüßt hat, und die Chance, endlich ein normales Leben zu führen.«

Sandra beobachtete ihre Mitarbeiterin genau. Keine Regung in ihrem Gesicht wies darauf hin, dass Eliza für Nicolas Lambourne mehr empfand als nur Freundschaft. Ob es mehr werden könnte, würde sich zeigen, wenn der Mann nach Cornwall zurückkehrte.

»Ich werde jetzt die Liste …«, sagte Sandra, wurde aber jäh unterbrochen, da Ann-Kathrin Trengove in die Hotelhalle stürmte. Sie war außer Atem und wirkte sehr aufgeregt.

»Sandra! Gut, dass ich dich antreffe!«

Sandras Herz schlug schneller. »Ist was mit Demelza? Oder mit Alan?«

»Demi geht es gut, Alan ebenfalls. Das hoffe ich zumindest, er musste gestern für ein paar Tage nach London zu einem Gerichtstermin fahren.«

»Wo ist deine Tochter?", fragte Sandra, da die Freundin allein war.

»Bei Emma Penrose«, erklärte Ann-Kathrin. »Emma ist in die Kleine richtig vernarrt, Demi ist bei ihr in guten Händen. Sandra, es ist etwas Schreckliches passiert! Susan ist tot!«

»Susan?«

»Susan Nicholls, eine Kollegin von der Schule. Ich glaube, ihr habt euch nie kennengelernt, obwohl sie in Lower Barton wohnt.«

»Das tut mir sehr leid, Ann-Kathrin«, sagte Sandra. »War sie alt und krank?«

»Mitnichten!«, rief Eliza an Stelle der Freundin. »Ich kenne Susan, sehr gut sogar. Wir sind ein Jahrgang, wuchsen in unmittelbarer Nachbarschaft auf und drückten die ersten Jahre dieselbe Schulbank. Von einer Krankheit weiß ich nichts. Susan und ich hatten auch nur losen Kontakt.«

Ann-Kathrin drängte sich zwischen die beiden Frauen und raunte: »Susan Nicholls ist ermordet worden!«

»Nein!«, schrie Sandra, senkte aber sofort ihre Stimme, als einer der Gäste just in diesem Moment die Hotelhalle durchquerte. »Was ist passiert?«

Ann-Kathrin wartete, bis der Gast im Frühstücksraum war, dann erklärte sie: »Man fand sie heute Morgen vor einem leerstehenden Haus im Sunset Close. Du weißt schon, Sandra, da, wo früher die Hinrichtungsstätte war und heute die Reichen von Lower Barton wohnen.«

Sandra nickte, und Eliza fragte: »Woher wissen Sie das, Ms Trengove?«

»Von Ms Roberts, ich wollte bei ihr einkaufen«, erklärte Ann-Kathrin. »Das Geschäft war brechend voll, alle redeten aufgeregt durcheinander. Ich wusste sofort, dass was passiert sein musste.«

Sanda winkte ab. »Ach, wir wissen doch, wie gern unsere geschwätzige Metzgerin übertreibt.«

»In diesem Fall nicht, Sandra. Leider.« Ann-Kathrin sah Sandra traurig an. »Ms Roberts hat Susan nämlich gefunden. In aller Frühe, als sie mit dem Hund draußen war.«

»Ms Roberts hat einen Hund?«, rief Sandra. »Seit wann denn das?«

»Sie hat ihn nur in Pflege.« Aufgeregt fuchtelte Ann-Kathrin mit den Händen vor Sandras Gesicht. »Ist doch egal! Ms Roberts sagt, jemand habe Susan den Schädel eingeschlagen!«

»Wie furchtbar«, sagten Sandra und Eliza unisono, und Sandra fragte: »Was genau ist passiert?«

»Keine Ahnung«, erwiderte Ann-Kathrin. »Ms Roberts rief sofort die Polizei. Als Christopher und Sergeant Greenbow am Tatort eintrafen ...«

»Ob der Fundort auch der Tatort ist«, unterbrach Sandra die Freundin, »muss sich erst noch herausstellen.«

»Ach, Sandra!« Eliza schüttelte den Kopf und schmunzelte. »Jetzt spricht wieder die Detektivin und Freundin eines Detective Chief Inspector aus Ihnen.« Sie sah Ann-Kathrin an. »Was wissen Sie noch, Ms Trengove?«

»Nicht viel.« Ann-Kathrin zuckte mit den Schultern. »Im Ort wimmelt es von Polizei, das Gebiet um den Sunset Close herum ist abgesperrt. Aus der Ferne sah ich Christopher. Hat er dich noch nicht angerufen, Sandra?«

»Warum sollte er?«, fragte Sandra. »Christopher hat seinen

Job zu machen, besonders, wenn es sich um einen Mord handelt. Vielleicht ist diese Frau …«

»Susan Nicholls«, warf Ann-Kathrin ein.

»Sie könnte unglücklich gestürzt und mit dem Kopf auf einen Stein geprallt sein«, fuhr Sandra fort.

»Laut Ms Roberts lag Susan auf dem Bauch«, erwiderte Ann-Kathrin, »und ihre Stirn war zertrümmert.«

Sandra schluckte schwer, ein Schauer rann über ihren Rücken. Sie nahm die Hand der Freundin und drückte sie.

»Es tut mir sehr leid um deine Freundin, Ann-Kathrin. Hat … hatte Susan Familie?«

»Sie war verheiratet, drei erwachsene Kinder und, ich glaube, zwei oder drei Enkelkinder.« Ann-Kathrins Augen wurden feucht. »Wer tut nur so etwas? Susan war eine so angenehme Kollegin. Sie unterrichtete die Kleinen in Mathematik und Musik und ist …«, sie schluckte schwer, »war sehr beliebt.

»Die arme Familie.« Auch wenn Sandra die Lehrerin nicht gekannt hatte, berührte sie deren Tod sehr.

»Vielleicht war es ein Raubüberfall?«, spekulierte Eliza.

Ann-Kathrin schüttelte den Kopf. »Wer sollte Susan ausrauben wollen? Sie hatte zwar ihr Auskommen, war aber sonst eine einfache Frau. Kostbaren Schmuck oder Wertgegenstände trug Susan nicht. Jedenfalls habe ich nie so etwas an ihr gesehen.«

»Heutzutage werden Menschen schon wegen ein paar Pfund oder einem Handy überfallen, ausgeraubt und oft auch getötet«, bemerkte Sandra bitter.

»Doch nicht in unserem beschaulichen Lower Barton!«, rief Eliza. »Hier lassen die Leute noch ihre Türen offenstehen, und ein Nachbar achtet auf den nächsten.«

»Der Täter muss nicht aus dem Ort stammen«, sagte Sandra. »Vielleicht ist alles auch ein Irrtum, und Susan wurde gar nicht Opfer eines Verbrechens. Das macht es für die Angehörigen zwar nicht leichter, der Gedanke aber, dass sie ermordet wurde …« Sandra schüttelte sich wie ein junger Hund, der ins Wasser gefallen war.

»Ich schätze, im Laufe des Tages werden wir mehr erfahren«, murmelte Eliza und sah auf ihre Armbanduhr. »Bitte, entschuldigen Sie mich jetzt, Ms Trengove. So schrecklich der Tod von Susan Nicholls auch ist – es wartet eine Menge Arbeit auf mich.«

»Ich muss auch wieder nach Hause«, entgegnete Ann-Kathrin. » Susans Tod hat mich so aufgeregt, dass ich unbedingt mit jemandem sprechen wollte. Ich hole jetzt Demi von Emma ab. Schade, dass die Penroses keine Kinder haben. Emma wäre eine tolle Großmutter.«

Emma und George Penrose wohnten in einem Cottage am Rand des weitläufigen Hotelparks. Über Generationen hinweg hatten die Penroses in den Diensten der Tremaines, der früheren Eigentümer von Higher Barton, gestanden. Auch wenn das Ehepaar inzwischen den wohlverdienten Ruhestand angetreten hatte, entsprach es nicht ihrem Wesen, die Hände in den Schoß zu legen. Bei größeren Veranstaltungen, die es im Hotel häufig gab, war Emma gern bereit, auszuhelfen, und George war ein geschickter Handwerker. Sandra bat ihn oft um Hilfe, wenn Kleinigkeiten auszubessern oder zu reparieren waren. Lediglich über die Wintermonate verließen die Penroses Cornwall und verbrachten diese Zeit auf den Kanarischen Inseln. In Georges Gelenken saß die Arthrose, der Aufenthalt in wärmeren Gefilden tat ihm gut.

Sandra hatte sich gerade von ihrer Freundin verabschiedet, als Mutter und Sohn Withcombe aus dem Frühstücksraum kamen. Sie wurden von Major Collins begleitet. Sandra hörte, wie Andrew sagte: »Sie müssen mir unbedingt mehr aus Ihrer Zeit bei der Royal Air Force berichten. Welch unglaublicher Zufall, dass mein Vater unter Ihnen gedient hat, Major!«

»Ich erinnere mich noch gut an den jungen Rekruten Frederic Withcombe. Er war sehr intelligent, bei allen beliebt und verfügte über einen gesunden Ehrgeiz. Er hätte es weit bringen können. Musste er nicht aus familiären Gründen den Dienst quittieren?«

»Sein Vater starb überraschend«, sagte Lady Claire. »Mein Mann war das einzige Kind, er musste sich um unseren Besitz kümmern.«

»Es tut mir leid, dass Ihr werter Gatte so jung verstorben ist.« Major Collins deutete eine Verbeugung an.

»Das ist lange her.« Lady Claire winkte ab und hängte sich bei ihrem Sohn ein. »Bei Gelegenheit können Sie und Andrew gern über vergangene Zeiten plaudern, Major, heute beanspruche allerdings ich die Anwesenheit meines Sohnes. Andrew, mein Schatz, wir wollten doch einen Ausflug zu den Ruinen von Tintagel Castle machen. Ich habe alles bei mir, was ich benötige.«

»Bist du auch nicht zu müde, Mum? Heute Morgen hast du gesagt, du hättest schlecht geschlafen.«

»Die erste Nacht in einem fremden Bett schlafe ich immer schlecht«, erwiderte Lady Claire. »Der kräftige Darjeeling zum Frühstück hat meine Lebensgeister geweckt. Beeil dich, Andrew! Ich möchte keine Minute des herrlichen Tages verschwenden.«

»In zehn Minuten bin ich fertig, Mum.« Andrew küsste seine fast gleichgroße Mutter auf die Stirn. »Dann können wir los.« Mit elastischen Schritten lief er die Treppe zu ihrer Suite hinauf.

»Tintagel wird Ihnen gefallen«, sagte Major Collins. »Um diese Zeit ist die Ortschaft zwar überlaufen, draußen auf den Klippen, dort, wo die Mauerreste der Burg stehen, in der der Legende nach König Artus geboren wurde, verteilen sich die Besucher aber. Seit ein paar Wochen führt eine moderne Fußgängerbrücke auf geradem Weg vom Festland zu dem vorgelagerten Felsen mit den Ruinen. So müssen Sie nicht mehr die vielen steilen und beschwerlichen Stufen hinaufsteigen, Mylady.«

»Halten Sie mich für so gebrechlich, dass ich keine Stufen mehr bewältigen kann?« Gespielt empört verzog Lady Claire das Gesicht.

»Mitnichten, Mylady, mitnichten.« Ein erneuter Diener des Majors. »Sie wirken auf mich wie das blühende Leben, wenn ich so sagen darf. Wenn ich zwanzig Jahre jünger wäre, Mylady …«

»Nennen Sie mich bitte Lady Claire, Major, und wenn ich etwas erwidern darf: Auf mich machen Sie einen weitaus jüngeren und agileren Eindruck, als Ihr Alter vermuten lässt.«

»Das macht die regelmäßige Bewegung an der frischen Luft, Lady Claire. Dazu gutes Essen, aber nicht zu fett, Alkohol in Maßen, und dem Rauchen habe ich schon seit vielen Jahren abgeschworen. Nur ab und zu genehmige ich mir eine gute Zigarre, aus Havanna versteht sich, die ich dann Zug um Zug genieße.«

»Es freut mich, Sie kennengelernt zu haben«, erwiderte

Lady Claire. »Ich hätte nicht gedacht, in dieser Gegend und in einem Hotel, das doch eher für die Mittelklasse ausgelegt ist, auf einen so kultivierten und charmanten Herrn zu stoßen. Möchten Sie sich unserem Ausflug nach Tintagel nicht anschließen, Major?«

Der alte Herr lächelte, in seinen wasserhellen Augen ein freudiges Funkeln. »Mit dem allergrößten Vergnügen. Es wird mir eine Ehre sein, Sie durch den Tag begleiten zu dürfen.«

Sandra biss sich auf die Unterlippe, um nicht laut zu lachen. An Major Collins geschwollene, oft umständliche Ausdrucksweise war sie gewohnt, der Herr war achtzig Jahre alt. Lady Claire drückte sich ähnlich aus. Da hatten sich wirklich zwei gefunden, die perfekt zusammenpassten.

Während Imogen ungeduldig auf die Rückkehr ihres Verlobten, seiner Mutter und Major Collins wartete, hatte Sandra Zeit und Muße, sich um den Schriftverkehr zu kümmern. Unter anderem ging es um die Planung des Weihnachtsdinners und den abendlichen Ball. Nach dem Debakel im vergangenen Jahr sollte das kommende Weihnachtsfest in harmonischer und friedvoller Atmosphäre stattfinden. Eine von Sandras Stärken war ihr hervorragendes Organisationstalent. Sie versuchte, so wenig wie möglich dem Zufall zu überlassen, das Leben hatte ihr allerdings gezeigt, dass oft Dinge geschahen, die sie weder geplant, noch auf deren Verlauf sie Einfluss hatte. Weihnachten war zwar erst in vier Monaten, sie konnte aber heute schon eine Menge erledigen und von ihrer Liste abhaken. Sandra sah auf, als sich die Tür öffnete.

»Christopher! Mit dir hätte ich heute nicht gerechnet.«

Detective Chief Inspector Christopher Bourke schloss die Tür hinter sich und sah Sandra ernst an.

»Ich nehme an, du weißt bereits, dass heute Morgen eine Tote in Lower Barton gefunden wurde.«

Sandra nickte. »Stimmt es, dass Ms Roberts die Tote entdeckte?«

»Das ist leider richtig.« Der DCI seufzte. Mit einer Hand fuhr er sich durch sein feuerrotes Haar, das ihm ohnehin strubbelig vom Kopf abstand.

»Ann-Kathrin hat es mir erzählt«, fuhr Sandra fort. »Die Tote war eine Kollegin von ihr, sie unterrichtete auch an der Primary School in Polperro. Ist die Frau wirklich ermordet worden?«

»Der abschließende Bericht der Gerichtsmedizin steht noch aus«, erwiderte Christopher. »Im Moment sieht alles danach aus, dass Susan Nicholls nicht durch einen Unfall oder freiwillig aus dem Leben geschieden ist.«

»Logisch!«, rief Sandra. »Wer bringt sich schon selbst um, indem er sich den Kopf einschlägt?«

»Du bist mal wieder gut informiert, Sandra.«

Christopher verschränkte die Arme vor der Brust, musterte Sandra und fragte: »Wo warst du letzte Nacht zwischen dreiundzwanzig Uhr und zwei Uhr morgens?«

»Wurde in dieser Zeit Susan Nicholls ermordet?«, entfuhr es Sandra, dann erst ging ihr der Sinn von Christophers Frage auf. »Das meinst du jetzt nicht ernst!«

»Immerhin hast du gestern Abend gesagt, Lower Barton brauche mal wieder einen Mord, damit der Polizeiposten erhalten bleibt.«

»Ach, das war doch nur so dahingesagt.«

»Dein Alibi, Sandra!«, ermahnte er sie streng. »Du scheinst

ein Motiv zu haben, da du willst, dass ich Lower Barton nicht verlassen muss.« Um Christophers Augen tanzten Lachfältchen, seine Mundwinkel zuckten.

»Also wirklich, Detective Chief Inspector Bourke!« Sandra sprang auf, umarmte ihn und rief: »Beinahe wäre ich dir auf den Leim gegangen! Für einen Moment dachte ich tatsächlich, du verdächtigst mich wegen einer unbedachten Äußerung. Davon abgesehen, weißt du ganz genau, wo ich in der letzten Nacht gewesen bin.« Aus halbgeschlossenen Lidern und mit einem bedeutungsvollen Lächeln sah sie ihn an. »Ich lag in deinen Armen, und wir haben sehr viel Spaß miteinander gehabt.«

»Was wir baldmöglichst wiederholen sollten«, ergänzte er.

»Soll ich ins Revier kommen, um mein Alibi zu Protokoll zu geben?« fragte Sandra.

»Das lassen wir lieber. Nicht, dass wir meinen lieben Sergeant in Verlegenheit bringen.« Christopher lachte laut. »Und jetzt möchte ich dich küssen.«

Dem stimmte Sandra liebend gern zu.

SIEBEN

Gut gelaunt kehrten Lady Claire, Andrew Withcombe und Major Collins zur Tea Time von ihrem Ausflug zum Tintagel Castle zurück.

»Auch wenn es nur eine Legende ist«, sagte Lady Claire, »aber als ich hoch oben auf den Klippen stand, zweihundert Meter unter mir die gewaltige Wucht der Brandung an die schroffen Felsen peitschend – da fühlte ich mich in eine lang vergangene Zeit zurückversetzt.«

»In Cornwall findet man an nahezu jedem Küstenabschnitt und in Dutzenden von Orten Sagen«, erklärte Sandra. »Manche humorvoll, andere tragisch und einige auch richtig gruselig. Ich stamme aus Schottland, einem Land, das auf eine sehr bewegte und leidvolle Vergangenheit zurückblickt und kaum eine Burg hat, in der es nicht spuken soll. Von den Legenden Cornwalls bin ich aber immer wieder aufs Neue fasziniert.«

Andrew legte einen Arm um die Schultern seiner Mutter. »Mum, mach dich jetzt frisch, dann nehmen wir den Tee ein. Oder möchtest du ein wenig ruhen?«

»Ruhen?« Lady Claire lachte. »Das kann ich noch lange genug, wenn ich tot bin.«

»Was in ganz weiter Ferne liegt«, bemerkte Major Collins. »Mylady, Sie sind der Inbegriff blühenden Lebens.«

Geschmeichelt nahm Claire Withcombe das Kompliment entgegen. Sandra stimmte dem Major zu. Der Tag an der frischen Luft hatte Lady Claires Wangen rosa gefärbt, ihre grünen Augen strahlten. Die Sonne zauberte kastanienbraune Reflexe in ihre locker aufgesteckten Haare.

»Major, geben Sie uns die Ehre Ihrer Gesellschaft zum Tee?«, fragte Lady Claire.

»Sehr gern.« Major Collins reichte Andrews Mutter den Arm. Leicht legte sie eine Hand darauf und ließ sich von dem alten Haudegen auf die Terrasse führen.

In diesem Moment kam Imogen aus den Wirtschaftsräumen. Als sie sah, dass Andrew und Sandra in der Halle allein waren, umarmte sie ihn und küsste ihren Verlobten auf den Mund. Er erwiderte den Kuss, schielte mit einem Auge aber zur Tür, als habe er Furcht, Lady Claire könne unerwartet zurückkommen, dann sah er Sandra fragend an.

»Ich weiß Bescheid«, sagte sie und zog sich hinter die Rezeption zurück.

»Hattet ihr einen schönen Tag?«, fragte Imogen.

Andrew nickte. »Meine Mutter ist bester Stimmung. Ich glaube, der Major versucht, mit ihr zu flirten. Auch wenn er viel zu alt ist, genießt meine Mutter seine Aufmerksamkeit und Schmeicheleien.«

»Wenn sie heute so gute Laune hat …«, Imogen sah Andy hoffnungsvoll an. »Das wäre doch eine gute Gelegenheit, um ihr von uns zu erzählen.«

»Noch nicht, Imogen.« Sanft schob er sie von sich. »Sie muss dich erst besser kennenlernen.«

»Deine Mutter will mich überhaupt nicht kennenlernen«, erwiderte Imogen, eine steile Falte über der Nasenwurzel. »Bisher hat sie mich kaum beachtet. Für sie bin ich nur ein bezahlter Dienstbote wie alle anderen. Ich fürchte, sie hat meinen Namen im selben Moment, als sie ihn gehört hat, schon wieder vergessen.«

Unbehaglich trat Andrew von einem Fuß auf den anderen. »Ich muss jetzt zu ihr …«

»Warum?«, fragte Imogen. »Deine Mutter ist beim Major in bester Gesellschaft. Wir könnten einen Spaziergang durch den Park machen.«

»Äh … ich denke, das ist keine gute Idee.« Da Imogen fest die Lippen zusammenpresste, fügte er schnell hinzu: »Der Ausflug hat meine Mutter mehr erschöpft, als sie zugeben will. Ich vermute, sie wird sich gleich nach dem Dinner zurückziehen. Dann können wir uns heute Abend treffen. Oder musst du da noch arbeiten?«

»Imogen hat am Abend frei«, antwortete Sandra an Stelle des Zimmermädchens.

»Okay, um zehn, draußen bei den alten Stallungen.« Imogen seufzte. »Du kommst aber gewiss? Gestern Abend hast du mich versetzt, Andy.«

»Du musst das verstehen«, erwiderte Andrew. »Wir sind gestern erst angekommen, da musste ich mich um meine Mutter kümmern.« Er hauchte Imogen einen Kuss auf die Stirn, dann verließ er die Halle.

»Immer muss er sich um seine Mutter kümmern«, murmelte Imogen, laut genug, dass Sandra es hörte.

»Das wird schon. Sie ist ja erst den zweiten Tag hier, eine solche Sache braucht Zeit.« Sandra versuchte, ihre Angestellte zu trösten, was ihr aber nicht gelang.

»Wenn ich Andy nur nicht so lieben würde.«

Imogens Lippen zitterten. Sandra befürchtete, sie würde jeden Moment in Tränen ausbrechen. Deswegen sagte sie schnell: »Nimm dir den Rest des Nachmittags frei. Geh nach Hause, nimm ein Bad, mach dich hübsch und freu dich auf heute Abend.«

Imogen nickte. »Das mach' ich, Ms Flemming, danke. Vorhin habe ich gehört, was letzte Nacht in Lower Barton passiert ist. Das ist schrecklich! Hoffentlich findet die Polizei den Täter bald. Monsieur Peintré meint, es wären Jugendliche gewesen, die die Frau hätten ausrauben wollen. Als sie sich wehrte, haben sie zugeschlagen.«

»Bisher wissen wir nichts Genaues«, erwiderte Sandra. »So tragisch der Mord ist, mit Higher Barton hat er nichts zu tun.«

»Ausnahmsweise.« Imogen zwinkerte Sandra zu und lächelte jetzt wieder. »Einen schönen Abend, Ms Flemming, und danke für alles.«

»Ich hoffe, ihr könnt bald offen zu eurer Liebe stehen. Jetzt ab mit dir!«

Nachdem sich am Abend die Gäste zum Dinner im Restaurant versammelt hatten, sagte Sandra zu Eliza: »Ich muss für eine Stunde oder so weg. Ist das okay für Sie?«

»Gehen Sie nur, Sandra, den Rest schaffe ich allein.« Eliza Dexter deutete zum Restaurant. »Heute haben wir wieder acht externe Gäste. Die gute Küche hat sich herumgesprochen. Wenn das so weitergeht, müssen wir anbauen.«

»Das möchte ich nicht«, erwiderte Sandra. »Ich liebe unser kleines, feines Restaurant. Monsieur Peintré und Rosa bewältigen schon jetzt die Arbeit kaum mehr allein. Vor ein paar Tagen fragte mich Monsieur, ob es möglich sei, einen Beikoch einzustellen. Ich sagte, ich würde darüber nachdenken. Es ist nicht einfach, einen guten Jungkoch zu finden.«

»Natürlich wünscht sich Monsieur einen Mann.« Eliza schmunzelte. »Rosa hat er endlich akzeptiert, und sie kommt mit Monsieurs Macken gut klar.«

»So hat halt jeder seine Ecken und Kanten. Ändern werden wir Monsieur nicht mehr, wenngleich seine Ansicht, Frauen wären als Köchinnen nur am heimischen Herd geeignet, altmodisch und diskriminierend ist.« Auch Sandra lachte. »Sofern es möglich ist, ohne jemanden zu benachteiligen, werden wir die Wünsche von Monsieur Peintré berücksichtigen. Wir möchten nicht, dass seine Kreativität an den Töpfen und Pfannen empfindlich gestört wird.«

»Sprechen Sie über mich?« Wie aus dem Nichts stand der Koch in der Tür.

»Nicht über Sie, sondern *von* Ihnen, Monsieur«, erklärte Sandra, »und nur positiv!«

Skeptisch musterte Peintré seine Chefin, sein grauer, schmaler Oberlippenbart kräuselte sich. »Was anderes gibt es auch nicht zu sagen«, murrte er. »Ms Flemming, können wir über die anstehende Weinprobe sprechen? Müssen es denn unbedingt französische Weine sein? Ausgerechnet Frankreich!«

»Monsieur, berichtigen Sie mich bitte, wenn ich falsch liege, aber Ihr Heimatland Belgien ist nicht gerade für erstklassigen Wein berühmt.«

Der Koch senkte den Kopf und brummelte: »Deswegen haben wir erstklassiges Bier und die besten Pommes frites der Welt.«

»Keineswegs wollte ich Belgien in irgendeiner Weise schmälern«, erwiderte Sandra. Es fiel ihr immer schwerer, ernst zu bleiben. »Jedes Land hat seine Spezialitäten, und das ist gut so. Ich habe mich entschlossen, einmal im Monat eine

Weinverkostung anzubieten. Wir starten mit französischen Weinen. Im September werden dann die Weine aus dem Camel Valley hier in Cornwall vorgestellt.«

Der Koch schüttelte sich und zog die Mundwinkel nach unten. »Der eignet sich nur zum Kochen, wenn überhaupt.«

»Ich finde besonders den Rotwein aus Cornwall ausgezeichnet«, warf Eliza ein. »Zudem sind wir bestrebt, lokale Produkte anzubieten und die Erzeuger entsprechend zu unterstützen.«

»Können wir morgen über die Weinprobe sprechen?«, bat Sandra. »Ich muss jetzt etwas anderes erledigen. Sie können versichert sein, Monsieur, dass der französische Wein, den wir übrigens auf der Karte haben und den unsere Gäste sehr zu schätzen wissen, Ihre Gefühle als Belgier nicht verletzten wird.«

»Nehmen Sie mich etwa auf den Arm, Ms Flemming?«

Abwehrend streckte Sandra die Hände aus. »Mitnichten, Monsieur! Dafür sind Sie mir viel zu schwer.«

Aus dem Augenwinkel sah Sandra, wie Eliza hektisch in ein paar Unterlagen kramte, da sie kurz davorstand, einen Lachkrampf zu bekommen. Monsieur Peintré legte großen Wert darauf, nicht als Franzose angesehen zu werden. Er erinnerte Sandra an Hercule Poirot, äußerlich hatte der Koch mit dem literarischen Meisterdetektiv jedoch keine Ähnlichkeit. Peintré war einen Kopf kleiner als Sandra, hatte eine gedrungene Figur mit einem deutlichen Bauchansatz und ein rundes Gesicht mit häufig geröteten Wangen. Das Leben hatte es nicht immer gut mit ihm gemeint. Im Großen und Ganzen war der Koch mit allem zufrieden, zumal ihm Sandra bei der Zusammenstellung der Menüs nahezu freie Hand ließ. Dass Monsieur Peintré auch lokale Speisen, wie Chips

& Fish und besonders die Cornish Pasties zubereiten musste, hatte anfangs zu Differenzen geführt, die inzwischen aber überwunden waren.

Eine halbe Stunde später parkte Sandra ihren roten Land Rover mit dem schwarzen Dach in der Fore Street von Lower Barton, genau vor dem Fleischereifachgeschäft von Agnes Roberts. Seit dem frühen Tod ihres Mannes führte Ms Roberts das Geschäft allein, über mangelnde Kundschaft konnte sie sich nicht beklagen. Die Fleischtheke im Supermarkt Morrisons am Ortsrand war für sie keine Konkurrenz, da viele Leute die frische, lokale Ware vor der aus dem Discounter bevorzugten. Auch das Higher Barton Romantic Hotel wurde von Ms Roberts beliefert. Die zahlreiche Kundschaft verdankte Agnes Roberts nicht nur der guten Qualität ihrer Produkte, sondern auch der Tatsache, dass die Metzgerei der Dreh- und Angelpunkt der Neuigkeiten in Lower Barton war. Ms Roberts wusste stets über alles und über jeden als Erste Bescheid, es gab keinen Vorfall, der an ihr vorbeiging und unkommentiert blieb. Hinter vorgehaltener Hand wurde sie *Daily Mirror von Lower Barton* genannt, und so mancher behauptete, die Metzgerin sei eine Klatschbase. Anfangs hatte auch Sandra diesen Eindruck von Ms Roberts gewonnen. Mehr als einmal war Sandra zu ihr sogar schroff gewesen, wenn Ms Roberts ihr die angeblichen Geheimnisse der Bewohner von Lower Barton erzählen wollte. Wer mit wem, wann und warum … Inzwischen hatte Sandra die ältere Frau aber schätzen gelernt. Agnes Roberts sprach zwar gern und viel, in ihrem Geschwätz steckte aber oft ein Körnchen Wahrheit. Zudem hatte die Metzgerin ein gutes Herz und setzte sich für Minderheiten und Menschen, die vom Schicksal benachteiligt waren, ein.

Der Laden war bereits geschlossen. Sandra ging zum Eingang auf der Seite des Hauses und drückte auf den Klingelknopf. Gleich darauf hörte sie Schritte, Ms Roberts rief: »Lasst mich doch in Ruhe! Ich gebe keine Interviews!«, dann wurde die Tür einen Spalt geöffnet. »Ach, Sie sind es, Sandra.« Ms Roberts wirkte sichtlich erleichtert.

»Es tut mir leid, was passiert ist«, sagte Sandra.

»Kommen Sie mit hoch.« Agnes Roberts trat einen Schritt zur Seite. »Ich habe mir gerade einen Tee aufgebrüht. Trinken Sie auch eine Tasse?«

»Sehr gern.« Sandra, die einem Kaffee mit viel fluffigem Milchschaum den Vorzug gab, wollte nicht unhöflich sein. Außerdem war sie gekommen, um von Ms Roberts mehr über das schreckliche Geschehen zu erfahren. Immerhin war die Tote eine Kollegin von Ann-Kathrin Trengove.

»Ich wollte nachsehen, wie es Ihnen geht«, sagte Sandra, als sie Ms Roberts die enge, steile Treppe hinauf in die Wohnräume folgte.

»Das ist sehr freundlich, Sandra. Ich glaube, ich stehe noch unter Schock.« Sie zwinkerte Sandra zu und wirkte gar nicht verstört. »Im Gegensatz zu Ihnen bin ich an das Auffinden von Leichen nicht gewöhnt.«

»Ja, leider musste ich eine solche Erfahrung schon mehrmals machen.«

Agnes Roberts führte Sandra ins Wohnzimmer. Sandra, die zum ersten Mal hier war, sah sich verstohlen um. Die zupackende Metzgerin hatte ein Faible für dezente Farben und moderne Formen, was Sandra von der über Sechzigjährigen nicht erwartet hätte. Auf dem hellen Dielenboden lag ein beigefarbener Teppich, das Sofa und zwei Sessel waren mit zartgelbem Stoff bezogen, die Farbe fand sich in den gerüschten Vorhängen vor den Sprossenfenstern wieder. Mintgrüne Kissen und eine ebensolche Tischdecke passten sehr gut zu der Einrichtung mit Möbeln aus jüngster Zeit. Sandra wusste, dass das Haus an die vierhundert Jahre alt und außen wie innen komplett renoviert worden war, ohne den alten Charme verloren zu haben. In einem Korb neben dem Sofa lag ein braun-schwarzer Hund mit einer langen Schnauze. Er hob nur kurz den Kopf, als Sandra sich setzte, schloss dann wieder die Augen und schlief weiter.

»Was für ein hübscher Hund«, sagte Sandra. »Wie lange müssen Sie ihn noch betreuen, Agnes?«

»Bestimmt noch zwei oder drei Wochen. Das mache ich aber gern, Sabu ist ein so lieber Kerl. Ich fürchte, er vermisst sein Herrchen. Wenn ich meinen Nachbarn in der Klinik besuche, darf ich Sabu leider nicht mitbringen.« Ms Roberts wandte sich zur Tür. »Mögen Sie Jasmintee?«

»Sehr gern, Agnes.«

Aus der mit allen modernen Geräten eingerichteten Küche holte Ms Roberts ein Tablett mit der Teekanne, zwei Tassen, Sahne, Zucker und einem Teller mit Ingwerkeksen.

»Die habe ich nicht selbst gebacken, sondern im Supermarkt gekauft«, erklärte sie. »Backen ist nämlich nicht gerade meine Leidenschaft.«

Sandra lächelte, nahm einen Schluck von dem aromatischen Tee, der leicht nach Jasmin duftete, dann sagte sie: »Bitte halten Sie mich nicht für neugierig, Agnes, aber würden Sie mir erzählen, wie das heute Morgen war? Das heißt, wenn Sie sich kräftig genug fühlen, darüber zu sprechen.«

»Gern, Sandra. Ich habe sogar erwartet, dass Sie zu mir kommen. Immer, wenn ein Mord in oder um Lower Barton herum geschieht, ruft das Sie auf den Plan. Wie viele Mörder haben Sie inzwischen zur Strecke gebracht?«

»Drei«, antwortete Sandra wahrheitsgemäß. »Wobei ich immer nur ein wenig herumgefragt und nachgeforscht habe. Schlussendlich dingfest gemacht wurden die Täter von der Polizei.«

»Ach ja, die Polizei, und ganz besonders unser geschätzter Detective Chief Inspector.« Ms Roberts sah Sandra wissend an. »Sie und der DCI sind ein schönes Paar. Wann läuten denn die Hochzeitsglocken?«

Sandra wunderte sich nicht, dass Agnes Roberts von ihrer Beziehung wusste, Christopher und sie machten auch kein Geheimnis daraus. In einem kleinen Ort wie Lower Barton sprach sich ohnehin alles schnell herum, und gerade Agnes Roberts hatte ihr Ohr immer am Puls der Zeit.

»Ach, Agnes, Christopher und ich sind glücklich miteinander, wie es derzeit ist«, antwortete Sandra.

Ms Roberts starrte auf Sandras Bauch. »Sie sind nicht mehr die Jüngste«, sagte sie direkt. »Wenn Sie an Nachwuchs denken sollten …«

»Mit dem Hotel habe ich alle Hände voll zu tun, Agnes.« Etwas unbehaglich rutschte Sandra auf dem Stuhl umher. Die Metzgerin schien zu bemerken, dass Sandra das Thema nicht weiterverfolgen wollte.

»Hat die Polizei bereits eine Spur?«, fragte sie.

»Nicht, dass ich wüsste. Wobei Inspector Bourke mir keine Interna verraten darf.« Sandra beugte sich vor. »Sie kannten die Tote?«, fragte sie, um auf den Grund ihres Besuches zu kommen.

Agnes Roberts zuckte mit den Schultern. »Kennen ist zu viel gesagt. Susan Nicholls war keine meiner Stammkundinnen.

Ich glaube, sie kaufte vorrangig bei Morrisons, weil es dort günstiger ist.«

»Dann war Susan nicht vermögend?«, fragte Sandra. »Als Lehrerin hatte sie doch gewiss ihr Auskommen.«

»Susan hat drei Kinder großgezogen. Die sind zwar alle außer Haus, seit Mr Nicholls aber nicht mehr arbeiten kann, wird sie sparsam gelebt haben, allein schon um die regelmäßig anfallenden Arztkosten zu bezahlen. Unser Gesundheitssystem deckt nur das Nötigste ab. Wer eine bessere Behandlung möchte, muss selbst in die Tasche greifen. Mr Nicholls ist auf regelmäßige physikalische Behandlungen angewiesen.«

»Warum kann Susans Mann nicht mehr arbeiten? Ist er krank?«

Ms Roberts wunderte sich nicht über Sandras Fragen, im Gegenteil. Sie blühte auf, wenn jemand Interesse am Leben anderer zeigte.

»Er hatte einen Autounfall«, erklärte Ms Roberts bereitwillig. »Es liegt Jahre zurück, und ich weiß leider nicht, was genau passiert ist. Wochenlang rang Mr Nicholls mit dem Tod. Er erholte sich dann zwar, kann seitdem aber nur noch wenige Schritte gehen, die meiste Zeit muss er im Rollstuhl sitzen. Wenn Susan unterrichtet hat, kam eine Pflegerin zu Mr Nicholls, diese kostet zusätzlich Geld.«

»Der arme Mann! Gehbehindert, und jetzt hat er seine Frau verloren!« Auch wenn Sandra ihn nicht kannte, war sie voller Mitgefühl für Susans Mann. »Sie sagten, Susan hatte Kinder. Kümmern sich diese nicht um ihren Vater?«

»Die Kinder leben alle nicht mehr in Lower Barton. Sie kommen nur zu sporadischen Besuchen vorbei.«

Dafür, dass Agnes das Opfer angeblich kaum gekannt hatte,

wusste sie erstaunlich gut Bescheid, dachte Sandra und sagte: »Besonders schrecklich ist es, dass Susan ermordet wurde.«

Ms Roberts schüttelte sich, senkte die Stimme und raunte: »Es war ein furchtbarer Anblick, Sandra! Der Frau wurde der Schädel eingeschlagen! Wer tut so was? Wenn Sie meine Meinung hören wollen: Die Lehrerin wurde überfallen, um sie auszurauben. Der Chief Inspector sagte allerdings, das Portemonnaie sei noch in ihrer Jackentasche gewesen, ebenso wurde ihr Ehering nicht gestohlen. Der ist immerhin aus Gold und schon ein paar Pfund wert.«

»Vermutlich wollte der Täter die Frau nicht umbringen«, mutmaßte Sandra. »Er hat sie überfallen, Susan hat sich gewehrt, da hat er stärker zugeschlagen, als er wollte. Als er sah, dass Susan tot war, geriet er in Panik und floh ohne Beute.«

Agnes Roberts nickte zustimmend, ihre Augen funkelten. Die Unterhaltung mit Sandra war ganz nach ihrem Geschmack.

»Ein Raubmörder in unserem beschaulichen Lower Barton! Da ist man sich seines Lebens ja nicht mehr sicher!«

»Der Täter kann auch von außerhalb und zufällig in den Ort gekommen sein.« Sandra spann den Faden weiter. »Dafür spricht, dass er ausgerechnet Susan Nicholls überfallen hat. Jeder, der die Lehrerin kannte, muss doch gewusst haben, dass bei ihr nicht viel zu holen war.« Nachdenklich runzelte sie die Stirn und fragte: »Hat niemand etwas gehört oder gesehen? Mit Ausnahme des Hauses am Sunset Close, vor dem Sie Susan gefunden haben, sind die anderen bewohnt.«

Ms Roberts zuckte mit den Schultern. »Es ist anzunehmen, dass die Polizei alle Anwohner befragt. Als ich

Susan auffand, schrie ich, was Sie sicher verstehen, Sandra. Daraufhin flammte hinter mehreren Fenstern Licht auf. Es war ja noch früh am Morgen. Zwei Männer kamen heraus und fragten, was los sei.«

»Das heißt, dass die Tote nicht hatte schreien können«, mutmaßte Sandra, »sonst wäre sie gehört worden. Wo wohnte Susan? Ebenfalls am Sunset Close?«

»Natürlich nicht«, rief Ms Roberts. »Das ist eine viel zu teure Wohngegend. Die Familie hat im Osten von Lower Barton ein Reihenhaus, in der Trelawn Road.« Sandra zuckte so heftig zusammen, dass der Tee in der Tasse, von dem sie gerade trinken wollte, überschwappte. In der Untertasse bildete sich ein See. »Hoppla!« Ms Roberts lächelte wissend. »Ja, die Nicholls wohnen in derselben Straße wie Ihr Chief Inspector. Vielleicht sind Sie Susan ja schon mal begegnet, als Sie bei Ihrem Freund gewesen sind?«

»Nicht, dass ich wüsste. Ich besuche Christopher Bourke eher selten, wir treffen uns meistens in Higher Barton.« Sandra sah keinen Grund, diese Informationen Ms Roberts zu verschweigen, auch, um eventuellen Spekulationen vorzubeugen. Sie stellte die leere Tasse ab und stand auf. »Herzlichen Dank für den Tee, Agnes. Wenn Ihnen noch was zu Susan einfällt, können Sie mich jederzeit anrufen oder besuchen kommen.«

»Der Fall scheint Sie sehr zu interessieren, Sandra.« Wissend zog Ms Roberts eine Augenbraue hoch. »Sie können es nicht lassen, sich einzumischen, nicht wahr? In Ihnen steckt eben doch eine Detektivin.«

»Susan Nicholls war die Kollegin meiner Freundin, Ms Trengove«, erwiderte Sandra. »Grundsätzlich bin ich daran interessiert, dass Täter schnell gefasst werden. Ein negatives

Image von Lower Barton schlägt sich auch auf mein Hotel nieder.«

»Ach, geben Sie es doch zu, Sandra: Die Ermittlungsarbeit macht Ihnen Spaß! Solange Sie nicht in Gefahr geraten, ist es doch in Ordnung. Greifen Sie dem DCI nur kräftig unter die Arme, damit der Mörder bald hinter Gittern sitzt.«

»In diesem Fall gibt es nichts, das ich tun könnte. Gute Nacht, Agnes, ich hoffe, Sie können nach diesem aufregenden Tag überhaupt Ruhe finden.«

»Ich werde eine Baldriantablette nehmen. Sicher ist sicher, denn morgen früh muss ich ausgeruht hinter dem Verkaufstresen stehen.«

Auf der Straße atmete Sandra tief durch. Inzwischen war es dunkel geworden, ein kühler Wind ließ sie frösteln. Vor dem *Sailor's Rest,* dem örtlichen Pub, waren trotzdem alle Tische und Bänke belegt, es ging laut und lustig zu. Sandra startete ihren Wagen, wendete auf der Straße und fuhr nach Osten. Es war nach zehn Uhr, auch ein DCI hatte mal Feierabend und vielleicht würde sie Christopher zu Hause antreffen. Bei dieser Gelegenheit könnte sie ja einen Blick auf das Wohnhaus der Nicholls werfen. Selbstverständlich rein zufällig und unverbindlich.

ACHT

Schwerfällig stützte sich der Mann auf die Armlehnen des Rollstuhls und versuchte, sich hochzustemmen.

»Bleib sitzen, Dad.« Eine attraktive Frau Ende zwanzig drückte ihn an der Schulter in den Stuhl zurück. »Ich helfe dir gleich beim Ausziehen und Waschen.«

»Was würde ich ohne dich tun?« Philipp Nicholls' Augen schimmerten feucht. Er schniefte und sah Christopher Bourke an. »Haben Sie noch weitere Fragen, Chief Inspector? Wollen Sie mich … uns noch länger quälen?«

»Dad, der Inspector tut nur seine Arbeit«, sagte Ruby Nicholls. »Wir wollen doch, dass der, der Mum das angetan hat, für den Rest seines Lebens eingesperrt wird.«

»Das bringt meine Frau auch nicht zurück.«

»Das ist leider wahr, Mr Nicholls«, sagte Christopher ruhig. »Trotzdem wird der Täter seine gerechte Strafe erhalten.«

»Gerechte Strafe?« Philipp Nicholls lachte rau und bitter. »Es gibt keine Gerechtigkeit für einen Mörder! Auch wenn er für viele Jahre ins Gefängnis muss – dieser Kerl darf weiterleben! Er darf atmen, trinken und essen, er sieht jeden Morgen die Sonne auf- und am Abend wieder untergehen. Meiner Frau hingegen wurde das alles genommen.«

»Ach, Daddy.« Ruby schniefte, sie legte ihren Kopf auf die Schulter des Vaters.

»Mr Nicholls, ich weiß, wie schmerzlich das alles für Sie ist …«

»Nichts wissen Sie!«, unterbrach Nicholls Christopher. »Oder haben Sie schon mal eine Ehefrau verloren?«

»Das nicht, aber meinen Vater, als ich noch ein Kind war«, antwortete Christopher trocken. »Er wurde erstochen, als er einem anderen Menschen zu Hilfe geeilt ist.« Innerlich war Christopher nicht so ruhig, wie er sich gab, was an der Rotfärbung seines Halses und der Wangen zu erkennen war. Christopher spürte, wie jetzt auch seine Ohren heiß wurden und die Farbe seines Haares annahmen. Mr Nicholls und seine Tochter waren jedoch zu aufgewühlt, um es zu bemerken. Er beugte sich vor und sagte eindringlich: »Mr Nicholls, Ms Nicholls: Ich verspreche Ihnen, dass wir den Täter finden und ihn vor Gericht stellen werden!«

»Wenn es, wie Sie derzeit annehmen, ein Raubüberfall war«, bemerkte Ruby, »wird der Mörder längst über alle Berge sein. Es muss nicht zwingend ein Einheimischer sein.«

»Noch wissen wir nicht, ob es sich um einen Mann oder eine Frau handelt«, erwiderte Christopher. »Ms Nicholls war mittelgroß, von schmaler Statur, eine größere, kräftige Frau hätte sie durchaus …«, er räusperte sich, »erschlagen können.«

»Haben Sie die Tatwaffe gefunden, Inspector?«, fragte Ruby. »Wissen Sie, wie meine Mutter …?«

Christopher nickte, sah aber erst zweifelnd zu Philipp Nicholls, bevor er antwortete: »In der Hecke des Nachbargrundstückes haben wir einen faustgroßen Stein gefunden, an dem sich aber keine Blutspuren befinden. Das Labor ist mit der Auswertung noch beschäftigt. Es könnte trotzdem sein, dass Ihre Mutter mit diesem Stein erschlagen wurde.«

»Das bestätigt den Verdacht eines Überfalls. « Ruby sah Christopher aus ihren grünen Augen verzweifelt an. »Er, oder auch sie, hatte nicht vor, zu töten. Er wollte sie nur berauben. Mutter hat sich natürlich gewehrt, da hat der Täter den Stein genommen, zugeschlagen und ist in Panik geflüchtet. Das erklärt auch, warum die Geldbörse und der Schmuck meiner Mutter nicht gestohlen wurden.«

»Sie ziehen ähnliche Schlüsse wie ich, Ms Nicholls.«

»Ach, sagen Sie Ruby zu mir«, bat die junge Frau. »Nun ja, ich sehe fern und lese regelmäßig Krimis. Natürlich weiß ich, dass das wahre Leben nichts mit Filmen und Romanen zu tun hat.«

»Das hat es wahrlich nicht, Ruby.« Christopher seufzte, sah zu Philipp Nicholls und fragte: »Was hat Ihre Frau mitten in der Nacht am Sunset Close gemacht?«

»Sie hat eine Freundin besucht«, antwortete der Mann leise. »Einmal im Monat trafen sie sich, abwechselnd bei uns oder bei ihrer Freundin. Mädelsabend, hatte es Susan genannt. Dabei wurde es häufig spät, besonders wie jetzt in den Ferien. Am nächsten Morgen musste Susan ja nicht früh aufstehen und zum Unterricht gehen. Manchmal hat sie auch bei der Freundin übernachtet. Ach, hätte sie es in dieser Nacht nur getan! Oder das Treffen hätte bei uns stattgefunden!«

»Ist Ihre Frau immer allein zu Fuß nach Hause gegangen, Mr Nicholls?«

Er nickte. »Es ist nicht weit; den Wagen für die kurze Strecke zu nehmen, war für Susan Energieverschwendung. Der kürzeste Weg führt über den Sunset Close.«

»Notieren Sie bitte den Namen und die Anschrift der Freundin«, bat Christopher.

Ruby nickte und nahm einen Zettel und Kugelschreiber. »Lettice Martin. Sie weiß, was passiert ist, heute Nachmittag habe ich mit ihr telefoniert. Sie hat gesagt, Susan sei so gegen ein Uhr von ihr weggegangen. Lettice ist erschüttert und erwartet Ihren Besuch, Inspector.«

»Ich werde mit Ms Martin morgen sprechen.« Christopher stand auf. »Noch einmal mein aufrichtiges Beileid, Mr Nicholls.«

Traurig sah der Mann auf. »Wann darf ich meine Frau beerdigen, Chief Inspector?«

»In ein paar Tagen, Sie bekommen Bescheid.«

»Wurde sie …«, er schluckte schwer, »aufgeschnitten?«

Christopher wusste, was der Mann meinte und antwortete: »Das ist bei einer Obduktion üblich, Mr Nicholls. Ich kann Ihnen aber versichern, dass der Körper Ihrer Frau wieder so hergerichtet wird, dass sie aussieht, als würde sie schlafen.«

Auch nach den vielen Jahren als Polizist hasste Christopher solche Gespräche. Er ahnte, was in dem Ehemann vor sich ging. Philipp Nicholls senkte den Kopf und faltete die Hände im Schoß.

Ruby begleitete Christopher zur Tür. Dort sagte sie leise: »Bitte entschuldigen Sie die Grobheit meines Vaters.«

»Ich habe Verständnis für Ihn. Es ist schlimm, die Frau zu verlieren, umso furchtbarer, wenn diese ermordet wurde. Bleiben Sie bei Ihrem Vater, Ruby?«

»Zumindest in den nächsten Tagen, auf jeden Fall bis zur Beerdigung. Ich arbeite in einer kleinen Modeboutique in Penzance und konnte kurzfristig Urlaub nehmen. In zwei

Wochen muss ich aber wieder zurück sein, bis dahin muss für meinen Vater eine Lösung gefunden werden.«

»Ist er immer auf den Rollstuhl angewiesen?«

»Die meiste Zeit«, antwortete Ruby. »An guten Tagen kann er sich mit dem Rollator langsam bewegen. Für die oberen Räume haben meine Eltern einen Treppenlift eingebaut. Meistens sitzt Vater aber von früh bis spät vor dem Fernseher. Das Haus verlässt er nur, wenn er Arzt- oder Behördentermine wahrnehmen muss.«

»Was ist mit Ihren Geschwistern?«, fragte Christopher. Über die Familienverhältnisse hatte er sich am Vormittag informiert. »Ich wundere mich, dass Ihre Schwester und Ihr Bruder nicht hier sind.«

»Die sind ebenso erschüttert, können aber nicht nach Lower Barton kommen.« Für einen Moment zogen sich Rubys Mundwinkel nach unten. »Meine Schwester lebt in Weston-super-Mare in North Somerset, sie hat drei Kinder im Vorschulalter. Ihr Mann arbeitet auf Montage, deshalb kann Iris derzeit nicht weg, da sie niemanden hat, der sich um die Kleinen kümmern kann. Und unser Bruder Max …« Sie seufzte. »Er ist der Älteste von uns, hat zwei Kinder und arbeitet als Fotojournalist für ein großes Reisemagazin. Derzeit tourt er durch Kanada. Seine Frau und Vater verstehen sich überhaupt nicht. Ich bin gespannt, ob Max' Frau überhaupt zur Beisetzung kommen wird. Wie es aussieht, bleibt neben der Beerdigung unserer Mutter auch alles andere an mir hängen.«

»Das tut mir leid.« Christopher meinte es ehrlich. »Leben Sie allein?«, fragte er. »Ich meine, besteht die Möglichkeit, Ihren Vater bei sich aufzunehmen?«

»Ich bin zwar Single, wohne aber in einer so kleinen

Wohnung, dass ich darin allein kaum umfallen kann. Eine größere Wohnung oder gar ein Haus kann ich mir nicht leisten. Sie kennen die Preise in Cornwall, Inspector. Eine Alternative wäre, zu meinem Vater zu ziehen, das Haus hier hat Platz genug. Aber täglich zwischen Lower Barton und Penzance zu pendeln, ist unmöglich. Oder ich muss mir eine andere Anstellung suchen. Die Angebote liegen jedoch nicht gerade auf der Straße.« Sie zuckte mit den Schultern und öffnete die Haustür. Der Bewegungsmelder sprang an. Im grellen, weißen Licht wirkten Rubys Augen riesengroß. »Im Augenblick kann ich, können wir alle keine Entscheidung treffen«, fuhr sie fort. »Es ist für mich immer noch unvorstellbar, dass meine Mutter nie wieder durch diese Tür kommen wird und ich ihr herzliches Lachen hören werde.«

»In Ihrem Herzen lebt sie weiter, Ruby.« Spontan legte Christopher eine Hand auf Rubys Arm. »Wie ich es Ihrem Vater versprach: Wir werden den Täter finden!«

Ruby lächelte traurig, dann schloss sich die Tür hinter ihr. Als Christopher den Vorgarten verlassen hatte, trat eine Gestalt aus dem Schatten in den Lichtkegel der Straßenlampe.

»Sandra!«, rief er. »Woher weißt du, wo die Familie des Opfers wohnt? Du kannst es nicht lassen, herumzuschnüffeln!«

»Jetzt tust du mir unrecht, Christopher.« Gespielt trotzig verzog Sandra die Lippen. »Ich wollte dich besuchen und kann nichts dafür, dass die Nicholls quasi deine Nachbarn sind.«

»Nachbarn, die ich bisher kaum wahrgenommen habe.« Christopher seufzte. »Susan habe ich hin und wieder gesehen, man hat sich flüchtig gegrüßt. Ich wusste auch, dass Mr Nicholls gehbehindert ist, weiter habe ich mich um die Familie nie gekümmert.«

»War das eben eine der Töchter?«

»Ja, Ruby.«

»Sie ist hübsch.«

»Ja? Das habe ich nicht bemerkt.« Christopher stutzte, dann lachte er lauf auf. »Bist du etwa eifersüchtig, Sandra?«

»I-c-h? Natürlich nicht ...«

»Dazu hast du auch keinen Grund.« Er legte einen Arm um Sandras Schultern. »Wenn ich ermittle, sind Frauen für mich grundsätzlich nur Zeugen oder Verdächtige.«

»Nur wenn du ermittelst?«, fragte Sandra mit einem verschmitzten Lächeln. »Unter anderen Umständen könnte Ruby dir gefallen?«

»Nein, du bist kein bisschen eifersüchtig, Sandra Flemming.« Er zwinkerte spitzbübisch. »Komm, gehen wir zu mir. Es ist fast elf, ich mache Feierabend für heute. Bleibst du über Nacht?«

»Wenn du es möchtest, Christopher.«

Sein liebevoller Blick sagte mehr als jedes Wort.

NEUN

Der aromatische Duft von frisch aufgebrühtem Kaffee weckte Sandra.

»Ich muss los, Darling.« Christopher stellte eine große Tasse mit einer Haube weißen Milchschaums auf das Nachtschränkchen.

»Wie spät ist es?« Schlaftrunken rieb sich Sandra die Augen.

»Kurz nach sechs. Wann musst du im Hotel sein?«

»Eliza hat heute Vormittag Dienst, ich fange erst gegen Mittag an.« Sandra setzte sich auf und griff nach der Tasse. Vorsichtig nippte sie an dem leckeren Milchschaum. »Danke, Christopher, du verwöhnst mich.«

Er küsste sie auf die Stirn. »Die Anschaffung des Kaffeevollautomaten war eine gute Idee. Eier, Speck und Butter findest du im Kühlschrank, Toast im Brotkorb. Fühl dich ganz wie zu Hause.« Er stand auf. »Ich muss jetzt gehen. Wegen des Mordfalls können Sergeant Greenbow und ich uns wenigstens nicht mehr über mangelnde Arbeit beklagen. Noch eine Information für dich: Den Todeszeitpunkt können wir jetzt eingrenzen. Susan Nicholls starb zwischen drei und fünf Uhr.«

»Es wird schwer werden, eventuelle Zeugen zu finden«,

bemerkte Sandra. Nachdenklich zog sie die Unterlippe zwischen die Zähne und fragte: »Die Anwohner am Sunset Close habt ihr sicher befragt?«

»Sergeant Greenbow kümmert sich darum.« Er gab Sandra einen liebevollen Nasenstüber. »Du siehst, wir denken an alles, Darling. Wir telefonieren heute Abend, ja?«

Nachdem Christopher fort war, rekelte sich Sandra wohlig im Bett, trank langsam den Kaffee aus und stand dann erst auf. Es war schön, nicht ständig unter Zeitdruck zu stehen. Durch die Küche mit den schwarz-weißen Fliesen und einer Einrichtung im Stil des Art déco ging Sandra ins Badzimmer. Neben der Toilette und dem Waschbecken gab es eine Badewanne und eine separate Duschkabine. Diese verfügte sogar über eine Regendusche. Da Sandra heute Morgen aber nur duschen und ihre langen Haare nicht waschen wollte, verzichtete sie auf das angenehm prickelnde Gefühl der weichen Wassertropfen auf ihrer Haut und benutzte nur die Handbrause.

Ich muss mich erkundigen, ob ich in meinem Cottage auch eine Regendusche einbauen kann, dachte Sandra. Nachdem sie geduscht hatte, schaltete sie das Radio ein. Der lokale Sender Pirate FM sendete gerade *We Will Rock You* von Queen, und Sandra sang laut mit. Sie hatte viele Talente, singen gehörte zwar nicht dazu, hier hörte sie aber niemand. Da Sandra in den letzten Monaten öfters bei Christopher übernachtete, hatte sie in den modernen Spiegelschrank über dem Waschbecken die notwendigsten Kosmetikartikel gestellt, in einer Schublade im Schlafzimmer befand sich eine Auswahl frischer Unterwäsche. Sie fühlte sich in dem Apartment fast schon zu Hause. Christophers kleine Wohnung befand sich im Erdgeschoss eines Reihenhauses. Der Eigentümer, ein

Fabrikant aus Leeds, hatte sich das Haus als Feriendomizil gekauft. Wenn er selbst nicht vor Ort war, vermietete er die Räume im ersten und im zweiten Stock als Ferienwohnung an Freunde und Verwandte.

Inzwischen angezogen, frühstückte Sandra zwei Scheiben Toast, mit gesalzener Butter bestrichen. Kauend stand sie am Fenster und sah in den kleinen, ummauerten Innenhof mit einem Tisch und zwei Sitzbänken. Zum Raussetzen war es leider zu kühl, der Sommer legte heute eine Pause ein. Dichte, dunkle Wolken ballten sich am Himmel, es regnete aber noch nicht. Gegen halb acht verließ sie die Wohnung und schloss mit dem Schlüssel, den Christopher ihr gegeben hatte, die Tür hinter sich ab. Über die schmale Treppe kam ein Mann in mittleren Jahren aus dem oberen Stockwerk herunter.

»Guten Morgen«, grüßte Sandra höflich.

»Den wünsche ich Ihnen ebenfalls.« Der Mann musterte sie kritisch, mit einer Spur Unwillen. »Was machen Sie in der Wohnung von Detective Chief Inspector Bourke?«

»Ich bin seine Lebensgefährtin, mein Name ist Sandra Flemming.«

»Albert Harden«, stellte er sich vor, sein Blick wurde nicht freundlicher. »Wohnen Sie jetzt hier? Der Inspector hat mir nicht gesagt, dass noch jemand bei ihm eingezogen ist. Wobei die Wohnung für zwei Personen viel zu klein ist. Die Nebenkosten würden sich natürlich erhöhen, schließlich verbrauchen zwei Personen mehr Strom, Gas und Wasser. Nicht zu vergessen die Müllgebühren. Haben Sie etwa auch noch Kinder?«

Das also ist der Hauseigentümer, dachte Sandra. Sie lächelte geschäftsmäßig und unverbindlich. »Nein, ich habe kein Kind, und Mr Bourke und ich leben nicht zusammen.

Manchmal übernachte ich hier. Dagegen ist doch nichts einzuwenden, Mr Harden?«

»Nicht, solange es nicht zur Gewohnheit wird«, brummelte Albert Harden. »Wie ich sehe, haben Sie einen Schlüssel? Als Polizist hätte der DCI wissen müssen, dass er mir die Überlassung eines Zweitschlüssels hätte mitteilen müssen.«

»Jetzt wissen Sie es ja, Mr Harden.« Der Mann war Sandra durch und durch unsympathisch. Nur gut, dass er sich nur sporadisch in Cornwall aufhielt. Auf jeden Fall würde sie in den kommenden Tagen nicht mehr bei Christopher übernachten, um eine weitere Begegnung zu vermeiden.

»Gehen Sie jetzt zur Arbeit? Sie haben doch hoffentlich einen Job?« Neugierig war der Vermieter auch noch.

»Haben Sie vom Higher Barton Romantic Hotel gehört?«, stellte Sandra die Gegenfrage. »Es liegt wenige Meilen südwestlich von Lower Barton.«

Er nickte. »Das soll ein gutes Haus sein, ich habe Prospekte des Hotels ausliegen sehen. Dort arbeiten Sie? Als Zimmermädchen, als Kellnerin oder in der Küche?«

Dank ihrer Erfahrung mit schwierigen Gästen war es Sandra gewohnt, die Fassung zu wahren.

»Ich kümmere mich regelmäßig um die Zimmer, um die Gäste und ebenfalls um die Küche.«

»Dann sind Sie ein Mädchen für alles?« Er sprach, als würde es sich um etwas Verwerfliches handeln.

»Wenn Sie es so ausdrücken möchten, Mr Harden.« Sandra lächelte zuckersüß. »Das Higher Barton Romantic Hotel gehört mir nämlich.«

»Ach!« Albert Hardens Augen weiteten sich, es freute Sandra, dass es ihr gelungen war, ihn in Verlegenheit zu bringen. »Das wusste ich nicht. Verzeihen Sie bitte, Ms Flemming. Heutzutage muss man schließlich wissen, wer in seinem Haus ein- und ausgeht. Wobei ich natürlich sicher bin, dass sich der Detective Chief Inspector nicht mit zweifelhaften Personen umgibt.«

»Außer, es handelt sich um Tatverdächtige«, bemerkte Sandra trocken. »Ich habe mich gefreut, Sie kennenzulernen, Mr Harden. Ich hoffe, Sie genießen Ihre Ferien in Cornwall. Ich muss jetzt gehen, auf Wiedersehen.«

Sandra öffnete die Haustür und war froh, dem Vermieter zu entfliehen. Hoffentlich kam Mr Harden nicht auf den Gedanken, von Christopher mehr Nebenkosten einzufordern, nur weil sie manchmal bei ihm übernachtete. Wobei das rechtlich unhaltbar war, Christopher hatte wahrlich anderes zu tun, als einen Rechtsstreit mit seinem Vermieter anzufangen.

Sandra ließ das Schloss ihres Land Rovers, den sie direkt vor dem Haus geparkt hatte, aufschnappen. In diesem Moment sah sie Ruby Nicholls schräg gegenüber das Haus verlassen. In der Hand einen geflochtenen Weidenkorb. Sie wollte sicher zum Markt, der immer am Mittwochmorgen in den Gemeinderäumen neben der Kirche in Lower Barton stattfand. Farmer aus der Umgebung boten hier ihre Waren an.

Sandra ging ihr entgegen. Sogar bei Tageslicht war Ruby Nicholls eine attraktive Frau, auch wenn ihr Teint blass war und unter ihren Augen dunkle Schatten lagen. Die längeren, hellroten Haare trug sie zu einem seitlichen Pferdeschwanz gebunden.

»Ms Nicholls«, sprach Sandra sie an. »Mein aufrichtiges Beileid zum Tod Ihrer Mutter.«

»Sie kannten meine Mutter?«

»Susan war eine Kollegin meiner Freundin Ann-Kathrin Trengove«, wich Sandra der direkten Beantwortung von Rubys Frage aus. »Sie ist Lehrerin an der Primary School in Polperro.«

»Danke.« Ruby seufzte. »Wer tut so was? Meine Mutter war immer zu allen freundlich. Ihre Schüler liebten sie, mit den Kollegen verstand sie sich bestens, und im Vorstand der historischen Gesellschaft war sie die Schriftführerin.«

»Susan war in der historischen Gesellschaft von Lower Barton?«, fragte Sandra.

»Seit vielen Jahren schon, sie unterrichtete auch Geschichte und interessierte sich sehr für die Vergangenheit.«

»Sie möchten zum Markt?« Sandra deutete auf den Einkaufskorb. »Soll ich Sie mitnehmen?«

»Das ist sehr freundlich, aber danke nein. Ich bin froh, etwas an die frische Luft zu kommen.«

»Ich bin übrigens Sandra Flemming.«

»Ich kenne Ihren Namen.« Zum ersten Mal lächelte Ruby, wenn auch verhalten. »Meine Mutter hat mir von Ihnen erzählt. Haben Sie nicht einige Verbrechen aufgeklärt?«

»Nun ja, sagen wir so, ich habe ein paar Dinge herausgefunden, die die jeweiligen Täter überführt haben.«

Die Finger von Rubys freier Hand legten sich um Sandras Handgelenk. Aus ihren grünen Augen sah sie Sandra flehentlich an. »Können Sie nicht helfen, den Mörder meiner Mutter zu finden, Ms Flemming?«

»Ich wünschte, ich könnte etwas tun«, antwortete Sandra aufrichtig. »Es scheint, Susan ist Opfer eines Raubüberfalls geworden.«

»Ein zufälliges Opfer«, ergänzte Ruby. »Wer meine Mutter gekannt hat, weiß, dass bei ihr nichts zu holen war. Ich fürchte, wir werden uns damit abfinden müssen, dass sie zur falschen Zeit am falschen Ort gewesen ist.«

»Ruby … ich darf Sie doch so nennen?« Ruby nickte. »Inspector Bourke wird alles tun, den Mörder zu finden. Er ist ein ausgezeichneter Polizist.«

»Daran zweifle ich nicht. Wenn es Ihnen, Sandra, trotzdem möglich wäre …« Erwartungsvoll sah Ruby Sandra an.

»Ich werde Augen und Ohren offenhalten«, versprach Sandra. »Wie geht es Ihrem Vater?«

Ein Schatten fiel auf Rubys Gesicht. »Seine gesundheitliche Situation macht es nicht einfacher. Sie wissen, dass er kaum laufen kann?«

Sandra nickte. »Ein Autounfall, nicht wahr? Wie ist es passiert?«

»Offenbar ein technischer Defekt, obwohl der Wagen erst wenige Wochen zuvor in der Inspektion gewesen war«, antwortete Ruby. »Die Bremsen versagten. Vater hat Glück gehabt, dass nur sein Becken, eine Hüfte und beide Beine gebrochen waren. Ebenso hätte er tot sein können. Seitdem fällt ihm das Gehen schwer, und seine Arbeit als Gärtner musste er aufgeben. Er war beim National Trust angestellt und liebte es, bei Wind und Wetter in der freien Natur zu sein. Und jetzt sitzt er nur noch im Haus …« Über Rubys Wangen liefen Tränen.

Sanft legte Sandra eine Hand auf die Schulter der kleineren Frau. »Soll ich Sie nicht doch fahren, Ruby?«

»Es geht schon.« Mit dem Handrücken wischte sich Ruby über die Augen. »Ich werde mich um alles und um Vater kümmern, das lenkt ab. Meine Geschwister werden sich allerdings nicht völlig aus der Verantwortung stehlen können, dafür werde ich schon sorgen. Auch ich habe einen Job und ein Privatleben. Jetzt muss ich aber los, sonst ist das beste Obst und Gemüse ausverkauft, bis ich beim Markt ankomme.«

Sandra nickte verstehend. Sie sah Ruby nach, die langsam, aber mit durchgedrücktem Rücken die Straße entlangging. Aus dem Gespräch hatte Sandra herausgehört, dass das Verhältnis der Geschwister untereinander wohl nicht das beste war. Daraus zu schließen, dass eines von Susans Kindern … Sandra schüttelte den Kopf. Das war wirklich zu weit hergeholt! Wobei: Die Erfahrung der letzten Jahre hatte Sandra gezeigt, dass es die wahnwitzigsten Motive gab, jemanden zu ermorden.

Sandra entschloss sich, direkt ins Hotel zu gehen, auch wenn ihr Dienst erst am Nachmittag begann. Sie war gespannt zu erfahren, ob es in der Sache *Imogen und Andrew Withcombe*, wie sie es bei sich nannte, etwas Neues gab. Als sie die Halle betrat, nahm sich Major Collins gerade ein Exemplar des *Cornish Oberservers* von dem Tisch, auf dem für die Gäste stets die aktuelle Tageszeitung und ein paar Magazine zum Lesen bereit lagen.

»Raubmord in Lower Barton«, las der Major laut vor. »Ist es das Werk einer organisierten Verbrecherbande?« Er reichte die Zeitung Sandra. »Dass die Pressefritzen immer so übertreiben müssen!«

Sandras Blick fiel auf die Schlagzeile. Von Christopher wusste sie, dass die Polizei gegenüber der Presse zwar eine gewisse Auskunftsplicht, auf das, was die Journalisten schlussendlich schrieben, aber keinen Einfluss hatte. Unter dem reißerischen Bericht war ein Foto der lebenden Susan Nicholls abgedruckt worden. Zum ersten Mal sah Sandra ein Bild des Opfers.

Geräuschvoll zog sie die Luft ein. Auf den fragenden Blick von Major Collins sagte sie nur: »Ich wünsche Ihnen einen guten Appetit beim Frühstück, Major«, und ließ den Herrn stehen.

»Liegt was an, Sandra?«, fragte Eliza Dexter, als Sandra hinter die Rezeption trat. »Sie müssen doch erst heute Nachmittag ...«

»Nichts Wichtiges.« Sandra winkte ab. »Ich muss nur mal telefonieren.«

Sandra schloss die Bürotür hinter sich, dann wählte sie die Nummer ihrer Freundin. Ann-Kathrin meldete sich sofort.

»Hi, Sandra! Du hast Glück, gerade habe ich Demi hingelegt, und sie schläft jetzt. Letzte Nacht habe ich kein Auge zugetan und bin todmüde.«

»Das tut mir leid. Ich will dich gar nicht lange aufhalten, Ann-Kathrin. Nur eine Frage: Welche Haarfarbe hatte Susan Nicholls?«

»Haarfarbe?«, wiederholte Ann-Kathrin gedehnt.

»Hast du heute Morgen schon die Zeitung gelesen?«, stellte Sandra die nächste Frage.

»Nein, dazu war noch keine Zeit. Demi hält mich kräftig auf Trapp.«

»Auf der Titelseite ist ein Bericht über den Mord an Susan«, erklärte Sandra, »mit einem Foto von ihr. Die Aufnahme ist schwarzweiß, daher meine Frage nach Susans Haarfarbe.«

»Rot.« Für einen Moment schloss Sandra die Augen, sie hatte diese Antwort erwartet. »Früher war Susan kupferrot, seit ein paar Jahren färbte sie sich die Haare, um die grauen Strähnen zu verdecken. Susan war nicht direkt eitel, achtete aber auf ihr Äußeres. Warum ist das wichtig, Sandra?«

»Vielleicht gar nicht«, antwortete Sandra.

»Was hast du entdeckt?«, fragte Ann-Kathrin. Sandra hörte sie leise lachen. »Ich kenne dich gut genug, um zu wissen, dass du die Frage nicht zufällig gestellt hast.«

»Okay, Ann-Kathrin, nach dem letzten Mal habe ich dir ... euch versprochen, nichts mehr zu verheimlichen«, antwortete Sandra. »Es ist sicher nur ein Zufall, aber Susan Nicholls hat Ähnlichkeit mit einem meiner Gäste. Eine Frau, etwa in Susans Alter, ein ähnliches Gesicht und lange, gewellte rote Haare.«

Ann-Kathrin schwieg erst, dann stieß sie hervor: »Glaubst du, zwischen Susans Tod und deinem Gast besteht ein Zusammenhang?«

»Wäre möglich«, murmelte Sandra. »Wobei die beiden Frauen nichts miteinander verbindet. Die Dame stammt aus Sussex, sie und ihr Sohn machen hier Urlaub. Es ist ihr erster Aufenthalt in Cornwall.«

»Du musst es Christopher sagen, Sandra.«

»Ach, ich weiß nicht. Es hat nichts zu bedeuten, und Christopher hat genügend zu tun ...«

»Sandra! Denk an dein Versprechen!« Ann-Kathrins Stimme war mahnend. »Gerade bei Mordfällen ist jeder Hinweis wichtig, mag er auf den ersten Blick noch so unbedeutend sein.«

»Jetzt spricht die Frau eines Anwaltes aus dir. Wann kommt Alan eigentlich aus London zurück?«

»Nicht vor dem Wochenende«, erwiderte die Freundin. »Gibt es etwas, das er in dieser Sache tun kann?«

»Wenn es möglich ist, würde ich gern mehr über den Autounfall von Philipp Nicholls, Susans Ehemann, erfahren. Christopher brauche ich erst gar nicht zu fragen, er wird mir sagen, ich soll mich heraushalten.«

»Was du natürlich nicht tun wirst.« Ann-Kathrin seufzte. »Auch ich will, dass der Täter, der Susan ermordet hat, so schnell wie möglich gefunden wird, aber glaubst du nicht, die Sache habe mit dir und deinem Hotel gar nichts zu tun?«

Nicht, wenn der Täter es eigentlich auf Lady Claire Withcombe abgesehen hatte, dachte Sandra, behielt es aber für sich. Sie wollte die Freundin nicht unnötig beunruhigen, und es war nur eine vage Vermutung. »Dass Philipp etwas mit dem Tod seiner Frau zu tun haben könnte, kann ich mir nicht vorstellen«, sprach Ann-Kathrin weiter. »Wie hätte er es anstellen sollen, Susan zu folgen und sie zu erschlagen? Der Mann kann kaum laufen. Und ein Motiv gibt es auch keines.«

»Ann-Kathrin, gib es zu: Auch du spielst gern Detektivin! Dieselben Fragen habe ich mir ebenfalls gestellt. Heute Morgen habe ich Ruby, eine von Susans Töchtern, getroffen. Die Frau wirkte sehr verzweifelt.«

»Gut, ich werde Alan fragen«, stimmte Ann-Kathrin zu. »Sei mir bitte nicht böse, aber jetzt muss ich mich aufs Ohr legen. Ich hoffe, Demi gibt mir eine Stunde Ruhe.«

»Das hört sich stressig an.«

»Ich kann dir nicht widersprechen.« Ann-Kathrin lachte laut. »Trotzdem würde ich für nichts auf der Welt die kleine Maus missen wollen. Sandra, ein Kind zu haben, ist das Schönste, was du dir vorstellen kannst.«

Glücklicherweise verzichtete die Freundin auf eine Anspielung, dass Sandras biologische Uhr tickte und beendete das Telefonat. Sandra war jetzt sechsunddreißig, mit den heutigen medizinischen Möglichkeiten war das kein Alter, in dem frau keine Kinder mehr bekam. Bei Demelzas Geburt war Ann-Kathrin sogar fünf Jahre älter als Sandra gewesen. Die Schwangerschaft war problemlos verlaufen, und die kleine Demi putzmunter und gesund.

Christopher Bourke meldete sich weder am Telefon, noch las er Sandras Textnachricht, er möge sie anrufen. Die Erkenntnis, dass Lady Claire Withcombe und das Opfer Susan Nicholls sich ähnelten, wollte Sandra nicht per SMS ihrem Freund mitteilen. Er würde sofort vermuteten, dass sie sich wieder in die Arbeit der Polizei einmischte. Womit er nicht unrecht hatte.

»Immerhin geht es um die Sicherheit einer meiner Gäste!«, verteidigte sich Sandra selbst.

»Was meinen Sie? Ist wieder was passiert?«

Sandra fuhr herum. Sie hatte nicht bemerkt, dass ihre Mitarbeiterin ins Büro gekommen war, in Elizas Augen stand der Anflug von Angst. Nachdem, was Eliza im vergangenen Jahr hatte durchmachen müssen, war das nicht verwunderlich.

»Alles in Ordnung, Eliza!«, versicherte Sandra schnell. »Ich habe nur laut gedacht. Wegen des Mordes in Lower Barton mache ich mir durchaus Sorgen. Das ist keine gute Werbung für unsere Gegend.«

»Da hat Higher Barton schon ganz andere Stürme überstanden.« Eliza lachte nun wieder unbeschwert. »Im wahrsten Sinne des Wortes, denn Emma hat mir erzählt, nach einem Orkan wären in diesem Haus menschliche Knochen gefunden worden.«

»Emma hat auch mir davon berichtet. Wenn die alten Mauern dieses Hauses sprechen könnten, hätten sie jede Menge zu erzählen.«

Ein Klopfen an der Tür unterbrach Sandra und Eliza. Die Tür öffnete sich, und Claire Withcombe trat ein.

»Lady Claire, was kann ich für Sie tun?« Dienstbeflissen ging Sandra ihr entgegen.

»Ms Sandra, ich habe Kopfschmerzen. Haben Sie eventuell eine Tablette für mich? Leider habe ich keine eingepackt.«

»Selbstverständlich, Lady Claire«, erwiderte Sandra. »Eliza, sind Sie bitte so freundlich, aus unserem Erste-Hilfe-Kasten ein Aspirin zu holen?«

Zwei Minuten später schluckte Lady Claire die Tablette mit einem Schluck Wasser, den Sandra ihr eingeschenkt hatte. Sandra begleitete sie in die Halle.

»Mum, hast du eine Tablette bekommen?«, fragte Andrew Withcombe.

»Ja, Ms Flemming war so hilfsbereit.« Lady Claire griff sich an die Stirn und stöhnte. »Es tut mir leid um den geplanten Ausflug, aber ich werde mich wieder hinlegen müssen und die Vorhänge zuziehen. Jeder Lichtstrahl schmerzt mir in den Augen.«

»Ich bleibe bei dir, Mum«, sagte Andy. »Den Besuch des Gartens holen wir nach. Ich fürchte, der Major wird enttäuscht sein.«

Lady Claire tätschelte die Hand ihres Sohnes. »Ich möchte dir den Tag nicht verderben, mein Junge. Geh ruhig und lass deine alte, kranke Mutter allein zurück.«

»Auf keinen Fall! Ich könnte keine Minute genießen, wenn du krank bist.«

»Ach, Junge.« Lady Claires Augen schimmerten feucht. »Was würde ich ohne dich machen? Wenn du mir etwas vorlesen würdest? Nichts Aufregendes, vielleicht einen Liebesroman. Das lenkt mich ab. Bei Wetterwechsel muss ich immer so furchtbar leiden, und kein Arzt findet die Ursache.« Die letzten Sätze hatte Lady Claire in einem Tonfall gesagt, als stünde ihr letztes Stündlein bevor.

»Das tut mir sehr leid, Mummy.« Fürsorglich legte Andy einen Arm um die Schultern seiner Mutter. »Geh schon vor, ich sage nur schnell dem Major Bescheid, dass wir den Ausflug in die Lost Gardens of Heligan verschieben müssen.«

Sandra, die die Szene verstohlen beobachtete, entging nicht, wie für einen Moment ein zufriedener Ausdruck über Lady Claires Gesicht huschte. Auf Sandra wirkte die Dame kein bisschen elend, im Gegenteil. Es stand Sandra aber nicht an, ein Urteil über die Verfassung ihrer Gäste zu fällen.

Lady Claire seufzte und meinte: »Wie glücklich kann sich eine Mutter schätzen, einen so liebevollen Sohn zu haben. Nicht nur äußerlich bist du ein Ebenbild deines Vaters, mein Junge. Aufmerksam und immer für mich da. Warum musste er so jung sterben?«

Aus der Jackentasche nahm Lady Claire ein spitzenbesetztes Taschentuch und tupfte sich die Augenwinkel.

»Soll ich dich nicht besser in unsere Suite hinaufbegleiten?«, fragte Andy besorgt.

»Ich schaff' es schon allein. Sag dem Major Bescheid und dann komm zu mir.« Lady Claire sah zu Sandra. »Wäre es möglich, mir später einen Tee und ein Sandwich hinaufzubringen, Ms Flemming? Ich fürchte, ich bin nicht in der Verfassung, zum Lunch herunterzukommen.«

»Gern, Lady Claire. Ich schicke Ihnen Imogen hinauf.«

»Wen?«

»Imogen Paynter, eines unserer Zimmermädchen. Am Tag Ihrer Ankunft hatte ich sie Ihnen vorgestellt, Lady Claire.« Aus dem Augenwinkel sah Sandra, wie Andy nervös von einem Fuß auf den anderen trat. »Sie ist eine hilfsbereite und freundliche junge Frau. Wenn Sie einen Wunsch haben, können Sie sich gern an Imogen wenden.«

»Eine Angestellte ist doch wie die andere. Hauptsache, sie erledigen pünktlich und zuverlässig ihre Arbeit.«

Claire Withcombe ging zur Treppe, hielt sich an dem geschnitzten Geländer aus Eiche fest und schleppte sich Stufe für Stufe hinauf, als wäre sie eine alte Frau. Andrew sah seiner Mutter nach, dann ging er ins Restaurant, um Major Collins zu sagen, dass der für heute geplante Ausflug leider verschoben werden müsste.

»Meine Güte, theatralischer geht es wohl kaum!«, rief Eliza.

»Nicht so laut«, raunte Sandra, »wenngleich ich Ihrer Meinung bin. Man sollte meinen, Sir Andrew wäre ein kleiner Junge.«

»Tja, da wird es unsere Imogen schwer haben«, bemerkte Eliza. »Grundsätzlich finde ich es gut, wenn zwischen Mutter und Sohn ein gutes Verhältnis besteht, Imogens Verlobter ist allerdings das Paradebeispiel eines Muttersöhnchens.«

»Ich möchte zwar nicht vorschnell urteilen«, erwiderte Sandra, »aber meiner Ansicht nach hat Lady Claire ihren Sohn mächtig unter der Fuchtel. Auch wenn uns Imogens Schicksal am Herzen liegt, müssen wir uns heraushalten. Imogen habe ich versprochen, mir nicht anmerken zu lassen, dass ich über die Beziehung Bescheid weiß, und dass sie sich um Lady Claire kümmern darf. Weiter mische ich mich nicht ein. Imogen und Sir Andrew sind erwachsene Leute.«

Eliza nickte zustimmend. Das Telefon an der Rezeption klingelte. Eliza nahm das Gespräch entgegen, und Sandra kehrte an ihren Schreibtisch zurück, um die Organisation des Ausflugs zur Regatta nach Fowey zu finalisieren. Sie würde die Gruppe begleiten und freute sich auf den Tag. Hoffentlich hatte Petrus ein Einsehen, denn bei Regen würde das Fest in dem bezaubernden Hafenstädtchen nur halb so schön sein.

ZEHN

Sichtlich enttäuscht kam Imogen zu Sandra, nachdem sie Lady Claire den Lunch in ihre Suite gebracht hatte.

»Ich habe sie gefragt, wie es ihr geht, und gemeint, es täte mir leid, dass sie sich nicht wohlfühle«, sagte das Zimmermädchen. »Lady Claire hat mich gar nicht angesehen, sondern mir nur befohlen, ich solle das Tablett abstellen, meinen Mund halten und sie und ihren Sohn allein lassen Andy hat kein Wort dazu gesagt und getan, als kenne er mich nicht.«

»Nun ja, bei Kopfschmerzen bleibt die Freundlichkeit schon mal auf der Strecke«, erwiderte Sandra.

»*Andy* hat keine Kopfschmerzen«, sagte Imogen spitz. »Warum verhält er sich, als wäre ich Luft? Was soll ich denn jetzt tun?«

»Imogen, das ist eine Angelegenheit, die ihr drei unter euch ausmachen müsst.«

»Ich weiß, Ms Flemming. Es ist schon super von Ihnen, dass Sie Lady Claire nichts sagen. Ist es okay, wenn ich für ein paar Stunden nach Lower Barton fahre? Ich würde gern eine Freundin besuchen. Sie weiß über alles Bescheid, vielleicht hat sie einen Rat für mich.«

»Geh nur«, sagte Sandra. »Am Abend hilfst du dann wieder im Service mit?«

»Natürlich. Ich werde die Lady derart nach Strich und Faden verwöhnen, dass sie nicht anders kann, als mich endlich zu beachten und zu mögen.

Sandra beschloss, beim Dinner ein Auge auf ihre Angestellte zu haben. Zu aufdringlich durfte Imogen nämlich nicht sein. Das konnte schnell ins Gegenteil umschlagen. Es war ohnehin Zeit, dass sich die Hotelchefin bei den Gästen sehen ließ und nach deren Wohlbefinden und Wünschen fragte. Seit Christopher und sie ein Paar waren, hatte Sandra diese Tradition ein wenig vernachlässigt.

Als hätte Sandra mit ihrem Gedanken Christopher heraufbeschworen, trat er just in diesem Moment in die Hotelhalle. Sie umarmten sich nur flüchtig und begrüßten sich mit einem Wangenkuss. Vor den Gästen wollten sie ihre Beziehung nicht allzu deutlich werden lassen.

»Du willst mich sprechen?«, fragte Christopher. »Sorry, dass ich mich nicht früher gemeldet habe. Ich war in der Gerichtsmedizin und komme direkt aus Plymouth.«

»Davon abgesehen, dass ich mich immer freue, dich zu sehen«, Sandra zwinkerte Christopher zu, »ist mir etwas aufgefallen …«

»Geht es etwa um den Mord an Susan Nicholls?«, unterbrach Christopher sie.

»Und wenn? Sieh mich doch nicht wie ein Oberlehrer an, der seine dumme Schülerin abkanzelt! Vielleicht ist es ja ohne Bedeutung.«

»Gut, ich höre mir das gleich an«, lenkte Christopher ein, »Kann ich aber bitte erst einen Tee und ein Sandwich haben? Oder am besten zwei, ich habe einen Bärenhunger. Diese Besuche in der Pathologie nehmen mich immer sehr mit, verderben mir allerdings nicht den Appetit.«

»Monsieur Peintré hat bestimmt noch Nierenpastete vom Lunch übrig. Geh in mein Büro, ich hole dir was aus der Küche. Pfefferminztee wie gehabt zum Lunch?«

Christopher nickte.

Zwanzig Minuten später war sein Hunger gestillt. Sandra hatte ihn erst in Ruhe essen lassen. Sie wusste, solange Christopher hungrig war, würde sie nichts von ihm erfahren.

»Womit würzt dein Monsieur die Pastete?«, fragte Christopher. »Meine Tante hat auch eine gute Nierenpastete gebacken, aber so gut wie hier habe ich sie noch nie gegessen.«

»Die Gewürze sind Monsieur Peintrés Geheimnis«, antwortete Sandra schmunzelnd. »Beim Würzen lässt er sich nicht einmal von Rosa über die Schulter schauen.«

»Also, Sandra, was meinst du mal wieder entdeckt zu haben? Bist du dem Mörder bereits auf der Spur?«

Sie nahm ihm den neckenden Unterton nicht übel.

»Der Cornwall Oberserver berichtet reißerisch über den Mord und hat ein Foto von Susan Nicholls veröffentlicht.«

»Das Bild hat die Zeitung entweder von der Familie oder aus dem Internet«, erwiderte Christopher. »Für den Artikel kann ich nichts.«

»Das weiß ich. Es geht auch nicht um den Artikel. Mir ist aufgefallen, dass Susan einer Frau ähnelt, die zurzeit in Higher Barton zu Gast ist. Sie sind etwa im selben Alter, das gleiche rote Haar …«

»Woher weiß du, dass das Opfer rote Haare hatte?«, fiel Christopher Sandra ins Wort. »Ich habe es dir gegenüber nicht erwähnt, und das Foto in der Zeitung ist in Schwarzweiß gedruckt worden.«

»Susan Nicholls war eine Kollegin von Ann-Kathrin«, erinnerte Sandra ihn. »Sie nimmt der Mord sehr mit, klar, dass wir darüber sprechen.«

»Das hätte ich mir denken können. Das Opfer hat also Ähnlichkeit mit einem deiner Gäste?«

»Eine sehr große!« Es war Sandra gelungen, Christophers Aufmerksamkeit zu wecken. Schnell sprach sie weiter: »Seit letzten Sonntag wohnen Lady Withcombe und ihr Sohn in diesem Haus. Sie kamen am Nachmittag des Tages, bevor Susan in der folgenden Nacht getötet wurde.«

»Du vermutest, eigentlich hätte es diese Lady treffen sollen?« Eine von Christophers hervorstechenden Charaktereigenschaften war seine schnelle Auffassungsgabe.

»Es könnte sein«, erwiderte Sandra.

»Woher stammt Lady Claire?«

»Aus Sussex. Sie ist zum ersten Mal in Cornwall.«

»Und sie macht hier Urlaub?«

Sandra nickte. »Zusammen mit ihrem Sohn. Ich habe dir von Sir Andrew erzählt. Er möchte mein Zimmermädchen heiraten, die Mutter, Lady Claire, wird damit aber nicht einverstanden sein.«

»Ich erinnere mich. Was hat das mit dem Mord zu tun?«

»Eine eher unauffällige und allgemein beliebte Frau wird getötet, die ein fast perfektes Ebenbild Lady Claires ist.« Sandra sah Christopher fragend an. »Nur eine zufällige Laune des Schicksals?«

Er nahm erst einen Schluck von seinem inzwischen kalten Tee, bevor er erwiderte: »Ich habe mich daran gewöhnt, dass du es nicht lassen kannst, Miss Marple zu spielen. Mitunter lagst du auch richtig. Hier kann ich aber keinen

Zusammenhang erkennen. Gut, Rothaarige sind weltweit in der Minderzahl, in England liegt der Anteil bei nur etwa sechs, in Schottland und Irland bereits bei zehn Prozent.«

»Du hast das recherchiert?«, warf Sandra ein.

»Natürlich.« Christopher lächelte. »Da es derzeit keine Spur gibt, wer Susan Nicholls getötet haben könnte, versuche ich, so viel wie möglich über das Opfer und sein Umfeld herauszufinden. Allein wegen der gleichen Haarfarbe und des ähnlichen Alters einen Zusammenhang zu sehen, halte ich für übertrieben.«

»Ich sagte bereits, dass mein Gedanke wohl keine Bedeutung hat«, erwiderte Sandra, »finde aber, du solltest es wissen.«

»Lieber einen Fakt mehr erfahren, als dass wirklich eine Spur nicht verfolgt wird.«

»Was weißt du über den Unfall von Susans Ehemann?«, fragte Sandra scheinbar beiläufig. »Es heißt, die Bremsen seines Wagens hätten versagt.«

»Darling, das spielt keine Rolle! Philipp Nicholls zählt nicht zum Kreis der Verdächtigen. Er kann sich ja kaum bewegen.«

»Manchmal sind solche Fälle Beziehungstaten«, beharrte Sandra. »Eine Erbschaftsangelegenheit, eine hohe Lebensversicherung … Mr Nicholls' Leben würde es wesentlich erleichtern, wenn Susan ihm Geld hinterlassen hätte.«

»Mein kleiner Schlaukopf!« Christopher stand auf, umarmte Sandra und drückte sie. »Du kannst mir vertrauen, dass Greenbow und ich alle möglichen Motive in Betracht ziehen und entsprechend ermitteln. Ich mach' den Job nicht erst seit gestern.«

»Das wollte ich auch nicht sagen«, erwiderte Sandra. »Ich

überlege nur, ob Susans Tod andere Hintergründe als ein Raubüberfall haben könnte.«

Christopher seufzte. »Ich muss mich jetzt wieder den Akten widmen. Sei mir nicht böse, Darling, aber ich fürchte, wir werden uns in den nächsten Tagen selten sehen.«

»Und in den Nächten?«

»Da werde ich wohl so müde sein, dass ich wie ein Stein ins Bett falle«, bemerkte Christopher, stand auf und ging zur Tür.

»Darfst du mir sagen, was die Obduktion von Susan ergeben hat?«, fragte Sandra. »Wie starb sie?«

Christopher schmunzelte. »Du weißt genau, dass ich darüber nicht sprechen darf. Da für morgen früh aber eine Pressekonferenz anberaumt ist, kann ich dir heute schon die Fakten mitteilen, die wir morgen auch den Journalisten sagen werden. Susan Nicholls starb an mehreren heftigen Schlägen. Da in unmittelbarer Nähe ihr Blut auf dem Asphalt gefunden wurde, gehen wir davon aus, dass der Täter das Opfer mehrfach mit der Stirn auf das Pflaster geschlagen hat. In der Wunde konnten kleine Gesteinssplitter gefunden werden, die eindeutig vom Straßenbelag stammen. Ich habe die Spurensicherung nochmal zum Tatort am Sunset Close geschickt …«

»Dann ist der Fundort auch der Tatort?«, warf Sandra ein.

»Also doch Miss Marple!« Christopher grinste. »Dir entgeht wohl nichts? Also gut, ja. Es gibt keine Spuren, dass das Opfer an anderer Stelle erschlagen und zum Sunset Close transportiert wurde. Damit du dir dein hübsches Köpfchen nicht weiter unnötig zerbrichst, Sandra, sage ich dir, dass wir davon ausgehen, dass Susan überfallen wurde. Wohl um sie auszurauben, vielleicht auch in der Absicht, sie zu vergewaltigen. Sie hat sich gewehrt, der Täter stieß sie zu Boden und hat sie erschlagen.«

»Auf eine sehr brutale Art«, sagte Sandra betroffen. »Warum ist er nicht einfach abgehauen? Er musste doch befürchten, bei seiner Tat überrascht zu werden.«

»Dieser Aspekt beschäftigt mich auch sehr«, antwortete Christopher mit einem Nicken, »und lässt mich an der Theorie eines Raubüberfalls oder einer versuchten Vergewaltigung zweifeln.«

»Wurden Abwehrspuren an Susan gefunden?«, fragte Sandra interessiert. »Hautreste unter ihren Fingernägeln? Wenn ja, könnt ihr die DNA des Täters feststellen. Vielleicht ist er bereits in der Polizeikartei?«

Christopher lachte schallend. »Sandra, Sandra! Wenn du von der Hotelfachfrau zur Polizistin umschulen möchtest – bewirb dich im Hauptquartier in Exeter. Ich vermittle dir gern den entsprechenden Kontakt.« Er küsste sie auf die Stirn. »Mehr kann und darf ich dir im Moment nicht sagen. Nur noch eines, und das ist meine persönliche Meinung: Ich fürchte, der Fall wird ungeklärt bleiben. Wenn der Täter ein Räuber war, ist er längst über alle Berge.«

»Möchtest du mit Lady Claire sprechen?«, fragte Sandra.

Christopher schüttelte den Kopf. »Es ist gut, dass dir die Ähnlichkeit aufgefallen ist. Ich verspreche dir zu recherchieren, ob eine Verbindung zwischen den Frauen besteht. Jetzt muss ich aber wirklich los. Danke für den Tee und die Pastete. Wir telefonieren heute Abend, ja?«

Sandra verstand, dass Christopher zwischen Susan Nicholls und Claire Withcombe keine Verbindung zog. Sie war aber froh, es ihm gesagt zu haben. Niemals wieder sollte zwischen ihnen etwas verschwiegen werden. Sandra wusste zwar nicht, wie sich ihre Beziehung entwickeln würde, doch Christopher war zu einer wichtigen Person in ihrem Leben geworden. Sie liebte ihn und wurde von ihm geliebt. Sandra wollte nichts tun, was ihre Beziehung trüben könnte.

Zum Afternoon Tea verließen Lady Claire und ihr Sohn die Suite und setzten sich ins Restaurant. Andrew bestellte sich einen Cream Tea, seine Mutter begnügte sich mit einem Darjeeling First Flush und einem gebutterten Rosinenscone.

Sandra trat zu ihnen und fragte: »Geht es Ihnen besser, Lady Claire?«

»Ja, Ms Flemming, die Ruhe hat mir gutgetan. Das Wetter hat sich auch gebessert, zwischen den Wolken blitzt jetzt schon wieder die Sonne hervor.«

»Laut Wettbericht soll es in den nächsten Tagen nicht regnen«, erwiderte Sandra. »Darf ich mich für einen Moment zu Ihnen setzen?«

Lady Claire gewährte es Sandra mit einer wohlwollenden Handbewegung, die einer Königin würdig wäre.

»Ms Paynter war sehr aufmerksam«, sagte Andrew. »Nicht wahr, Mum? Sie hat dir sogar die Kissen aufgeschüttelt.«

»Na und?« Verständnislos sah Lady Claire ihren Sohn an. »Das erwarte ich von einem Zimmermädchen. Außerdem wird sie sich ein gutes Trinkgeld erhoffen, wenn ich mit ihrer Arbeit zufrieden bin.«

»So eine ist Imogen nicht.«

»Du nennst sie beim Vornamen?«, fragte Lady Claire scharf.

Andrew wurde dunkelrot. »Äh … Ja … Warum nicht? Wir sind etwa im selben Alter, und heutzutage …«

»Müssen Standesunterschiede bei allen sonstigen Freiheiten gewahrt bleiben!«, rief Lady Claire missbilligend. »Wir brauchen nur die Medien zu verfolgen, um zu sehen, wohin die Aufweichung zwischen den Ständen führt! Keiner hat mehr Respekt vor dem anderen, jeder macht, was er will. Die seit Jahrhunderten bestehende Ordnung zwischen dem Adel und den niedrigen Ständen hat auch heute noch ihre Existenzberechtigung.«

»Bei allem Respekt, Lady Claire«, mischte Sandra sich ein, »aber selbst die Prinzen William und Harry haben Bürgerliche geheiratet.«

»Die Queen hat sich dem Willen ihrer Enkel fügen müssen, einverstanden war sie mit deren Wahl sicherlich nicht.« Missmutig zogen sich Lady Claires Mundwinkel nach unten. »Unsere Familie ist regelmäßig zu der jährlichen Gartenparty in den Buckingham Palace eingeladen. Ich will nicht behaupten, dass ich Queen Elizabeth kenne, habe von ihr aber den Eindruck gewonnen, dass sie weiß, wie schädlich eine Vermischung unter den Ständen ist.«

»In erster Linie liebt die Queen ihre Enkel«, warf Andrew ein. »Sollte nicht das Glück jedes Menschen an erster Stelle stehen? Egal, ob arm oder reich, Aristokrat oder …«, er holte tief Luft und stieß hervor: »Oder Zimmermädchen?«

Mit einer Hand fuchtelte Lady Claire vor ihrem Gesicht, als könne sie solche Gedanken ihres Sohnes vertreiben. Streng sagte sie: »Mögen andere tun, was sie für richtig halten, in mein Haus kommt niemand, der nicht zu uns passt. Das Königshaus wird schon noch sehen, wohin das alles führen wird.«

»Der Prince of Wales, unser nächster König, steht fest zu seinen Söhnen«, erwiderte Andrew. »Bisher konnte ich nicht feststellen, dass die Heirat zwischen Prinz William und Kate Middleton zu einer Verschlechterung der Verhältnisse in unserem Land geführt hat.«

»Das liegt daran, dass du dich für unsere Gesellschaft zu wenig interessierst«, sagte Lady Claire. »Du kleidest dich wie ein Farmer und stellst dich mit den einfachen Arbeitern auf dieselbe Stufe. Ja, du trinkst sogar mit ihnen zusammen Bier!«

»Ohne diese Arbeiter gäbe es West Yverton Manor heute wahrscheinlich nicht mehr. Mum, wir sind inzwischen im 21. Jahrhundert angekommen.«

Lady Claire winkte ab. »Können wir bitte von etwas anderem sprechen? Ich fürchte, ich bekomme wieder Kopfschmerzen.«

Dieser Punkt geht an Andrew, dachte Sandra. So energisch hatte sie ihn nicht eingeschätzt. Sie fragte: »Möchten Sie am kommenden Sonntag auch die Regatta in Fowey besuchen, Lady Claire? Vom Hotel fährt ein Bus, und wir haben Tische in einem Restaurant am Hafen reserviert. Von dort hat man einen guten Blick auf die Bucht. Es sind noch ein paar Plätze frei.«

»Oh, Mum, das wäre ein schöner Ausflug!«, rief Andrew, über den Themenwechsel sichtlich erleichtert.

»Eine Regatta?« Lady Claire wirkte nicht begeistert. »Ich mache mir nicht viel aus Wasser, aus Schiffen noch weniger.«

»Es wird viel mehr geboten als nur eine Regatta«, erklärte Sandra. »Auf dem Programm stehen weitere Wettbewerbe, wie ein Krabbenrennen, ein Schwimmwettbewerb im Hafenbecken, die größte Cornish Pasty wird gekürt, dazu Livemusik, Tanz und am Abend ein großes Feuerwerk. Es ist für jeden Geschmack etwas dabei.«

»Krabbenrennen?« Lady Claire starrte Sandra an, als hätte sie etwas Ungebührliches gesagt. »Das entspricht nicht der Art von Freizeitgestaltung, die ich bevorzuge.« Sie machte eine abfällige Handbewegung und fragte Sandra: »Fährt Major Collins mit nach Fowey?«

»Nein«, musste Sandra zugeben.

Lady Claire nickte zufrieden. »Ein Mann, der weiß, was sich gehört. Andrew, wenn du dich zu solchem Mob begeben und deine Mutter allein lassen willst – ich werde dich nicht zurückhalten. Den Tag verbringe ich gern allein oder frage den sympathischen Major, ob er mir Gesellschaft leistet.«

»Was er zu gern machen wird, Mummy. Ich fürchte, der Major hat ein Auge auf dich geworfen.«

»Ach, er ist nur freundlich«, wiegelte Lady Claire ab. »Auf jeden Fall ist er ein Mensch, mit dem ich mich auf Augenhöhe unterhalten kann.«

Dabei ist er nicht adliger Abstammung, dachte Sandra, behielt ihre Meinung aber für sich.

»Darf ich Ihnen eine Frage stellen, Lady Claire?«

»Gern, Ms Sandra.«

»Es ist eine sehr persönliche Frage. Wenn Sie nicht antworten möchten, verstehe ich das.«

»Nun machen Sie mich neugierig.« Lady Claire sah Sandra auffordernd an.

»Es interessiert mich, aus welcher Familie Sie stammen«, sagte Sandra. »Ist diese ebenso alt und ehrwürdig wie die Familie der Withcombes?«

»Ich sehe keinen Grund, warum ich Ihnen nicht antworten sollte.« Lady Claire lächelte selbstgefällig. »Immerhin ist alles im Who's Who nachzulesen. Ich halte Sie für eine gebildete Frau, Ms Sandra. Daher nehme ich an, der

Stammbaum des Hauses Norfolk wird Ihnen nicht unbekannt sein.«

»Gehört denen nicht der Besitz Arundel Castle in West Sussex?«, fragte Sandra beeindruckt, denn es gab kaum einen britischen Staatsbürger, der von dieser Familie noch nie etwas gehört hatte.

»Arundel Castle und noch ein paar Besitztümer«, antwortete Lady Claire selbstgefällig. »Die männliche Linie meiner Familie leitet sich von Fitzalan-Howard ab. Diesen Nachnamen tragen die Herzöge von Norfolk seit dem 18. Jahrhundert.«

»Mum, du musst richtigerweise erwähnen, dass sich die Familie während des Bürgerkrieges gespalten hat«, bemerkte Andrew. »Unsere Linie kämpfte auf der Seite von Cromwell und blieb auch später der Anglikanischen Kirche zugetan, während das heutige Geschlecht der Herzöge von Norfolk als Spitze des katholischen Adels in England gilt.«

»Auf jeden Fall blickt meine Familie auf eine Geschichte von neunhundert Jahren zurück«, sagte Lady Claire entschlossen. »Verstehen Sie jetzt, Ms Sandra, warum es wichtig ist, eine solche Tradition zu erhalten?«

»Was ich glaube oder verstehe, ist unwichtig«, erwiderte Sandra und sah Lady Claires Sohn an. »Sir Andrew, darf ich für Sie einen Platz in dem Bus nach Fowey reservieren?«

Er zögerte, warf einen verstohlenen Blick zu seiner Mutter, dann nickte er. »Gern, Ms Flemming.«

Sandra beschloss, Imogen nach Fowey mitzunehmen. Das würde den beiden ein paar Stunden ungestörter Zweisamkeit bescheren. Mehr konnte sie für ihre Angestellte im Moment nicht tun.

»Werden Sie das Dinner im Hotel einnehmen?«, fragte Sandra.

»Ich habe keinen Hunger«, antwortete Lady Claire. »Ich möchte lieber einen Spaziergang machen.«

»Ich begleite dich, Mum«, sagte Andrew sofort.

»Das ist nicht nötig, mein Junge. Ich möchte mir nur etwas die Beine vertreten. Nach einem Tag im Zimmer wird mir frische Luft guttun. Ms Flemming, können Sie mir sagen, welchen Weg ich am besten nehmen soll?«

»Gern«, erwiderte Sandra. »Ich bringe Ihnen nachher eine Karte, auf der alle Spazier- und Wanderwege rund um Higher Barton eingezeichnet sind.«

Um zwanzig Uhr verließ Lady Claire das Hotel, ihr Sohn ging zum Abendessen. Ebenfalls verabschiedete sich Eliza Dexter. Sie hatte am Abend frei und wollte zu Agnes Roberts nach Lower Barton fahren. Die beiden Frauen kannten sich seit der Schulzeit und waren locker befreundet.

»Ich werde bei Agnes übernachten«, erklärte Eliza. »Nach außen hin gibt sie sich stark, ich weiß aber, dass Agnes den Schock über das Auffinden der Toten noch nicht überwunden hat. Sie ist verletzlich, was sie durch ihr Gerede überdeckt, um sich keine Blöße zu geben.«

Sandra nickte verstehend. »Anfangs dachte ich, unsere Metzgerin wäre eine sensationssüchtige Klatschbase, habe inzwischen aber festgestellt, welch wertvoller Mensch sie ist. Grüßen Sie Agnes bitte von mir.«

»Wo ist eigentlich Imogen?«, fragte Eliza. »Wollte sie beim Dinner nicht servieren?«

»So war es ausgemacht«, antwortete Sandra. »Wahrscheinlich hat sie sich bei ihrer Freundin verquatscht, oder sie sind zusammen losgezogen, um zu feiern. Da Imogen den Service freiwillig macht, kann ich nicht verlangen, dass sie pünktlich ist. Harry und Lucas schaffen es auch allein.«

Nachdem Eliza gegangen war, stellte Sandra das Telefon an der Rezeption auf ihr Handy um. Dann ging sie im Restaurant von Tisch zu Tisch, sprach mit den Gästen, fragte, wie ihnen das Menü zusagte und empfahl zu dem Essen passende Weine. Von allen hörte Sandra nur lobende Worte. Andrew Withcombe und Major Collins speisten gemeinsam, die Männer waren in ein lebhaftes Gespräch über den anstehenden Brexit vertieft. Aus den wenigen Worten, die Sandra auffing, hörte sie heraus, dass sich der Major und Andrew einig waren, dass Großbritannien dabei war, einen großen Fehler zu begehen. Das sah sie genauso, gegenüber den Gästen sprach sie Politik aber niemals an. Das gehörte ebenso zum Grundsatz, wie keine Gespräche über Religion und sexuelle Ausrichtungen zu führen.

Als die Gäste ihr Dinner beendet und sich entweder in die Hotelbar oder auf ihre Zimmer zurückzogen hatten, ging Sandra in die Küche, um Monsieur Peintré die allgemeine Zufriedenheit der Gäste auszurichten.

»Eine Dame sagte, sie hätte noch nie ein so gutes Basilikum-Parmesan-Soufflé gegessen«, sagte Sandra. »Sie fragt, ob sie das Rezept bekommen kann.«

»Auf keinen Fall gebe ich meine Rezepte an irgendwelche Leute heraus!«

Sandra nickte. »Das weiß ich, Monsieur, und habe der Dame entsprechend geantwortet. Ihr Menü war ausgezeichnet. Ich danke Ihnen, Monsieur Peintré, und Ihnen, Rosa. Sie leisten hervorragende Arbeit. Der Erfolg des Hotels ist zu einem großen Teil auch Ihnen zu verdanken.«

Wie gewöhnlich nahm der Koch das Lob mit einem selbstgefälligen Gesichtsausdruck zur Kenntnis. Rosa Piotrowski hingegen strahlte und meinte: »Es freut mich, wenn es den Leuten schmeckt.«

»Was nicht dein Verdienst ist, Rosa«, ermahnte Monsieur Peintré seine Küchenhilfe.

»Selbstredend nicht, Monsieur.« Scheinbar demütig senkte Rosa den Blick und faltete die Hände im Schoß. »Ich führe nur Ihre Anweisungen aus und weiß die Ehre zu schätzen, mit Ihnen arbeiten zu dürfen.«

Peintré schien die unterschwellige Ironie in Rosas Worten zu entgehen, im Gegenteil. Er nahm das Kompliment mit einem wohlwollenden Nicken zur Kenntnis.

Sandra verbarg ein Schmunzeln. Sie bewunderte Rosa dafür, wie gut es ihr gelang, den Koch bei Laune zu halten, ohne sich dabei zu verbiegen oder gar zu verleugnen.

»Ich wünsche Ihnen eine gute Nacht«, sagte Sandra.

»Ihnen ebenfalls, Ms Flemming«, erwiderte Rosa.

Als Nächstes suchte Sandra die Hotelbar auf. Nur noch die Rutlands, ein Ehepaar aus Northumberland, saßen am Tresen. Mr Rutland leerte gerade sein Pint Tribute, das Weinglas vor seiner Frau war bereits leer.

Sandra trat zu ihnen. »Haben Sie einen angenehmen Tag verbracht?«

Ms Rutland nickte. »Danke für den Tipp der Klippenwanderung von Polperro nach Looe, Ms Flemming. Trotz des Regens war es ein wunderschöner Spaziergang.«

»Gerade wegen des Regens, meine Liebe«, sagte Mr Rutland. »So waren kaum Menschen unterwegs, und abseits des Trubels von Polperro fühlten wir uns fast wie auf einer einsamen Insel.«

»Auch während der Hauptsaison gibt es in Cornwall viele einsame Wege und Plätze«, sagte Sandra.

»Haben Sie einen Vorschlag für eine weitere Wanderung abseits der Touristenwege?«, fragte Mr Rutland.

Sandra brauchte nicht lange zu überlegen. Seit sie in Cornwall war, nutzte sie jede Gelegenheit, das Land zu erkunden. Angeregt und unterstützt von ihrer Freundin Ann-Kathrin, die jeden Winkel im Südwesten und zu jedem Ort eine Geschichte kannte. Die kleine Demelza würde den Bewegungsdrang von Ann-Kathrin nicht einschränken. Die Freundin hatte sich einen speziellen Gurt gekauft, in dem sie das Baby vor ihrem Körper tragen konnte.

»Der Coast Path rund um das St Agnes Head an der Nordküste ist einfach zu begehen und nicht stark frequentiert«, erklärte Sandra. »Starten Sie an der Trevaunance Cove und wandern Sie bis zur der Bucht Chapel Porth. Bei Ebbe ist das ein schöner Badestrand, und es heißt, im dortigen Coffeeshop gibt es das beste Eis in ganz Cornwall. Von der Bucht aus führt ein Weg durch ein romantisches Tal nach St Agnes zurück. Zu der Ortschaft gibt es eine interessante Sage, wie St Agnes seinen Namen erhielt.«

»Ach bitte, Ms Flemming, erzählen Sie uns die Geschichte!« Ms Rutlands Augen glänzten, sie liebte Legenden.

»Gern. Also, in Zeiten, als noch Riesen die Welt bevölkerten und diese ganz besonders häufig in Cornwall anzutreffen waren …«

Weiter kam Sandra nicht, denn aus der Hotelhalle hörte sie, jemanden »Hilfe! Ist denn hier niemand?«, schreien.

Sandra rannte aus der Bar, gefolgt von den Rutlands und David, dem Barkeeper. Es war Lady Claire Withcombe. Sie zitterte am ganzen Körper, das rote Haar aufgelöst und zerzaust. Über eine Wange zogen sich drei blutige Kratzer, ein Ärmel ihrer Sommerjacke war eingerissen, die helle Baumwollhose schmutzig.

»Lady Claire!« Sandra umfasste sie stützend. »Was ist passiert? Hatten Sie einen Unfall?«

»Ich bin überfallen worden! Rufen Sie die Polizei! Sofort!«

»Ja, natürlich«, murmelte Sandra, einen schweren Klumpen im Magen. Sie führte Lady Claire zu einem der Sessel vor dem Kamin. »Bitte, setzen Sie sich. Einen Arzt werde ich ebenfalls anrufen.«

»Ich bin Arzt.« Mr Rutland trat vor.

»Das wusste ich nicht«, sagte Sandra erstaunt.

»Ich bin im Urlaub, aber sonst arbeite ich am Krankenhaus in Morpeth, oben in Northumberland.« Er musterte Lady Claire. »Wie fühlen Sie sich? Haben Sie Schmerzen?«

»Ich ... ich ... weiß nicht«, stammelte die Dame. »Es ging alles so schnell.« Sie tastete nach ihrer Wange, starrte dann auf das Blut an ihrem Finger. »Mein Gesicht tut weh.«

»Es sind nur oberflächliche Kratzer«, sagte Mr Rutland. »Sie müssen aber desinfiziert werden. Sind Sie gestürzt, Mylady? Haben Sie sich den Kopf angeschlagen?«

»Nein, das heißt ja, ich bin gefallen. Aber auf die Knie. Dann war er auch schon weg.«

»David«, der Arzt sah den Barkeeper an, »holen Sie bitte ein Glas Wasser für Mylady.«

»Lieber einen Cognac«, murmelte Lady Claire. »Wo ist mein Sohn?«

»In Ihrer Suite«, sagte Sandra. »Ich rufe gleich hoch, nachdem ich mit der Polizei telefoniert habe.«

Lady Claire schlug die Hände vors Gesicht, ihre Schultern

zuckten. Sandra nahm ihr Handy und drückte die Taste, unter der Christophers Nummer gespeichert war.

»Hey, Darling, schön, dass du anrufst. Ich wollte gerade ins Bett gehen ...«

»Du musst sofort kommen!«, sprudelte Sandra hervor. »Lady Claire ist überfallen worden!«

»Wie? Was? Wann?«

»Ich weiß nichts Genaues«, antwortete Sandra. »Bitte, kannst du kommen?«

Christopher stellte keine weiteren Fragen, sagte: »Ich bin in zwanzig Minuten da«, und legte auf. Vom Haustelefon rief Sandra jetzt Andrew Withcombe an und bat ihn, herunterzukommen.

Lady Claires Sohn traf gleichzeitig mit dem Cognac in der Halle ein.

»Mum! Was ist geschehen?« Andrew stürzte sich auf seine Mutter. »Bist du in Ordnung?«

»Soweit man in Ordnung ist, wenn man gerade überfallen wurde und in letzter Sekunde entkommen konnte.« Lady Claire stürzte den Cognac mit einem Schluck hinunter.

»Der Detective Chief Inspector von Lower Barton wird in wenigen Minuten hier sein.«

Lady Claire nickte. Sie hatte sich ein wenig beruhigt und zitterte nicht länger.

»Möchten Sie ins Krankenhaus?«, fragte Mr Rutland. »Sie stehen unter Schock.«

»Das ist nicht nötig, danke, Doktor.« Lady Claire gelang ein schiefes Lächeln. »Ich glaube, ich habe Glück gehabt.«

Zum zweiten Mal an diesem Tag holte Sandra aus dem Büro den Verbandskasten. David brachte eine Schale mit Wasser. Vorsichtig reinigte Mr Rutland die Kratzer in Lady

Claires Gesicht und trug dann Jod auf. Ihre Augenlider flackerten zwar, aber sie ließ sich nichts anmerken.

»Die Blutung ist gestoppt«, sagte der Arzt. »Ich schlage vor, die Wunde offenzulassen, dann heilt sie besser. In den nächsten Tagen verzichten Sie bitte auf das Auftragen von Make-up und das Waschen mit Seife. Ich glaube nicht, dass Narben zurückbleiben werden. Sollten sich die Kratzer entzünden, müssen Sie eine Klinik aufsuchen.«

»Danke, Mr Rutland«, flüsterte Lady Claire, sah zu David und bat: »Kann ich noch einen Cognac bekommen?«

»Mum, du solltest besser eine Beruhigungstablette nehmen.«

»Ach was! Ich weiß am besten, was gut für mich ist, Andrew! Widersprich mir nicht.«

»Ich möchte nur, dass es dir gut geht, Mum.«

Das Eintreffen von Christopher unterbrach den Disput zwischen Mutter und Sohn.

»Detective Chief Inspector Bourke vom Revier in Lower Barton«, stellte er sich vor. »Sie sind Lady Withcombe, und Sie wurden überfallen?«

»Meine Mutter wurde auf brutale Weise angegriffen!«, rief Andrew. »Sie sehen doch, wie Sie zugerichtet wurde!«

Christopher musterte Claire Withcombe, dann sah er zu dem Ehepaar. Mr Rutland trat vor, räusperte sich und sagte: »Meine Frau und ich sind Gäste in diesem Haus. Da ich Arzt bin, habe ich die Erstversorgung der Kratzer übernommen. Ich denke, wir dürfen uns jetzt zurückziehen. Oder haben Sie noch Fragen, Chief Inspector?«

»Nein, gehen Sie schlafen.«

Lady Claire sah den Arzt an. »Ich habe Ihnen noch nicht gedankt, Doktor.«

Rutland winkte ab. »Nicht der Rede wert. Denken Sie bitte daran, einen Arzt aufzusuchen, sollten die Kratzer nicht problemlos abheilen. Chief Inspector, Ms Flemming … Meine Frau und ich gehen jetzt zu Bett. Ich hoffe, der Täter kann rasch gestellt werden.«

»Das hoffe ich ebenfalls«, sagte Andrew laut.

Christopher setzte sich gegenüber Lady Claire in einen Sessel.

»Bitte erzählen Sie, was geschehen ist. In jeder Einzelheit.«

Lady Claire atmete tief durch, dann berichtete sie. »Ich hatte Lust auf frische Luft und auf etwas Bewegung. Ms Flemming hat mir einen Rundweg vorgeschlagen. Ich war länger unterwegs, als geplant, denn ich kam bis an den Ortsrand von Lower Barton. Da war es schon beinahe dunkel. Dort kehrte ich um.«

»Warum hast du nicht angerufen?«, fragte Andrew. »Ich hätte dich doch mit dem Wagen abgeholt. Niemals hätte ich dich mitten in der Nacht allein lassen dürfen.«

Lady Claire kniff die Augen zusammen. »Sagte ich nicht gerade, ich wollte mich bewegen? Hörst du mir eigentlich zu?« Andrew zuckte zusammen und sah verlegen zu Boden.

»Was geschah dann, Lady Withcombe?«, hakte Christopher ein.

»Ich hörte ein Geräusch hinter mir«, fuhr Lady Claire fort. »Nicht ungewöhnlich am späten Abend inmitten der Natur. Ich dachte, es sei ein Tier, ein Fuchs oder ein Dachs vielleicht. Plötzlich wurde ich von hinten gepackt, etwas presste sich auf meinen Mund …«

»Einen Moment, Mylady«, unterbrach Christopher. »Können Sie es näher beschreiben? War es eine Hand oder ein Tuch, vielleicht mit etwas getränkt?«

Die Dame überlegte kurz. »Ich glaube, es war eine Hand, ich spürte aber keine nackte Haut. Der Täter muss Handschuhe getragen haben. Ja, jetzt erinnere ich mich genau! Für einen Moment roch ich Leder.«

»Wie konnten Sie sich befreien?«, fragte Christopher.

»Mit einem Fuß trat ich nach hinten und muss wohl das Schienbein des Täters getroffen haben. Der Griff lockerte sich, und ich begann zu rennen. Er holte mich wieder ein, versuchte, mich festzuhalten, dabei riss der Jackenärmel ein. Erneut wollte er mir den Mund zudrücken, dabei hat er mich wohl gekratzt. Ich schlug heftig um mich, dann war ich plötzlich frei und lief um mein Leben. Er gab die Verfolgung auf.«

»Eines verstehe ich nicht, Lady Claire«, mischte sich Sandra ein. »Sie sagten, der Angreifer habe Handschuhe getragen, Sie haben das Leder gerochen. Wie kann er Ihr Gesicht so zerkratzt haben?«

»Ich sagte, die Hand, die sich zuerst auf meinen Mund gelegt hat, steckte in einem Handschuh.« Lady Claires Stimme hatte einen tadelnden Unterton. »Die Kratzer muss er mir wohl mit den Nägeln der anderen Hand, die bloß war, zugefügt haben.«

»Der Täter trug nur einen Handschuh?«, fragte Sandra zweifelnd. »Wenn er vorgehabt hat, einen Menschen zu überfallen, hätte er doch dafür gesorgt, dass es keine Spuren gibt.«

»Sandra, bitte!« Mahnend sah Christopher sie an. »Sonst muss ich dich auffordern, uns allein zu lassen.«

»Ist schon gut«, murmelte Sandra.

»Ms Flemmings Frage ist gerechtfertigt, Inspector.« Lady Claire nickte Sandra aufmunternd zu. »Dieses Detail fällt mir erst jetzt auf. Was, wenn der Täter mich nicht berauben, sondern töten wollte? So, wie vor Tagen die Frau in Lower Barton?«

»Mummy!« Andrew sprang auf und starrte auf seine Mutter. »Der Mord hat doch nichts mit dem heutigen Überfall zu tun!«

»Wir sollten es nicht ausschließen«, sagte Christopher ernst. »Bei dem Opfer in Lower Barton gehen wir von einem missglückten Raubüberfall aus. Hatten Sie eine Handtasche dabci?«

»Nein, und auch kein Geld, lediglich die Zimmerkarte hatte ich in die Jackentasche gesteckt.«

Christopher deutete auf Lady Claires Hals. »Sie tragen wertvollen Schmuck, Lady Withcombe. Das könnte den Täter zu dem Überfall veranlasst haben.«

»Er hat es aber nicht geschafft.« Lady Claire machte eine Pause, zog eine ihrer perfekt gezupften Augenbraue hoch und fügte bedeutungsvoll hinzu: »Oder sie.«

»Sie meinen, es kann auch eine Frau gewesen sein?«, fragte Christopher. »Bitte beschreiben Sie den Angreifer.«

»Es ging alles sehr schnell, Inspector.« Lady Claire zuckte mit den Schultern. »Trotzdem erinnere ich mich, dass er oder sie nicht sehr groß war, etwa nur meine Größe. Und nicht besonders kräftig, sonst wäre es mir nicht gelungen, mich zu befreien. Außer dem Geruch nach Leder habe ich nur mitbekommen, dass er … oder sie dunkel gekleidet war.« Sie sah Christopher entschuldigend an. »Es tut mir leid, Ihnen nicht mehr Informationen geben zu können.«

»Sie haben mir mehr gesagt, als ich gehofft habe«, erwiderte Christopher. »Es tut mir leid, Sie jetzt noch damit belästigen zu müssen, aber ich muss Sie in die Kriminaltechnik fahren, damit eventuelle Spuren an Ihrer Kleidung gesichert werden.«

»Muss das sein?«, fragte Andrew. »Es ist fast Mitternacht, meine Mutter ist erschöpft und steht unter Schock.«

»Lass nur Andrew.« Lady Claire winkte ab. »Es war ein schreckliches Erlebnis, aber ich werde alles tun, damit der Verantwortliche zur Rechenschaft gezogen werden kann.« Sie stand auf und hielt sich erstaunlich gerade. »Lassen Sie uns fahren, Chief Inspector. Wohin bringen Sie mich?«

»Wir müssen nach Truro«, antwortete Christopher. »Das Revier in Lower Barton ist zu klein, um solche Untersuchungen vornehmen zu können.«

»Ich komme mit«, sagte Andrew. »Ich kann meine Mutter doch begleiten, Inspector?«

Christopher nickte. »Sie können mit Ihrem Wagen hinterherfahren und später Ihre Mutter nach Higher Barton zurückbringen.«

»Äh ...« Andrew zögerte. »Zum Dinner habe ich zwei Gläser Wein getrunken.«

»Dann ist es besser, du lässt das Auto stehen«, sagte Lady Claire. »Für den Rückweg werde ich mir ein Taxi nehmen«

Das wird aber ganz schön teuer, dachte Sandra, und dann, dass sich eine Lady Withcombe diese Kosten durchaus leisten konnte.

Bevor Christopher und Lady Claire das Hotel verließen, machte er Sandra ein Zeichen, dass er sie anrufen würde. Andrew blieb nichts anderes übrig, als seine Suite aufzusuchen. David schloss die Bar und fuhr nach Hause. Sandra seufzte. Sie ging durch die Räume im Erdgeschoss, prüfte, ob alle Fenster zu und der Hinterausgang abgeschlossen waren, löschte das Licht, sodass nur noch die Notbeleuchtung brannte. Dann gab es für Sandra nichts mehr zu tun. Während sie durch die laue Nacht die zweihundert Yards zu ihrem Cottage ging, sah sie sich immer wieder um und beschleunigte ihre Schritte. Seit Jahren ging sie diesen Weg bei Dunkelheit, früh morgens oder mitten in der Nacht. Gedanken hatte sie sich nie gemacht, geschweige denn, Furcht empfunden. Nun war ein Gast in unmittelbarer Nähe überfallen worden. Dementsprechend mulmig war es Sandra zumute. Sie hatte Christopher angemerkt, dass er an ihr Gespräch über die Ähnlichkeit zwischen Lady Claire und Susan Nicholls gedacht hatte. Lady Claire hatte angedeutet, dass der Täter sie hätte töten können. Sie wusste zwar von dem Opfer in Lower Barton, wohl aber nichts von der Ähnlichkeit.

Sandras Hand zitterte, als sie den Schlüssel ins Schloss steckte. Sie schlüpfte ins Haus, sperrte schnell hinter sich ab und schob zusätzlich den Riegel vor. Ihr Atem ging schneller, der Pulsschlag vibrierte in ihrem Hals. Die Mutmaßung, dass in der Gegend ein Mörder sein Unwesen treiben könnte, der es auf ältere, rothaarige Frauen abgesehen hatte, trieb Sandra die ganze Nacht über um. Schlaf fand sie keinen.

ELF

Eliza Dexter war erschüttert, als sie erfuhr, was sich am vergangenen Abend zugetragen hatte. Ihr Ärger über Lady Claires snobistisches Verhalten legte sich schlagartig.

»Die arme Frau!« Eliza rang die Hände. »Sie muss furchtbare Angst ausgestanden haben. Wie geht es Lady Withcombe?«

»Sie und ihr Sohn haben sich das Frühstück auf dem Zimmer servieren lassen«, antwortete Sandra. »Lady Claire ist erst gegen Morgen aus dem Labor in Truro zurückgekommen. Ich habe das Taxi gehört.« Sandra rieb sich die müden Augen. »Ich hoffe, der Täter hat an ihrem Körper und der Kleidung Spuren hinterlassen und kann identifiziert werden.«

»Was sollen wir den Gästen sagen?« Nachdenklich runzelte Eliza die Stirn. »Ich fürchte, der Vorfall wird sich nicht verschweigen lassen. Die Leute könnten Angst bekommen, dass sie in Higher Barton ihres Lebens nicht mehr sicher sind und vorzeitig abreisen.«

»Ich möchte abwarten, was Christopher herausfindet«, erwiderte Sandra. »Mit Mr und Ms Rutland habe ich heute Morgen gesprochen. Sie werden es für sich behalten. Mr Rutland teilt meine Meinung, dass manche Gäste panisch reagieren und das Hotel verlassen könnten. Was allerdings die Zeitungen schreiben …«, Sandra machte eine hilflose Geste, »darauf haben wir keinen Einfluss.«

»Ob der Angriff auf Lady Claire mit dem Mord an Susan zusammenhängt?«, flüsterte Eliza, da das Schwesternpaar Benhoff gerade die Halle passierte.

Sandra legte einen Finger auf die Lippen. »Wir sprechen später weiter.« In diesem Moment kam Christopher.

»Ich werde beantragen, den Polizeiposten im Higher Barton Romantic Hotel zu eröffnen«, scherzte er. »So oft, wie ich in diesem Haus bin.«

»Du bist jederzeit herzlich willkommen«, erwiderte Sandra. »Allerdings wünsche ich mir andere Umstände.« Sie musterte ihren Freund. »Du hast keine Minute geschlafen, nicht wahr?«

Christopher nickte und fuhr sich mit einer Hand über die Wange, auf der rötliche Stoppeln sprossen. »Du auch nicht, Darling.«

»Wie könnte ich Ruhe finden, wenn ein Gast derart brutal überfallen wird?«, erwiderte Sandra bitter. »Wurden an Lady Claires Kleidung verwertbare Spuren gefunden?«

»Die Kriminaltechnik war bis vier Uhr beschäftigt, dann bin ich ins Revier gefahren, um das Protokoll aufzusetzen. Vor zwei Stunden kam das Ergebnis aus Truro. Sie haben Faserspuren gefunden, die nicht von Claire Withcombes Kleidung stammen.«

»Auch Hautpartikel und DNA-Spuren?«, fragte Sandra.

»Bisher nicht, die Tests sind aber noch nicht abgeschlossen. Ich möchte mit Lady Withcombe sprechen, sie muss das Protokoll unterschreiben, später auch mit dir, Sandra.«

»Das dachte ich mir. Geh zuerst hinauf, in der Zwischenzeit lasse ich dir Kaffee und ein kräftiges Frühstück machen.«

»Du bist ein Schatz, Sandra!«

»Das hoffe ich.« Sandra sah Christopher nach, als er mit müden Schritten die Treppe hochging.

»Das läuft richtig gut zwischen Ihnen, nicht wahr?«, sagte Eliza und lächelte verständnisvoll. »Dabei waren Sie anfangs wie Hund und Katz.«

»Oh, es gibt durchaus Freundschaften zwischen Katzen und Hunden«, bemerkte Sandra. »Meine Eltern hatten mal einen Nachbarn mit drei Katzen und einem Irischen Setter. Die Tiere fraßen sogar gemeinsam aus einem Napf. Doch ich weiß, was Sie meinen, Eliza. Ja, ich hätte nie gedacht, eine Beziehung ausgerechnet mit einem Polizisten einzugehen.«

»Ich freue mich für Sie und DCI Bourke«, sagte Eliza aufrichtig. »Da hier doch immer wieder mal was passiert, ist es sinnvoller, zusammen als gegeneinander zu arbeiten.«

»Nun ja, Christopher ist es lieber, wenn ich eben *nicht* mit ihm zusammenarbeite.« Sandra schmunzelte. »Apropos Arbeit: Haben Sie Imogen heute Morgen schon gesehen?«

»Nein, aber sie hat noch eine halbe Stunde Zeit, bevor ihr Dienst beginnt«, antwortete Eliza.

Imogen erschien pünktlich fünf Minuten vor zehn Uhr. Bevor sie in den Personalraum ging, um sich umzuziehen, hielt Sandra sie auf.

»Ist dir gestern Abend etwas dazwischengekommen?«, fragte Sandra. »Du wolltest doch im Service helfen, Imogen.«

»Es tut mir leid, Ms Flemming. Als ich von meiner Freundin weggefahren bin, wollte ich noch kurz an die Küste, etwas Luft schnappen. In der Nähe von Lansallos habe ich geparkt. Als ich zurückfahren wollte, sprang mein Wagen nicht mehr an, offenbar streikte die Batterie. Bis ich in der einsamen Gegend jemanden mit einem Überbrückungskabel gefunden hatte, waren zwei Stunden vergangen. Dann musste ich noch einige Meilen mit dem Wagen rumfahren, damit sich die Batterie vollständig auflädt. Ich war erst gegen zehn zurück in Lower Barton, da hat es sich nicht mehr gelohnt, ins Hotel zu kommen.«

»Du hättest kurz anrufen können«, ermahnte Sandra sie, korrigierte sich dann: »Den zusätzlichen Dienst machst du zwar freiwillig, wir müssen uns aber auf dich verlassen können.«

»Das Handy habe ich bei meiner Freundin liegenlassen. Sonst hätte ich ja jemanden anrufen können, der mir wegen des Wagens hilft.« Imogen wirkte aufrichtig zerknirscht. »Wie geht es Lady Withcombe? Hat sie ihre Kopfschmerzen überwunden?«

»Du weißt es noch nicht?«, fragte Sandra.

»Was soll ich wissen?« Erschrocken riss Imogen die Augen auf. »Sie sind nicht etwa abgereist? Andy hat mich ja nicht anrufen können. Mein Handy liegt immer noch bei meiner Freundin, ich kann es erst heute Nachmittag holen.«

»Komm bitte für einen Moment in mein Büro«, sagte Sandra.

»Aber mein Dienst …«

»Es dauert nur ein paar Minuten.«

Imogen war entsetzt, als sie erfuhr, was Lady Claire am vergangenen Abend widerfahren war.

»Auch wenn ich Andrews Mutter nicht mag«, sagte sie offen, »tut sie mir leid! Gott sei Dank ist sie nicht schwer verletzt worden, der Schock wird aber tief sitzen. Ich nehme an, Andy ist bei ihr?«

»Ja, Mutter und Sohn haben die Suite heute noch nicht verlassen.«

»Ich werde raufgehen und fragen, ob ich aufräumen und putzen soll«, sagte Imogen. »Vielleicht hat Andy die Möglichkeit, mit mir zu sprechen, ohne dass es seine Mutter mitbekommt.«

Sandra schüttelte den Kopf. »Das muss warten, im Augenblick spricht Inspector Bourke mit Lady Claire. Wir haben heute zwei Ab- und auch wieder Anreisen, die Zimmer müssen ab drei Uhr für die neuen Gäste picobello sein.«

»Robert Dudley und Marlowe, ich weiß. Sie haben es gestern in den heutigen Arbeitsplan eingetragen. Es ist übrigens genial, die Zimmer nach historischen Persönlichkeiten zu benennen und Informationsmaterial über die Leute auszulegen.«

»Ms Trengove brachte mich auf die Idee.« Sandra wollte sich nicht mit fremden Federn schmücken. »Es gibt viel zu tun, ihr müsst euch beeilen. Holly und Sophie sind bereits oben.«

»Klar, Ms Flemming.« Imogen grinste. »Ich werde schon eine Gelegenheit finden, mit Andy zu sprechen.«

Nachdem Imogen gegangen war, rief Sandra übers Haustelefon in der Küche an und bat Rosa, ein Frühstück zuzubereiten. Kaum hatte Sandra damit begonnen, die Speisekarte für die kommende Woche in den Rechner einzugeben, kam Christopher ins Büro.

»Setz dich, dein Frühstück kommt gleich.«

»Danke, Sandra.« Er seufzte und rollte seine Schultern nach hinten. »Ich bin total verspannt.«

»Wenn du Zeit hast, kann ich dich heute Abend massieren«, schlug Sandra vor.

»Welch verlockende Aussicht! Ich fürchte jedoch, auch diese Nacht werde ich mein Bett nicht zu sehen bekommen. Sandra«, er setzte sich aufrecht hin, »jetzt, nachdem ich Lady Withcombe kennengelernt habe, geht mir deine Theorie nicht mehr aus dem Kopf. Im Fall Susan Nicholls kommen wir nicht weiter. Es scheint niemanden zu geben, der der Frau schaden wollte. Wie du weißt, gehen wir von einem missglückten Raubüberfall aus. Nach dem gestrigen Angriff auf deinen Gast erscheint es mir durchaus möglich, dass sich ein Räuber auf rothaarige Frauen mittleren Alters spezialisiert hat. Der Gedanke, dass beide Fälle zusammenhängen, treibt mich um. Gleichzeitig kann ich mir ein anderes Szenario vorstellen. In der Nacht, als Susan Nicholls starb, lag Lady Withcombe in ihrem Bett und hat, ihrer Aussage nach, geschlafen. Der Täter wusste, dass sie sich in Cornwall aufhält. Aus irgendeinem Grund war er in Lower Barton und sah eine Frau, die er in der Dunkelheit für Lady Claire hielt.«

»Ich verstehe. Du schließt nicht aus, dass es jemand gezielt auf Lady Claire abgesehen hat. Der Täter hat die Frauen miteinander verwechselt. Als er seinen Fehler bemerkte, hat er es gestern erneut versucht. Glücklicherweise ohne Erfolg.«

Christopher lächelte. »Wir sind ausnahmsweise einer Meinung. Es ist nur eine Theorie. Ich werde das Umfeld beider Opfer durchleuchten, ob eine Verbindung zwischen ihnen besteht. Lady Withcombe sagt, sie kenne Susan Nicholls nicht, habe den Namen noch nie gehört.«

»Das ist für mich völlig glaubhaft. Die Kreise, in denen sich Lady Claire und Susan bewegen, unterscheiden sich voneinander wie Tag und Nacht.«

»Sergeant Greenbow tippt eher auf einen Serientäter«, sprach Christopher weiter.

»Ein Serienmörder, der es auf Rothaarige abgesehen hat?«

Christopher nickte. »Wie müssen alle Möglichkeiten in Betracht ziehen. Auf jeden Fall erhalten Greenbow und ich Unterstützung aus Exeter. Es ist auch keine Rede mehr davon, das Revier in Lower Barton zu schließen.«

»Du denkst aber nicht länger, ich hätte etwas damit zu tun, damit du nicht versetzt wirst?«

»Ach, Darling, das habe ich nie geglaubt.« Sein Blick war liebevoll. » Du kannst mir helfen, indem du Ann-Kathrin fragst, ob Susan vielleicht doch Feinde hatte oder ob es Leute gibt, mit denen sie sich nicht gut verstand, vielleicht auch wegen einer Sache von früher. Kein Mensch kann nur Freunde haben.«

»Du erlaubst mir, zu ermitteln? Armer Christopher, du musst wirklich übermüdet sein.«

Christoper hob beschwichtigend die Hand. »Zwischen ›ermitteln‹ und ›einer gemeinsamen Freundin ein paar Fragen stellen‹ ist ein großer Unterschied. Nachher fahre ich zu Ms Roberts. Die abschließenden Tests haben ergeben, dass Susan Nicholls nur kurze Zeit, bevor sie von Ms Roberts gefunden wurde, gestorben ist. Vielleicht hat unsere Metzgerin ja doch jemanden gesehen oder etwas bemerkt, an das sie bei der ersten Vernehmung nicht gedacht hat.«

»Dann war Ms Roberts ebenfalls in Gefahr!«, rief Sandra. »Wäre sie ein paar Minuten früher in den Sunset Close gekommen …«

»Hätte der Täter sein Werk vielleicht nicht vollbracht«, vollendete Christopher den Satz.

Sandra schüttelte den Kopf. »Das meinte ich nicht. Ich dachte eher daran, dass Ms Roberts ebenfalls zum Opfer hätte werden können.«

»Auch das ist möglich.« Mit zwei Fingern massierte sich Christopher die Schläfen. »Tja, Theorien gibt es viele, aber keine Motive, keine Spuren, noch weniger Beweise. Wir haben die Kollegen in Sussex informiert. Sie sollen die Withcombes abklopfen und mir alles, was über die Familie bekannt ist, mailen. Wir müssen feststellen, ob es in Lady Withcombes Umfeld jemanden gibt, der ihr nicht wohlgesonnen ist. Oder sie«, fügte Christopher hinzu. »Es ist nicht auszuschließen, dass der Täter auch eine Frau sein kann.«

Es klopfte. Rosa brachte das Tablett mit einem reichhaltigen Frühstück und für Sandra eine Tasse Kaffee mit einer Haube Milchschaum. Während Christopher mit gutem Appetit aß, schoss Sandra eine Eingebung durch den Kopf. Unwillkürlich stöhnte sie.

»Was ist?« Christopher, eine Gabel mit Eiern und Speck auf dem Weg in den Mund, stutzte.

»Nichts, nichts«, versicherte Sandra und lächelte ungezwungen. Christopher fragte nicht weiter nach. Denn das, woran Sandra gedacht hatte, wollte sie ihm nicht sagen. Nämlich, dass es sehr wohl jemanden gab, für den sich ein Problem lösen würde, wenn Lady Claire etwas Schreckliches passierte: Imogen Paynter.

Nachdem Sandra die neu angereisten Gäste begrüßt, sie mit dem Hotel vertraut gemacht und in die Zimmer geführt hatte, sagte sie zu Eliza: »Ich mache für heute Schluss und sehe mal kurz bei Emma rein.«

Eliza nickte. Sie war für den Rest des Tages für den Dienst eingeteilt. Sandra ging durch den Park zu einem zweistöckigen Cottage mit in gelber Farbe gestrichenen Fensterläden und Eingangstür. Es war für Sandra eine liebgewonnene Gewohnheit, an einem Nachmittag in der Woche Emma Penrose zu besuchen. Die mittelgroße, mollige Frau strahlte immer gute Laune aus und war eine unterhaltsame Gesprächspartnerin, ohne dabei geschwätzig zu sein. Ihr Mann George hingegen war eher wortkarg.

Auch heute, als Sandra den Kopf einzog und durch die niedrige Tür direkt in den gemütlichen Wohnraum der Penroses trat, grüßte George zwar, setzte sich dann aber seine karierte Kappe auf und meinte: »Ich geh' mal 'ne Runde raus und lass' euch Frauen allein.«

Emma winkte Sandra erfreut zu. »Sie haben es mal wieder gut abgepasst, Sandra. Vorhin habe ich den Kuchen aus dem Ofen gezogen. Er ist noch warm.«

Sandra schnupperte und fuhr sich mit der Zungenspitze über die Unterlippe. »Ihr gedeckter Apfelkuchen ist der beste, den ich jemals gegessen habe, dabei mache ich mir eigentlich nicht viel aus Süßkram.«

»Wie Ms Mabel, auch sie sagte zu einem Stück Apfelkuchen selten nein. Nicht nur in diesem Bereich sind Sie ihr ähnlich, Sandra.«

Von Emma Penrose hatte Sandra bereits viel über Mabel Clarence, die frühere Besitzerin von Higher Barton, gehört. Die alte Dame und ihr Freund Victor Daniels, der örtliche Tierarzt, hatten ein Näschen dafür gehabt, Verbrechen aufzuklären – sehr zum Unwillen des Chief Inspector. Christopher Bourke, damals Detective Sergeant, hatte Ms Mabel aber immer unterstützt, und Alan Trengove war der Patensohn des Tierarztes. Dann hatte Ms Mabel das Herrenhaus an die Hotelkette verkauft und war zusammen mit Victor Daniels zu einer Weltreise aufgebrochen.

»Haben Sie in letzter Zeit von Ms Mabel gehört, Emma?«

»Sie und Victor sind in Neuseeland.« Emma seufzte und rollte mit den Augen. »Für George und mich wäre das nichts. Allein der stundenlange Flug! Mir reichen schon die drei Stunden auf die Kanaren. Ms Mabel geht es prächtig. Ich freue mich, dass sie in ihrem Alter all diese Länder und Kontinente noch bereisen kann. Nun aber genug von Leuten, die Sie, Sandra, nicht kennen.« Emma winkte ab. »Wir trinken jetzt Kaffee und probieren den Kuchen, dabei erzählen Sie mir alles, was Sie über den Mord in Lower Barton wissen.« Sie sah Sandra prüfend an. »Sie wissen doch mehr, als in der Presse steht, nicht wahr? Sicher von DCI Bourke …«

Sandra winkte ab. »Christopher sagt mir nicht viel. Emma, haben Sie Susan Nicholls gekannt?«

»Nein, trotzdem berührt mich ihr Tod, und mein Mitgefühl gilt der Familie. Ich habe gehört, der Ehemann sei gehbehindert.« Emma schnitt zwei großzügige Stücke von dem runden Apfelkuchen ab und legte eines auf Sandras Teller.

»Ja, Mr Nicholls kann nur wenige Schritte laufen«, erwiderte Sandra, nahm die Kuchengabel, stach einen Bissen ab und schob ihn sich in den Mund. »Köstlich!« Über den gestrigen Überfall auf Lady Claire wollte Sandra noch nicht sprechen, sondern abwarten, was die Ermittlungen ergaben, um Emma und George nicht unnötig zu beunruhigen.

Als sich Emma den zweiten Bissen in den Mund schieben wollte, schrillte das Telefon. ›Schrillen‹ war der richtige Ausdruck, denn die Penroses besaßen einen schwarzen, nostalgischen Apparat aus der Vorkriegszeit mit einer schwingenden Gabel und einer Scheibe, die beim Wählen ratterte.

»Gehen Sie getrost ran«, sagte Sandra.

Emma nahm den Hörer von der Gabel und meldete sich

mit »Ja, bitte?«, dann schwieg sie, hörte zu, ihr Gesicht wurde erst ungläubig, dann zog Emma die Nase kraus und sagte: »Bis wann brauchst du das Geld?« Sie sah zu Sandra und legte den Zeigefinger der freien Hand auf ihre Lippen, als Zeichen, dass Sandra sich still verhalten solle. »Es ist schade, dass du dich so lange nicht bei mir gemeldet hast, aber ich verstehe deine Gründe. Natürlich werde ich dir helfen, wir sind schließlich eine Familie. Ich brauche aber ein paar Stunden, bis ich das Geld besorgen kann.« Sandra blieb das Stückchen Kuchen beinahe im Hals stecken, mit offenem Mund starrte sie Emma an, die jetzt sagte: »Klar, schick deinen Freund in, sagen wir mal, zwei Stunden vorbei, und nein, dein Onkel ist heute nicht zu Hause. Er hat einen Termin in Bodmin, vor dem Abendessen kommt er nicht zurück.« Emma hängte ein.

Sandra sprang auf und rief: »Emma, hat sich gerade jemand als Verwandte ausgegeben und Sie um Geld gebeten?«

»Meine Nichte«, antwortete Emma mit einem grimmigen Gesichtsausdruck. »Sie drückte ungemein auf die Tränendrüse und sagte, sie sei unschuldig in eine Sache reingeschlittert, und nur, wenn sie noch heute Geld bezahlt, bliebe ihr das Gefängnis erspart.« Emma ballte die Hände zu Fäusten. »Allerdings habe ich keine Nichte, nur einen missratenen Neffen, zu dem ich den Kontakt vor Jahren abgebrochen habe. Das ist aber eine andere Geschichte, die ich Ihnen bei Gelegenheit vielleicht mal erzählen werde.« Emma winkte ab. »Da versucht doch tatsächlich eine Gaunerin, mich hinters Licht zu führen! Erst gestern wurde in der Zeitung wieder vor dieser Betrugsmasche gewarnt.«

»Der sogenannte Enkeltrick.« Sandra nickte verstehend.

»Christopher hat mir erzählt, dass er in der Gegend seit Wochen die Runde macht. Warum haben Sie nicht sofort aufgelegt, wie es die Polizei rät?«

»Wenn ich eingehängt hätte, würden sich die Gauner ein anderes Opfer suchen, jemanden, der oder die ihnen auf den Leim geht.« Emma lächelte verschmitzt. »Denen muss das Handwerk gelegt werden. Darum bin ich zum Schein darauf eingegangen. In zwei Stunden wird der Freund meiner *Nichte* vorbeikommen, um die verlangten dreitausend Pfund abzuholen. Cash, versteht sich. Allerdings wird er von der Polizei empfangen werden, die ich jetzt verständigen werde. Am bestem rufen Sie den DCI an, damit er selbst herkommt, aber unauffällig. Es ist möglich, dass wir beobachtet werden.«

Sandra zollte der älteren Frau Respekt für ihr umsichtiges Handeln, gab aber zu bedenken: »Ist das nicht gefährlich?«

»Nicht, wenn Sie und der DCI bei mir sind. Sie schreckt ohnehin keine gefährliche Situation, wenn wir am Ende einem Verbrecher das Handwerk legen können.« Emma griff nach Sandras Hand. »Sie bleiben doch? Oder haben Sie im Hotel einen Termin?«

»Selbst wenn, das Hotel ist zweitrangig. Um nichts in der Welt will ich mir das entgehen lassen. Emma, Emma«, spielerisch drohte Sandra mit dem Finger, »in Ihnen steckt also auch eine Hobbydetektivin.«

»Unsinn! Ihnen, Sandra, mache ich den Rang einer Ermittlerin nicht streitig. Diesen Gaunereien muss aber ein Ende gesetzt werden.«

Beide Frauen lachten, dann rief Emma bei der Zentrale in Truro an, schilderte den Vorgang und bat, DCI Bourke und DS Greenbow nach Higher Barton zu schicken. Zeitgleich schickte Sandra Christopher eine Textnachricht. Sie hoffte, dass er überhaupt Zeit hatte, selbst zu kommen. Wenn nicht, würde die Polizei Beamte von einem anderen Revier nach Higher Barton schicken.

Zwei Stunden später wurde ein junges Paar verhaftet. Der Mann, noch keine zwanzig Jahre alt, war wie vereinbart zu Emma gekommen, um das Geld abzuholen. Bevor er registrierte, dass der Mann, der unerwartet aus dem Nebenraum kam, ein Polizist war, waren seine Handgelenke auch schon mit Kabelbinder fixiert. Seine Kumpanin wartete nur wenige Meter entfernt in einem Gebüsch verborgen. Als sie sah, dass ihr Freund geschnappt worden war, hatte sie zu fliehen versucht und lief Sergeant Greenbow, der sich draußen versteckt hatte, direkt in die Arme. Auch sie war noch sehr jung und wie ihr Freund gepflegt und gut gekleidet. Auf den ersten Blick waren keine Anzeichen eines Drogenmissbrauchs zu erkennen. Das Motiv, warum das Pärchen seit Wochen ältere Leute um ihr Geld brachte, würde im Revier in Truro geklärt werden müssen, wohin die beiden mit einem Streifenwagen gebracht wurden.

Nachdem es vorbei war, holte Emma tief Luft und rief: »Jetzt brauch' ich einen Drink!« Aus dem Küchenschrank holte sie eine Flasche Single Malt, schenkte in drei Gläser ein und drückte je eines Sandra und Christopher in die Hand.

»Danke, aber ich darf nicht«, sagte der DCI. »Meine Arbeit ist heute noch nicht beendet, auch wenn ich gerade mehr Zeit in Higher Barton als an meinem Schreibtisch verbringe.«

»Tut mir leid«, murmelte Emma. »Aber ich dachte, den Leuten muss das Handwerk gelegt werden.«

»Das war völlig richtig, Emma«, bekräftigte Christopher,

»und sehr mutig. Auch von dir, Sandra. Jetzt kann ich wenigstens diese Sache zu den Akten legen. Man muss auch mit kleinen Erfolgen zufrieden sein.«

»Nicht doch einen Whisky?«, fragte Emma, die Flasche in der Hand.

»Nein danke, ich muss jetzt los.«

»Ich nehme gern einen Schluck«, sagte Sandra. »Sie waren sehr tough, Emma, den Verbrecher ins Haus zu lassen.«

Emma zuckte mit den Schultern. »Was hätte schon passieren können? Der Chief Inspector war im Nebenraum, und Sie, Sandra, haben schon ganz andere Kaliber zur Strecke gebracht. Übrigens – wir hören jetzt mit dem dummen Sie auf.« Emma stieß ihr Glas an das von Sandra. »Auf den Kuss verzichten wir aber.«

Sandra lachte. »Ich küsse anstelle von dir, Emma, Christopher. Oder darf ich das nicht, weil du im Dienst bist?«

Er neigte sich zu Sandra. »Es sieht uns hier ja niemand.«

Emma lächelte zufrieden, als sich das Paar küsste, dann hob Christopher die Hand und drohte Emma mit dem Finger. »Das heute bedeutet aber nicht, Emma, dass du in Sandras Fußstapfen trittst und auch versuchst, meine Arbeit zu machen.«

»Das würde mir nie einfallen!« Emma wirkte empört. »Zwei Jugendliche reinzulegen, ist etwas anderes, als einen Mörder zu stellen. Das überlasse ich doch lieber dir und dem sympathischen Sergeant Greenbow.« Sie nahm das Glas, das sie für Christopher eingeschenkt hatte, trank dieses leer und fragte Sandra: »Auch noch einen?«

»Warum nicht? Heute muss ich nicht mehr arbeiten.«

Die Gläser klirrten aneinander, in Emmas Augen trat ein Glanz, auch Sandra war schon etwas angeheitert.

»Ich muss jetzt fahren«, sagte Christopher. »Du kommst allein nach Hause?«

»Natürlich, es sind ja nur ein paar Meter.« Sandras Zunge schlug an.

Emma deutete auf das Fenster. »Oh, da kommt George zurück. Der wird staunen, welch aufregenden Nachmittag wir zwei erlebt haben. Wir werden ihm alles erzählen, aber erst trinken wir noch einen Schluck. Der Malt ist wirklich ganz ausgezeichnet.«

Sandras Lider flackerten. Stöhnend griff sie sich an den Kopf. Darin pochte es, als würden die Knockers, die alten Geister der Zinn- und Kupferminen, eine ausgelassene Party feiern.

»Ich trinke nie wieder Alkohol!«

Sandra schwang ihre Beine vom Sofa in ihrem Wohnzimmer. Auf das war sie vorhin gefallen, nachdem sie ihr Cottage betreten hatte. Draußen war es bereits dunkel, die Zeiger der Kaminuhr standen auf halb zwölf. Sandra tappte in die Küche, öffnete den Wasserhahn, füllte sich ein großes Glas und trank durstig. Es waren doch nur zwei Gläser Whisky gewesen, dachte sie. Oder doch drei? Während Emma ihrem Mann erzählte, was am Nachmittag passiert war, hatte sie weiter eingeschenkt. Nie hätte Sandra vermutet, dass Emma so viel Whisky vertrug, bisher hatte sie die Frau nur Tee oder Kaffee trinken sehen. Ihr Handy vibrierte. Sandra öffnete die Textnachricht und las:

Hoffe, du hast wieder einen klaren Kopf, mein Schatz. Ich bin jetzt zu Hause und gehe ins Bett. Morgen muss ich früh zu einer Besprechung nach Truro fahren, melde mich dann im Laufe des Tages. Schlaf gut. Kuss Christopher

Sandra lächelte und schrieb zurück, es ginge ihr gut und sie werde jetzt auch schlafen gehen. Sie war aber noch nicht müde. Kurzentschlossen schlüpfte sie in eine Sweatjacke und verließ das Cottage. Die frische Luft tat ihrem pochenden Schädel gut. Es war nahezu windstill und mild. Drüben im Hotel brannte hinter einigen Fenstern noch Licht, ebenso im Erdgeschoss, wo sich die Bar befand. David, der Barkeeper, würde aber bald Feierabend machen. Die einstige Sperrstunde war in England zwar seit vielen Jahren aufgehoben, im Hotel wurde die Bar aber spätestens um Mitternacht geschlossen, damit die Gäste eine ungestörte Nachtruhe bekamen.

Sandra sah sich um. In ihr stritten sich die Furcht, der Täter könne in der Nähe sein, mit dem Wunsch nach Bewegung. Schließlich schlenderte sie in Richtung des Eingangstors. Das Grundstück von Higher Barton war von einer hohen Steinmauer umgeben, die schmiedeeisernen Flügel der Einfahrt standen aber immer offen. Früher war hier ein zweistöckiges Cottage gewesen, in dem die jeweiligen Torwächter mit ihren Familien gelebt hatten. Das Haus war bereits zu Lebzeiten der letzten Lady Tremaine abgerissen worden. Neben Sandra raschelte es im Gebüsch. Ein Dachs wuselte vor Sandras Füßen vorbei und verschwand wieder im Unterholz. Sandra hatte das Tor erreicht, da hörte sie Stimmen auf der anderen Seite der Mauer.

»Ich hoffe, deine Mutter hat sich von dem Schock wieder erholt.« Es war eindeutig Imogens Stimme.

»Sie ist sehr stark«, hörte Sandra Andrew Withcombe sagen. »Ihre wahren Gefühle gibt Mum selten nach außen preis, sie macht vieles mit sich selbst ab. So war es auch, als Dad starb. Ich habe Mum nie weinen sehen, nicht einmal bei der Beerdigung.«

»Sie wollte für dich stark sein, Andy.«

»Das ist ihr gelungen. Ich werde mich um sie kümmern, so, wie sie sich damals um mich gekümmert hat. Ich war erst elf Jahre alt, als Dad den Hirnschlag hatte. Von einem Tag auf den anderen war alles verändert.« Andrew seufzte. »Ich habe mich nicht einmal von ihm verabschieden können. Als es passierte, war ich im Internat, Dad hatte ich zuletzt an Ostern zuvor gesehen. Dabei war er kerngesund. Er hat nie geraucht, trank Alkohol nur in Maßen, war schlank und hat neben der körperlichen Arbeit auf West Yverton Sport gemacht, wann immer es ihm möglich war. Man denkt, so ein Gehirnschlag trifft nur alte Menschen mit Vorerkrankungen.«

»Es tut mir aufrichtig leid«, murmelte Imogen. »Ich verstehe und akzeptiere die enge Bindung zwischen dir und deiner Mutter. Dennoch frage ich mich, warum ihr nach Cornwall gekommen seid, wenn ich dich so selten zu Gesicht bekomme. Ich verstehe ja, dass du deiner Mutter gerade jetzt nichts von uns sagen kannst, aber …«

»Du musst Geduld haben, Darling.« Andrews Stimme war sanft. »Nach dem, was gestern Abend passiert ist, kann ich sie nicht allein lassen.«

»Egal, was ich mache und wie freundlich ich zu ihr bin: Für Lady Claire bin ich nur irgendjemand vom Personal, der ihre Wünsche zu erfüllen hat. Ich glaube, sie erinnert sich nicht einmal an meinen Namen.«

Sandra schmunzelte und wollte sich lautlos zurückziehen, um das junge Paar nicht länger heimlich zu belauschen oder gar zu stören, da hörte sie Andrew Withcombe sagen: »Am liebsten würden wir abzureisen. Erst der Mord in Lower Barton, jetzt der Überfall auf meine Mutter …« Andrew seufzte. »Dieser rothaarige Inspector hat aber verfügt, dass Mum in der Gegend bleiben muss, bis die Sache aufgeklärt ist. Ich habe keine Ahnung, wer es auf Mum abgesehen haben könnte. Zuvor war sie nie in Cornwall, und wir haben in der Gegend auch keine Bekannten.«

»Ich denke, eure Familie ist mit nahezu allen Adligen Englands verwandt.« Imogen klang spitz. »Da wird wohl auch jemand aus Cornwall darunter sein.«

»Selbst wenn? Es gibt keinen Grund, meiner Mutter etwas anzutun. Anders als die Polizei glaube ich nämlich nicht, dass der angebliche Dieb sich rein zufällig ausgerechnet wieder eine Rothaarige ausgesucht hat.«

»Tatsächlich besteht eine gewisse Ähnlichkeit zwischen der Toten und Lady Claire«, gab Imogen zu. »Rote Haare haben aber viele Frauen.«

»Warum wurde meine Mutter dann angegriffen? Sie hat einen aufmerksamen Schutzengel gehabt, ebenso könnte sie jetzt tot sein.« Die Besorgnis war Andy deutlich anzuhören. »Selbst wenn es sich nicht gegen meine Mutter richtet und, wie die Polizei vermutet, ein Täter sein Unwesen treibt, der es auf ältere, rothaarige Damen abgesehen hat: Ich kann Mum dieser Gefahr nicht aussetzen und werde sie begleiten, wenn sie das Hotel wieder verlassen möchte. Deswegen muss ich jetzt auch zurück. Es könnte sein, dass Mum nicht schlafen kann.«

»Sie ist dir wichtiger als ich …«

»Sie ist meine *Mutter*!« Nun klang Andy verärgert. »Natürlich liegt mir ihr Wohl am Herzen!«

Sandra wusste, es war verwerflich, weiterhin hinter der Mauer zu verharren und das Paar zu belauschen. Das Gespräch war aber zu interessant! Außerdem hatte Christopher sie um Hilfe gebeten. Nun ja, sie sollte eigentlich nur mehr über das Umfeld von Susan Nicholls herausfinden; wenn die Fälle jedoch zusammenhingen, war es nur recht und billig, jede Information zu bekommen.

»Klar verstehe ich deine Sorge«, murmelte Imogen. »Wenn deine Mutter mich in den nächsten Tagen nicht näher kennenlernen will – was wird dann aus uns? Wirst du ihr sagen, dass du mich heiraten willst? Was ist mit der Frau, die sie für dich ausgesucht hat? Wirst du sie treffen, wenn ihr wieder zu Hause in Sussex seid?«

»Ach, Darling, selbstverständlich nicht! Ich liebe dich, Imogen, und wir leben nicht mehr in einer Zeit, in der die Eltern bestimmen, wen ihre Kinder zu heiraten haben. Trotzdem kann ich die Gefühle meiner Mutter nicht verletzen. Wir bleiben in Kontakt, und du kommst nach West Yverton. Bald schon ...«

»Das ist mir zu wenig.« Sandra konnte regelrecht den trotzigen Ausdruck auf Imogens Gesicht sehen. »Auch ich liebe dich und will mein Leben mit dir verbringen, Andy. Ob mit oder ohne Zustimmung deiner Mutter! Wenn du nicht mit ihr sprichst, werde ich es tun.«

»Das wirst du nicht!« Andy atmete tief ein und sagte laut: »Eine solche Nachricht könnte ihre Gesundheit nachhaltig beinträchtigen.«

»Auf mich macht sie trotz des Überfalls einen äußerst vitalen Eindruck!«, rief Imogen. »Kein Wunder, dass sie den Angreifer in die Flucht geschlagen hat.«

»Bitte, versteh doch, Liebes.« Andrews Stimme klang flehend. »Im Alter meiner Mutter ist ein Herz nicht mehr so belastbar.«

»Sie ist erst sechsundfünfzig, Andy!«

»Ich will nichts riskieren«, beharrte er auf seiner Meinung.

»Daher muss ich es Mum vorsichtig beibringen, dass ich beabsichtigte, eine andere Frau zu heiraten als die, die sie für mich ausgesucht hat.«

»Langsam glaube ich, dazu wird es nie kommen«, murmelte Imogen, dann gab sie nach: »Also gut, ich werde deiner Mutter nichts sagen und weiterhin aufmerksam um sie herumscharwenzeln. Schade, dass Major Collins nicht ein paar Jahre jünger ist. Ich glaube, er verehrt deine Mutter. Wenn sie sich in den Major verlieben würde, hätte sie mehr Verständnis, dass auch du glücklich sein willst.«

»Meine Mutter hat nicht vor, sich noch einmal zu binden«, erwiderte Andrew.

»In all den Jahren nach dem Tod deines Vaters – hat es da nie einen Mann in ihrem Leben gegeben?«

»Ich glaube nicht. Wenn, dann habe ich es nicht mitbekommen.«

»Du warst und bist der Lebensmittelpunkt von Lady Claire«, sagte Imogen bitter. »Und wirst es bis an ihr Lebensende bleiben.«

«Vertrau mir, Darling!«, beschwor Andy sie. »Ich bringe bald alles in Ordnung.«

Sandra hörte, wie sie sich küssten. Sie hatte genug gehört, entfernte sich leise und ging zurück in ihr Cottage. Für Imogens Ungeduld hatte sie Verständnis, gleichzeitig auch dafür, dass Andy die Zustimmung seiner Mutter für diese Ehe wichtig war. Lady Claire würde die Heirat zwar nicht verhindern können, was erwartete Imogen aber für ein Leben auf dem Besitz der Withcombes, wenn Andrew gegen den Willen seiner Mutter handelte? Klischeehaft wäre Lady Claire die böse Schwiegermutter und würde es Imogen nicht leicht machen. Ob Imogen so glücklich würde?

Sandra bezweifelte es. Dass Andy unter diesen Umständen am liebsten abreisen wollte, überraschte Sandra nicht. Im Moment deutete vieles darauf hin, dass der Mörder von Susan Nicholls die Lehrerin mit Lady Claire verwechselt hatte und seinen Fehler korrigieren wollte. Wie Andy gesagt hatte: Wer hatte ein Motiv, die Frau zu töten? Sie war keine einfache Person, durch und durch snobistisch, das war aber kein Grund, jemanden umzubringen. Also blieb doch der Serientäter, wie Christopher vermutete. Ein Irrer, ein Psychopath, der es auf Rothaarige abgesehen hatte. Sollte das so sein, war die Situation brandgefährlich.

Wenigstens hatten Emma und sie die Enkeltrickbetrüger auf dem Verkehr gezogen. So konnten sich Christopher und Sergeant Greenbow auf die Suche nach dem Mörder von Susan Nicholls konzentrieren.

ZWÖLF

Auch am Freitag verließ Lady Claire ihre Räume nicht. Das Frühstück und den Lunch brachte Imogen hinauf. Am Gesichtsausdruck des Zimmermädchens erkannte Sandra, dass sie bei Andrews Mutter keinen Schritt weitergekommen war.

»Ich würde gern nach Hause gehen«, sagte Imogen am späten Nachmittag. »Selbst wenn ich der großen Dame noch das Dinner serviere, wird sie mich nicht beachten. Andy weicht nicht von ihrer Seite. Heute Abend wollen sich Mutter und Sohn zusammen im Fernsehen die Übertragung eines Konzertes aus der Royal Albert Hall ansehen. Ms Flemming, darf ich gehen? Ich habe rasende Kopfschmerzen.«

»Natürlich darfst du gehen«, erwiderte Sandra. »Dein offizieller Dienst ist längst beendet. Ruh dich aus, damit du morgen fit bist. Sir Andrew wird nämlich am Ausflug nach Fowey teilnehmen.«

»Wirklich? Und seine Mutter?«

»Lady Claire möchte sich die Regatta nicht ansehen. Ich denke, der Major wird ihr morgen Gesellschaft leisten. Der Bus fährt um elf Uhr ab, bitte sei pünktlich.«

»Auf jeden Fall, Ms Flemming!« Imogen lachte wieder fröhlich, kein Anzeichen mehr von Kopfschmerzen. »Einen ganzen Tag werde ich Andy für mich haben!«

Sie pfiff die peppige Melodie eines Songs aus den aktuellen Charts, während sie das Hotel verließ.

»Ach, nochmal so jung und verliebt zu sein!« Eliza, die alles mitangehört hat, lächelte verträumt. »Zumindest, wenn am Ende kein Herz gebrochen wird. Ein Gutes hat es, dass ich nie geheiratet habe: Mir blieb eine biestige Schwiegermutter erspart. Apropos Schwiegermutter: Haben Sie die Eltern von Inspector Bourke schon mal kennengelernt?«

»Christophers Vater starb, als er noch ein Kind war, seine Mutter kennt er nicht. Er wuchs bei Tante und Onkel auf.« Sandra sah keinen Grund, Eliza Christophers Familienumstände zu verschweigen. Ihre Mitarbeiterin war keine Klatschtante, zudem ging Christopher mit dem Thema offen um. Er hängte es zwar nicht an die große Glocke, dass seine Mutter ihn nicht gewollt und die Familie verlassen hatte, als er noch ein Baby gewesen war. Kam das Gespräch aber zufällig auf seine Eltern, sagte er die Wahrheit. Dass sein Vater, ebenfalls Polizist, erstochen wurde, als er einem anderen Menschen helfen wollte, beschäftigte Christopher mehr als die Ungewissheit, was für eine Frau seine Mutter war. Mit seinen Möglichkeiten wäre es für den DCI ein Leichtes, festzustellen, ob die Frau noch in England lebte, und, wenn ja, ihre Adresse zu erfahren.

»Sie mag mir das Leben geschenkt haben«, hatte Christopher zu Sandra gesagt. »Eine Mutter war sie mir nie. Ganz ehrlich: Ich habe kein Interesse, diese Frau zu finden und sie kennenzulernen.«

Sandra, einziges Kind liebevoller Eltern, konnte das zwar nicht verstehen, drang jedoch nicht tiefer in Christopher oder versuchte, ihn vom Gegenteil zu überzeugen. Jeder musste selbst entscheiden, was das Richtige war.

»Besuchen Sie wieder Ihren Bruder, wenn Sie im September Urlaub haben?«, fragte Sandra ihre Managerin.

Eliza schüttelte den Kopf. »Er und seine Frau werden in dieser Zeit selbst verreist sein. Sie wollen eine Safari in Ostafrika machen. Ich habe mir ein Zimmer in einem kleinen Hotel in Brighton gemietet«, erklärte Eliza schmunzelnd. »Dort werde ich natürlich niemandem sagen, was ich beruflich mache, aber mich mal ein bisschen umsehen, wie es in anderen Häusern zugeht.«

»Das ist eine gute Idee«, stimmte Sandra zu. »Ich gehe jetzt in mein Cottage rüber und mache mich frisch. Heute Abend bin ich bei den Trengoves zum Essen eingeladen. Sollte was sein, Eliza, können Sie mich jederzeit auf dem Handy erreichen.«

»Ich hoffe nicht, dass das nötig sein wird«, erwiderte Eliza. »Es wird wohl nicht wieder jemand überfallen oder gar getötet werden!«

»Das hoffen wir alle, Eliza, das hoffen wir wirklich!«

Für die knapp vierzig Meilen nach Truro ließ sich Sandra Zeit. Es war ein herrlicher Sommerabend. Bei St Austell ragten die Abraumhalden der Porzellanförderung mit ihren weißen Kuppen in die Höhe. An St Austell selbst fand Sandra wenig Gefallen. Hierher kamen nur wenige Touristen, im Ortzentrum befand sich aber die Brauerei, die das beliebteste Bier des Südwestens herstellte: Tribute. Das helle, süffige Ale war weit über die Grenzen Cornwalls hinaus bekannt. Ein Gast hatte mal erzählt, er habe sogar in einem Pub in Maidstone im Südosten Englands ein Pint Tribute bekommen.

Schon von weitem konnte Sandra die hochaufragende

Spitze des Mittelturms der Kathedrale sehen. Truro, die Hauptstadt Cornwalls, war westlich von Exeter die einzige Stadt mit einer Kathedrale. In ihrer unmittelbaren Nähe befand sich die Kanzlei von Alan Trengove. Er und Ann-Kathrin und jetzt auch die kleine Demelza lebten in einer ruhigen Wohngegend am westlichen Stadtrand. Sandra, von Osten herkommend, musste die Stadt durchqueren. Dafür benötigte sie zwanzig Minuten, denn in Truro war immer stockender Verkehr, selbst am Samstagabend. Diverse Straßenbauarbeiten erhöhten noch das Staurisiko.

Das Haus der Trengoves war zweigeschossig, mit einem Satteldach, und erst vor zwanzig Jahren gebaut worden. Sandra fuhr in die Einfahrt und parkte vor der einen Seite der Doppelgarage. Im Vorgarten gab es außer einem Rasenstück ein paar kleine Blumenbeete und drei Rosenbüsche, die aber noch keine Blüten trugen. Ann-Kathrin hatte sie erst im vergangenen Frühjahr gepflanzt.

»Bisher war vor dem Haus ein Steingarten «, hatte Ann-Kathrin gesagt. »Pflegeleicht, denn Alan hat viele Vorzüge, aber keinen grünen Daumen.«

Ann-Kathrin liebte alles, was grünte und blühte. So hatte sie, nachdem sie in das Haus eingezogen war, damit angefangen, das Grundstück zu bepflanzen.

Die Freundin kam Sandra entgegen. Sie trug eine Schürze mit dem Aufdruck einer kornischen Pasty. Das entsprechende Rezept zu der herzhaften Köstlichkeit war daneben abgedruckt.

»Schön, dass du es einrichten konntest, meine Liebe.«

Die Freundinnen begrüßten sich mit Wangenküsschen. Alan kam aus der Küche, ein Tablett mit drei bereits gefüllten Gläsern in den Händen.

»Hallo, Sandra. Alles klar im Hotel?«, fragte er.

»Guten Abend, Alan«, erwiderte sie. »Ja, alles klar, das Haus ist vollbelegt. Du bist heute aus London zurückgekommen? Ist mein Besuch dann nicht zu anstrengend für dich oder ihr, du und Ann-Kathrin, hättet lieber allein einen gemütlichen Abend verbracht?«

»Wenn wir das gewollt hätten, hätten wir dich nicht eingeladen«, erwiderte Ann-Kathrin. »Solange Demi so klein ist, ist es besser, wenn wir besucht werden, als dass wir weggehen.«

»Lasst uns auf einen schönen Abend anstoßen«, sagte Alan. Obwohl es leger zuging, trug er einen dreiteiligen Anzug aus einem hellen, leichten Stoff, ein beigefarbenes Hemd und eine farblich passende Krawatte. Das dunkelbraune, an den Schläfen ergraute Haar hatte er nach hinten gegelt.

»Hast du eine neue Brille?«, fragte Sandra, da sie die sonstige Brille mit dem schwarzen Gestell vermisste. Stattdessen trug Alan heute eine randlose Sehhilfe.

»Du hast ein Adlerauge«, antwortete er lächelnd. »Es wurde mal Zeit für eine kleine Veränderung.«

Er nahm zwei Gläser und reichte sie den Frauen. Sie waren mit einem rot-orangenen Getränk gefüllt, die Ränder mit angeschnittenen Orangenscheiben dekoriert.

»Orangen-, Limetten-, Kirsch- und Granatapfelsaft«, erklärte Alan. »Absolut alkoholfrei.«

Ann-Kathrin trank derzeit keinen Alkohol, weil sie stillte, und Sandra ließ die Finger davon, wenn sie mit dem Auto fuhr. Die Gläser klangen aneinander, die drei nahmen einen Schluck.

»Ich muss wieder in die Küche«, sagte Ann-Kathrin. »Es gibt Lammauflauf mit grünen Bohnen und Kartoffeln.«

Sandra nickte. »Ich rieche es bis hierher, und es duftet köstlich.«

Als Alan und Sandra allein im Wohnzimmer waren, sagte der Anwalt: »Was ich mich die ganze Zeit schon frage: Mit dem Mord, Totschlag oder fahrlässiger Tötung – so genau kann man es jetzt noch nicht sagen – an der Lehrerin hast du nichts zu tun, oder?

»Äh … nein. Warum sollte ich?«

»Weil ich deiner Nasenspitze ansehe, dass der Fall dich beschäftigt. Das verstehe ich, Susan Nicholls war immerhin eine gute Bekannte von Ann-Kathrin. Ich denke aber, dass Christopher und Sergeant Greenbow den Fall auch ohne deine Hilfe aufklären werden.«

»Du irrst dich, Alan Trengove.« Sandra lachte hell auf. »Christopher hat mich sogar gebeten, bei Ann-Kathrin nachzuhaken, was sie über das Umfeld des Opfers weiß.«

»Das hat er nicht wirklich!«

»Doch, er hat. Wenn es dich nicht stört, kann Ann-Kathrin uns heute Abend etwas mehr über Susan erzählen.«

Alan zuckte mit den Schultern. »Da ich annehme, dass die Sache ohnehin das wichtigste Gesprächsthema sein wird, bis der Täter gefasst ist: Warum nicht gleich heute damit anfangen?«

Der Auflauf war köstlich, das dazu passende Pfefferminzgelee hatte Ann-Kathrin selbst gemacht. Während sie aßen, sprachen sie nicht über den Fall. Alan erzählte von London, Ann-Kathrin von Demelza. Die Kleine schlief in ihrem Zimmer im Obergeschoss. Auf einer Kommode stand das Babyfon, aus dem zuerst hin und wieder brabbelnde Laute klangen, dann wurde es ruhig.

»Demi schläft jetzt bis etwa Mitternacht«, erklärte Ann-

Kathrin, »dann kommt sie alle zwei Stunden. Nun ja, es wird besser werden. Auf jeden Fall freue ich mich auf die Zeit, wenn ich mal wieder acht Stunden am Stück schlafen kann.«

»Ich würde es dir ja gern abnehmen, mein Schatz, aber …« Alan hob hilflos die Hände.

»Ihr Männer, speziell du, Alan, könnt wirklich viel. Stillen gehört nicht dazu.« Ann-Kathrin lachte. »Seid ihr fertig? Dann räume ich den Tisch ab. Alan, holst du für Sandra und mich bitte ein Bitterlemon?«

»Kommt sofort. Habt ihr was dagegen, wenn ich mir ein Glas Rotwein genehmige?«

»Natürlich nicht«, sagte Sandra. Sie stand auf und griff nach ihrem Teller, auf dem kein Krümel mehr übrig war. »Ich helfe dir beim Aufräumen, Ann-Kathrin. Ich muss eh noch mit dir sprechen.«

Während sie die Geschirrspülmaschine einräumten, erzählte Sandra der Freundin von Christophers Bitte. »Das ist aber keine Ermittlung«, fügte sie schnell hinzu, denn auch Ann-Kathrin reagierte überrascht. »Wobei die schreckliche Sache mit Susan eventuell doch etwas mit Higher Barton zu tun haben könnte.«

»Ausgeschlossen! Ich weiß, dass Susan nie dort draußen gewesen ist. Weder im Herrenhaus bei den Tremaines, noch bei Ms Clarence und erst recht nicht in deinem Hotel. Das würdest du ja wissen.«

»Ich meine nicht, dass Susan und Higher Barton direkt etwas miteinander zu tun haben. Es ist aber nicht auszuschließen, dass anstelle von Susan eine Frau, die derzeit bei mir zu Gast ist, hätte getötet werden sollen. Oder dass es der Täter grundsätzlich auf ältere, rothaarige Damen abgesehen hat. Letzte Nacht wurde eine Frau, die Susan ähnelt, am Ortsrand von Lower Barton überfallen. Sie konnte gerade noch entkommen. Christopher schließt nicht aus, dass es sich um denselben Täter handelt.«

Klirr! Ann-Kathrin war ein Teller den Händen entglitten und auf dem Fliesenboden zerschellt. Fassungslos starrte sie Sandra an. »Wenn das stimmt, dann ... dann ...«

»War Susan ein zufälliges Opfer«, führte Sandra den Satz zu Ende. »Es sind nur Vermutungen. Mein Gast kann auch nur eine vage Täterbeschreibung geben. Verständlich, die Frau stand unter Schock. Ann-Kathrin, kennst du Mr Nicholls, Susans Ehemann? Man hört, seit seinem Unfall sei er etwas schwierig.«

Ann-Kathrin schüttelte den Kopf. »Susan kam erst nach dem Unfall ihres Mannes in unser Team, nachdem die Schule in Lower Barton geschlossen wurde.«

»Lower Barton hatte eine eigene Schule?« Die Information war für Sandra neu.

»Bis vor vierzehn oder fünfzehn Jahren«, antwortete Ann-Kathrin. »Jetzt sitzt dein Christopher dort, wo sich früher die Kinder ihre Köpfe zerbrochen haben.«

»Wie?«

Ann-Kathrin schmunzelte. »Die Grundschule befand sich auf dem Gelände, wo jetzt der Neubau mit dem Polizeirevier und der Zahnarztpraxis steht. Es war ein viktorianisches Gebäude aus dem Jahr 1886 mit einem weitläufigen Spiel- und Sportplatz.«

»Warum wurde die Schule abgerissen?«, fragte Sandra. »Hat der Denkmalschutz nicht interveniert?«

»Versucht hat er es bestimmt«, erwiderte Ann-Kathrin, »auch die meisten Eltern versuchten, die Schließung und den Abriss der Schule zu verhindern. Die dringend notwendigen

Renovierungen an dem alten Gebäude wären aber so aufwendig und teuer gewesen, daher war ein Abriss kostengünstiger. Die Kinder müssen jetzt mit dem Schulbus nach Polperro oder Looe fahren. Ich glaube, Susan hat mal erwähnt, dass sie in einer Bürgerinitiative gewesen ist, die gegen die Schließung der Schule protestiert hat. Sie sind sogar auf die Straße gegangen und haben vor dem Schulrat in Truro protestiert.«

»Hm.« Nachdenklich rieb sich Sandra den Nasenrücken. »Susan ist damals sicher einigen Leuten auf die Füße getreten.«

»Vergiss es.« Ann-Kathrin winkte ab. »Es ist bestimmt niemand von früher aufgetaucht, um nach all den Jahren Rache an Susan zu üben. Warum auch? Die Protestaktionen hatten keinen Erfolg. Die alte Schule verschwand auf Nimmerwiedersehen.«

Hinter sich hörte Sandra ein Glucksen. Alan stand am Türrahmen gelehnt und lachte. »Du witterst überall ein Verbrechen, Sandra.«

»Es ist Tatsache, dass Susan Nicholls keines natürlichen Todes gestorben ist«, bemerkte Sandra nachdrücklich. »Christopher und sein Team sind für alle Hinweise dankbar. Es wäre nicht das erste Mal, dass jemand aus der Vergangenheit auftaucht, um Rache zu üben.«

»Aber sicherlich nicht an Susan!«, beharrte Ann-Kathrin. »Da glaube ich doch eher an einen Serientäter. Oder an deine Theorie, der Täter habe Susan mit deinem Gast verwechselt.«

»Was ist mit deinem Gast?«, fragte Alan interessiert. Sandra erzählte ihm von dem Überfall auf Claire Withcombe. »Ich werde mich ein bisschen umhören«, schlug Alan dann vor. »Über die damaligen Proteste gibt es sicher noch Pressemitteilungen.«

»Würdest du auch wegen des Unfalls von Susans Mann recherchieren?«, bat Sandra. »Und vielleicht über Lady Claire …« Sie brach ab, ihr Blick wanderte von Alan zu Ann-Kathrin und wieder zurück. »Über meine Gäste sollte ich nicht sprechen. Das ist ein Vertrauensbruch.«

»Sandra, es handelt sich um besondere Umstände«, beruhigte Ann-Kathrin sie. »Alles, was in dieser Küche gesprochen wird, bleibt unter uns dreien.«

»Christopher möchte ich schon einweihen.«

»Das musst du sogar«, beschwor Alan Sandra. »Vergiss nicht, was letztes Weihnachten beinahe passiert wäre, weil du kein Vertrauen zu uns, deinen Freunden, gehabt hast.«

Sandra nickte. Sie rang kurz mit sich, dann erzählte sie alles über Imogen, Andrew Withcombe und Lady Claire. Sie schloss mit den Worten: »Ebenso wie bei Susan kann es sein, dass jemand aus Lady Claires Umfeld ihr Böses will. Die Informationen im Internet über die Familie und ihren Besitz in Sussex sind sehr spärlich.«

Alan schmunzelte. »Ich sehe zu, was ich machen kann. Schließlich wollen wir, dass Christopher die Fälle bald abschließen kann, um wieder mehr Zeit für dich zu haben.«

»Das wünsche ich mir ebenfalls«, stimmte Sandra zu.

Obwohl Sandras bevorzugter Musikgeschmack Rock- und Popmusik war, wählte sie zur Rückfahrt einen Radiosender, der klassische Musik brachte. In ihrem Kopf herrschte ein einziger Wirrwarr, sie brauchte jetzt etwas Ruhiges, um ihre Gedanken zu sortieren. Dass Susan Nicholls einst protestierend auf die Straße gegangen war, ließ Sandra nicht los.

Ann-Kathrin hatte zwar recht, dass die Initiative gegen den Abriss der alten Schule sinnlos gewesen war, Sandra wollte trotzdem nicht ausschließen, dass noch jemand eine alte Rechnung mit Susan offen gehabt hatte. Wie aber passte der Überfall auf Lady Claire ins Bild?

»Um von sich abzulenken«, sagte Sandra laut zu den Klängen eines langsamen Klavierstückes, dessen Komponist ihr unbekannt war. »Er wollte Lady Claire nicht töten, nur erschrecken, damit man glaubt, der Tod von Susan und der Überfall hängen zusammen.«

Oder es war alles nur ein Zufall. Oder ein Psychopath, der ein Problem mit Rothaarigen hatte. Oder eine arme Kreatur, die dringend Geld benötigte. Susan und Lady Claire waren bei Dunkelheit allein unterwegs gewesen. Lohnende Opfer für einen Räuber. Oder … Oder … Oder …

Es gibt zu viele Oder, dachte Sandra. Dreh- und Angelpunkt beider Fälle war, ob ein Zusammenhang zwischen den Frauen bestand. Wenn nicht, dann waren unzählige weitere Theorien möglich.

Jetzt erklangen die sanften Töne der *Kleinen Nachtmusik* aus dem Radio. Die Leuchtziffernanzeige zeigte auf zwanzig Minuten nach elf. Höchste Zeit, dass Sandra ins Bett kam. Morgen war der Ausflug nach Fowey zur Regatta, da musste sie früh aufstehen. Sie erreichte nun die ersten Häuser von Lower Barton. Sollte sie bei Christopher vorbeischauen? So gern sie ihn jetzt gesprochen hätte, Sandra blieb vernünftig. Sie brauchte ebenso wie Christopher ihren Schlaf.

Sandra bremste ab, als eine schwarze Katze von links kommend über die High Street trottete. Das Tier hatte es nicht eilig, im Gegenteil. Selbst die aufgeblendeten Scheinwerfer von Sandras Jeep störten die Katze nicht. Sandra versuchte, sich zu erinnern, wie die Regel war. Brachten schwarze Katzen von links nach rechts Unglück, oder war es andersrum? Egal! Sandra beschloss, es auf jeden Fall als Zeichen des Glücks anzusehen. Der schwarze Felltiger war jetzt zwischen zwei Häusern verschwunden. Als Sandra wieder Gas geben wollte, sah sie eine Person auf dem rechten Gehweg, die in die Gasse einbog, die zum Sunset Close führte. Das war an sich nicht ungewöhnlich, immerhin war es Samstagabend. Sandra meinte aber, Imogen erkannt zu haben.

Sie parkte am Straßenrand, ungeachtet dessen, dass sie eine Feuerwehrzufahrt blockierte. Es würde jetzt schon nicht brennen oder eine Kontrolle erfolgen. Sandra folgte Imogen, nach wenigen Schritten hatte sie den ehemaligen Richtplatz von Lower Barton erreicht. Direkt unter einer der Straßenlaternen stand Imogen und kramte in ihrem kleinen Rucksack, den sie anstelle einer Handtasche bei sich trug.

»Guten Abend, Imogen.« Sandra trat aus dem Schatten heraus. »So spät noch unterwegs?«

Imogen schnappte nach Luft. »Huch! Ach Sie, Ms Flemming! Sie haben mich beinahe zu Tode erschreckt. Was Ihre Frage betrifft: Sie sind ja auch noch nicht im Bett.«

»Eins zu null für dich, Imogen.« Sandra wollte nicht um den heißen Brei herumreden und sagte geradeheraus: »Ich kam von Freunden, als ich dich auf der Straße sah, und machte mir Sorgen. Immerhin ist hier, nur wenige Meter weiter, eine Frau getötet worden.«

»Ich weiß, darum will ich auch so schnell wie möglich ins Haus. Ich kann meinen Schlüssel nur nicht finden.« Sie stöberte wieder in dem Rucksack herum.

»Du wohnst hier?«, rief Sandra überrascht. »Am Sunset Close?«

»Nur zur Untermiete«, antwortete die junge Frau. »Ein kleines Zimmer mit Duschbad und Kitchenette kann ich mir gerade noch leisten. Es ist da drüben.« Imogen deutete auf das zweite Haus rechts. »Seit die Kinder ausgezogen sind, vermietet das Ehepaar, dem das Haus gehört, das Dachzimmer.«

»Ich dachte, du wohnst noch bei deinen Eltern«, murmelte Sandra. Ihr wurde bewusst, dass sie über die privaten Verhältnisse ihrer Angestellten so gut wie nichts wusste.

»Zwischen meinen Eltern und mir besteht schon lange kein Kontakt mehr.« Imogen hatte das sachlich gesagt, ganz ohne Bedauern. »Sie waren mit dem Leben, das ich führte, nicht einverstanden. Inzwischen haben sie sich getrennt. Mum hat wieder geheiratet und lebt im Norden, und mein Dad meint, dass er seine vollkommene Seligkeit nur in Nepal finden kann.«

»Du klingst ironisch«, bemerkte Sandra.

»So war es auch gemeint. Es ist nicht toll, einen Vater zu haben, der mit fast sechzig alle Brücken hinter sich abgebrochen hat und als Aussteiger im Himalaja lebt. Er hat nicht einmal ein Handy. Ich glaube, wir haben über zwei Jahre nicht mehr miteinander gesprochen. Ist aber sein Ding, wie ich mein Ding durchziehe.«

»Was ist denn dein Ding, Imogen?«, fragte Sandra. »Die Ehefrau von Andrew Withcombe zu werden und als Adlige auf einem herrschaftlichen Anwesen zu leben?«

Imogen kniff die Augen zusammen und fragte: »Müssen wir das mitten in der Nacht auf der Straße besprechen, Ms Flemming? Ich unterhalte mich gern mit Ihnen, gerade, weil Sie mir und Andy helfen wollen, es ist doch etwas spät.«

Just in diesem Moment schlug die Glocke auf dem nahen Kirchturm Mitternacht.

»Du hast recht, entschuldige bitte«, erwiderte Sandra. »Es hat mich nur überrascht, dass du ausgerechnet hier wohnst. Von dem Mord hast du nichts mitbekommen?«

Imogen schüttelte den Kopf. »Nicht die Bohne. Wenn ich schlafe, dann könnte neben mir eine Bombe einschlagen, ich würde es nicht bemerken. Das habe ich auch Sergeant Greenbow gesagt. Er hat alle Anwohner gefragt, ob jemand was mitbekommen hat.« Imogen stutzte, dann lächelte sie. »Na also, da ist ja mein Schlüssel. Offenbar hat das Innenfutter einen Riss, darin hatte er sich versteckt. Sie kommen allein zu Ihrem Wagen zurück, Ms Flemming?«

»Kein Problem. Nimm mir meine Fragen nicht krumm, Imogen. Ich wollte nicht neugierig sein.«

»Fragen Sie nur, ich habe schließlich nichts zu verbergen. Gute Nacht und schlafen Sie gut.«

Imogen schloss die Haustür auf und war gleich darauf verschwunden. Unsicher sah sich Sandra um. Nun wurde es ihr doch etwas mulmig zumute, so allein an einem Ort zu sein, an dem vor ein paar Tagen ein Mord geschehen war.

»Ich habe ja keine roten Haare«, murmelte Sandra, um sich zu beruhigen, lief aber schnell zur High Street zurück und atmete erleichtert auf, als sie in ihrem Auto saß und die Tür von innen verriegelt hatte.

Ich habe schließlich nichts zu verbergen …

Imogens Worte klangen in ihr nach. Sandra hatte zwar schon ein paar Mörder zur Strecke gebracht, ihre Kenntnisse bezüglich Verbrechen beschränkten sich dennoch auf das, was das Fernsehen zeigte und was in Romanen stand. Dort war es aber fast immer so: Wenn eine Person nachdrücklich beteuerte, nichts zu verbergen zu haben, hatte diese Person es gerade dann.

Ach was, dachte Sandra, *du siehst Gespenster*! Die Vorstellung, Imogen Paynter könnte versucht haben, Lady Claire zu töten, damit der Weg zu Andrew frei wäre, war derart absurd, dass Sandra jetzt sogar darüber lachen konnte. Dass sie ausgerechnet am Sunset Close wohnte, war nichts weiter als ein Zufall. Lower Barton war schließlich ein kleiner Ort. Sandra gähnte herzhaft, dann fuhr sie los. Sie wollte jetzt nur noch eines: Den Rest der Nacht durchschlafen.

DREIZEHN

Das Klemmbrett in der Hand, stand Sandra vor dem Portal.

»Mr und Ms van de Houvel, einen schönen guten Morgen. Ihre Plätze sind vier und fünf, gleich hinter dem Fahrer.«

Das niederländische Ehepaar dankte und stieg in den Bus. Sandra hakte die Namen auf ihrer Liste ab.

Ms und Ms Benhoff, Mr Hill, Ms Lennister, Doktor Rutland, Ms Rutland, Mr Stark, ah, Sir Andrew, schön, dass Sie uns begleiten ...« Nach und nach kamen alle Gäste und nahmen im Bus ihre Plätze ein. Der Busfahrer startete den Motor, Imogen und zuletzt Sandra stiegen ein. Die Wangen des Zimmermädchens waren gerötet. Sie setzte sich in die letzte Reihe neben Andrew Withcombe. Für Außenstehende wirkte das völlig unverbindlich, Sandra bemerkte allerdings, dass das Paar so eng saß, dass sich ihre Oberschenkel berührten.

Sandra nahm das Mikrofon aus der Halterung am Armaturenbrett und sagte:

»Noch einmal einen wunderschönen guten Morgen, liebe Gäste. Ich begrüße Sie ganz herzlich auf unserer Fahrt nach Fowey. Vor uns liegt ein interessanter und sonnig-warmer Tag. Der Wetterbericht hat keinen Regen gemeldet, und ich hoffe, Sie haben an Ihren Sonnenschutz gedacht. Direkt am Meer ist die UV-Strahlung besonders intensiv.« Ein solcher Hinweis gehörte nicht zu Sandras Aufgaben. Jeder Mensch war für seinen Hautschutz selbst verantwortlich, doch sie hatte schon oft Gäste erlebt, die nach einem Tag am Meer mit einem starken Sonnenbrand ins Hotel zurückgekehrt waren. Durch den manchmal kühlen Küstenwind wurde die Intensität der Sonneneinstrahlung häufig unterschätzt.

»Der Ablaufplan des heutigen Tages sieht wie folgt aus«, fuhr Sandra fort. »Wir werden gegen elf Uhr in Fowey eintreffen und am Caffa Mill Car Park aussteigen. Gemeinsam gehen wir nach Fowey hinein, das sind etwa zehn Minuten Fußweg. Ich werde Ihnen das Restaurant zeigen, in dem um ein Uhr Tische für unseren Lunch reserviert sind. Beim Eintreten ins Restaurant brauchen Sie nur auf das Higher Barton Romantic Hotel verweisen, dann wird man Sie zu Ihren Plätzen führen. Der erste Durchgang der Regatta startet um zwei Uhr. Vom Restaurant haben Sie einen perfekten Blick auf die Bucht, in der der Fluss Fowey ins Meer mündet. Am Abend treffen wir uns um sieben Uhr wieder auf dem Parkplatz, wo der Bus uns erwartet und nach einem wundervollen Tag ins Hotel zurückbringen wird. Bevor Sie aussteigen, erhalten Sie von mir noch eine Broschüre mit dem Programm des heutigen Tages und einen Stadtplan von Fowey. Ich wünsche Ihnen, uns allen, viel Freude bei diesem außergewöhnlichen Ereignis.«

Die Gäste applaudierten und sahen Sandra erwartungsvoll an. Auch sie war voller Vorfreude auf den heutigen Tag. Zwischen der Ankunft und der Abfahrt am Abend hatte sie selbst Freizeit und konnte tun und lassen, was sie wollte. Nur schade, dass Christopher nicht auf einen Sprung in Fowey vorbeikommen konnte. Es war Sonntag, bei einer laufenden Mordermittlung jedoch gab es für Polizisten kein Wochenende. Und dann war da noch der Angriff auf Lady Claire Withcombe … Schnell dachte Sandra an etwas anderes.

Die Fälle waren bei Christopher und Sergeant Greenbow in den besten Händen.

Der Bus schlängelte sich über die engen, gewundenen Straßen. Immer wieder klatschten die Zweige der hohen Hecken, die die Straßen säumten, gegen die Fenster. Die junge Rose Lennister quietschte jedes Mal, dann lachten sie und ihr Freund Stephen Hill lauthals. Erleichtert lehnte sich Sandra im Sitz zurück. Allein dass die Sonne von einem nahezu wolkenlosen Himmel strahlte, war die halbe Miete dafür, dass die Gäste den Tag in bester Erinnerung behalten würden.

Nach zwanzig Minuten erreichten sie die ersten Häuser von Fowey. Nun ging es steil bergab, dann bog der Fahrer nach links auf einen großzügig angelegten Parkplatz ein. Dieser reichte bis an den Fluss Fowey hinab. Hier verkehrte die Pendelfähre zwischen Fowey und dem Dorf Bodinnick auf der anderen Seite des Flusses. Soeben legte eine Fähre an. Sie fasste nur fünf oder sechs PKWs, viele nutzten auch zu Fuß oder mit dem Fahrrad diese Anreisemöglichkeit nach Fowey.

Sandra verteilte die angekündigten Broschüren, in denen alle heutigen Veranstaltungen und Tipps für Lokalitäten aufgeführt waren. Der Sonntag war der Auftakt zur *Carnival Week,* die, wie der Namen sagte, die ganze Woche andauerte und in der ein Highlight auf das nächste folgte. Bisher hatte Sandra nicht die Zeit gefunden, diese jährlich stattfindende Veranstaltung in Fowey zu besuchen. Sie bezweifelte auch, dass sie in der kommenden Woche noch mal herkommen konnte. Im Hotel fiel so viel Arbeit an.

Sandra beantwortete ein paar allgemeine Fragen, zum Beispiel, wo die nächsten öffentlichen Toiletten zu finden waren, dann verabschiedete sie sich von dem Busfahrer, schulterte ihren Rucksack und setzte sich an die Spitze ihrer Gäste, um sie an den Ort des Geschehens zu führen. Erst jetzt wurde es Sandra bewusst, dass es ohne sie und Imogen dreizehn Gäste waren.

Glücklicherweise bin ich nicht abergläubisch, dachte sie und schmunzelte.

Gemeinsam gingen sie durch die engen Gassen bis zum Hafen von Fowey, wo sich das von Sandra gebuchte Restaurant befand. Dutzende von aufgetakelten Segelschiffen, es mussten weit über hundert sein, lagen in der Bucht. Nur zwei Meilen weiter mündete der River Fowey in den Atlantik. Bis zum Startschuss für die erste Regatta war noch Zeit.

Sandra wünschte den Gästen einen unterhaltsamen Tag und wartete, bis sich diese in alle Richtungen verstreuten. Auf dem Kai waren Stände aufgebaut, an denen es reichlich zu essen und zu trinken gab, ein junger Mann spielte Gitarre und sang dazu bekannte Popsongs, Familien mit kleinen Kindern, Eiswaffeln in den Händen, und alte Leute saßen auf den grünlackierten Bänken.

»Ms Flemming?«, hörte sie jemanden ihren Namen rufen. Sie drehte sich um. Vor ihr stand eine mittelgroße, ältere Frau, ihr graues Haar raspelkurz geschnitten. Sie trug eine weite rote Hose und eine wallende zitronengelbe Bluse. »Sie sind doch Sandra Flemming, die Besitzerin des Higher Barton Romantic Hotels?«

Sandra nickte. Sie war sicher, die Frau nie zuvor gesehen

zu haben. Eine derart auffällige Erscheinung wäre ihr im Gedächtnis geblieben.

»Verzeihen Sie, Ms«, sagte sie, »kennen wir uns?«

»Sie mich nicht, ich Sie aber.« Die Frau lachte und reichte Sandra die Hand. »Mein Name ist Lettice Martin. Ich habe Sie bei der Taufe von Demelza Trengove in der Kirche gesehen. Wir standen ganz hinten.« Ihr fröhliches Lachen schwand. »Ich war zusammen mit meiner Freundin, einer Kollegin von Ann-Kathrin Trengove, in der Kirche. Mit Susan Nicholls«, fügte sie leise hinzu. »Deswegen habe ich Sie angesprochen, als ich Sie hier zufällig sah, Ms Flemming. Ich weiß nämlich, dass Sie den einen oder anderen Mordfall aufgeklärt haben. Außerdem sind Sie und der ermittelnde DCI miteinander befreundet. In Lower Barton bleibt kaum etwas geheim.«

»Das ist richtig«, erwiderte Sandra. »Dann ist Susan an dem Abend, bevor sie starb, bei Ihnen gewesen, Ms Martin?«

Lettice nickte. Mit einer Hand fuhr sie sich über ihre Haarstoppel. »Ich mache mir schreckliche Vorwürfe, dass ich Susan nicht überredet habe, bei mir zu übernachten. Es war schon fast Morgen, doch Susan wollte unbedingt nach Hause, damit ihr Mann nicht allein ist, wenn er aufwacht. Er benötigt ja Hilfe.«

»Ich weiß, dass Mr Nicholls gehbehindert ist«, sagte Sandra. »Sie und Susan kannten sich seit Ihrer Kindheit, nicht wahr?«

»Wir sind zusammen zur Schule gegangen«, antwortete Lettice. »Danach schlugen wir völlig unterschiedliche berufliche Wege ein, unserer Freundschaft tat das jedoch keinen Abbruch. Susan studierte, wurde Lehrerin, heiratete und bekam Kinder. Ich machte eine Ausbildung zur Büroangestellten, die Arbeit mit staubigen Akten und endlosen Zahlenkolonnen war aber nichts für mich. Heute habe ich ein kleines Atelier und fertige Skulpturen an. Vielleicht haben Sie schon mal von mir gehört?«

»Leider nicht, Ms Martin.«

»Nennen Sie mich bitte Lettice, das tun alle. Wissen Sie, wie weit die Ermittlungen zu Susans Tod sind? Gibt es einen Hinweis, wer so etwas Grausames getan hat?«

»Ich weiß nicht mehr, als was in den Medien steht«, antwortete Sandra. »Um welche Uhrzeit ist Susan bei Ihnen gegangen, Lettice?«

»Es war genau fünf Minuten vor vier. Susan meinte, sie könne sich noch drei Stunden hinlegen, bevor Philipp aufwachen würde. Da Ferien waren, musste sie ja nicht zum Unterricht. Ich bin dann ins Bett gegangen und habe bis elf Uhr geschlafen. Und keine Ahnung gehabt, was Susan angetan wurde.« Lettices Augen schimmerten feucht. »Wenn sie doch nur bei mir geblieben wäre!«

Spontan drückte Sandra ihren Arm. »Machen Sie sich keine Vorwürfe, Lettice. Ihre Freundin war zur falschen Zeit am falschen Ort.«

»Dann denken Sie auch, dass es ein Raubüberfall war?«, fragte Lettice.

»Die Polizei geht davon aus«, antwortete Sandra vage. Von dem Verdacht eines möglichen Zusammenhangs mit dem Überfall auf Lady Claire wollte sie der Bildhauerin nichts sagen. »Wissen Sie eigentlich, wann der Autounfall von Susans Mann gewesen ist und was damals passierte?«

»Das war eine schreckliche Sache«, erwiderte Lettice. »Wochenlang war es nicht sicher, ob Philipp überleben wird. Neben zahlreichen Brüchen hatte er auch schwere innere Verletzungen. Von denen ist er glücklicherweise genesen, seine

Beine, das Becken und eine Hüfte jedoch ...« Sie hob die Hände. »Sie fragen, was passiert ist, Sandra. So einfach lässt sich das nicht beantworten. Im Unfallbericht stand, dass durch Materialermüdung die Lenksäule gebrochen ist. Daher verlor Philipp die Kontrolle über seinen Wagen.«

»Sie bezweifeln das?«

»Susan hat mir erzählt, dass ihr Mann ständig zu schnell fuhr, besonders, wenn er getrunken hatte. Verstehen Sie mich bitte nicht falsch, Sandra, ich will nicht sagen, dass Philipp Alkoholiker ist. Mit zwei oder drei Pints hat er sich aber für noch fahrtüchtig gehalten. Früher oder später musste etwas passieren.«

»Wenn Susans Mann getrunken hatte, wäre das doch festgestellt worden«, gab Sandra zu bedenken. »Ebenfalls, wenn der Unfall auf überhöhte Geschwindigkeit zurückzuführen gewesen wäre.«

Lettice zuckte mit den Schultern. »Ich weiß nur, was Susan mir erzählt hat. Wegen der Versicherung war ein technischer Defekt die beste Erklärung. Nach außen hat Susan das natürlich nicht infrage gestellt. Nur gut, dass Philipp allein im Wagen saß und außer ihm niemand verletzt wurde.«

»Erinnern Sie sich, wann der Unfall passiert ist?«

»Ja, sehr gut sogar«, antwortete Lettice mit einem bekräftigenden Nicken. »Philipp verunglückte nämlich genau an dem Tag, als der erste Bagger anrollte, um das alte Schulgebäude in Lower Barton abzureißen. Das ist jetzt ziemlich genau fünfzehn Jahre her.«

»Meine Freundin, Ms Trengove, hat mir erzählt, dass Susan gegen den Abriss protestiert hat«, sagte Sandra. »Sie ebenfalls?«

Lettice nickte. »Es ging schließlich um das Gebäude, in

dem Susan und ich gemeinsam die Schulbank gedrückt hatten. Zudem mag ich alte Häuser und setze mich für deren Erhalt ein.«

»Dann sind Sie bestimmt auch in der historischen Gesellschaft von Lower Barton«, stellte Sandra fest.

»Ja, das bin ich, Susan war ebenfalls Mitglied.«

»Lettice, können Sie sich vorstellen, dass Susan bei den damaligen Protesten jemanden verärgert hat?«, fragte Sandra. »Ich meine, so sehr, dass er …«

»Sie umgebracht hat?« Lettices Augen weiteten sich erstaunt. »Damals sind wir vielen Leuten auf die Nerven gegangen. Das ist Sinn und Zweck von Protesten. Schlussendlich wurde die Schule dann doch abgerissen. Ich halte es für ausgeschlossen, dass nach so vielen Jahren jemand daherkommt und Susan wegen der alten Sache umbringt.«

»Ich glaube auch nicht daran«, gab Sandra zu. »Solange aber kein Motiv zu erkennen ist, geht die Polizei jedem noch so kleinen und unwahrscheinlichen Hinweis nach.«

»Nicht nur die Polizei, Sie ebenfalls, Sandra.« Lettice lächelte wieder. »Deswegen habe ich Sie auch angesprochen. Ich will, dass der, der Susan erschlagen hat, gefunden und hart bestraft wird!«

»Eine Frage noch, Lettice: War Susans Ehe glücklich? Die Pflege ihres Mannes war sicher nicht einfach, dazu seine Arbeitslosigkeit …«

»Sie meinen, ob Philipp Susan getötet hat? Das halte ich für ausgeschlossen! Sicher, es gab Probleme. In welcher langjährigen Beziehung gibt es die nicht? Jeder von uns hat seine Ecken und Kanten. Wenn ich die beiden zusammen erlebte, hatte ich aber immer den Eindruck, dass sie sich sehr lieben. Einzig dass zwei ihrer Kinder sich nur selten in Lower Barton blicken ließen, machte Susan traurig. Sie hätte gern mehr Zeit mit ihren Enkeln verbracht.«

»Ihre Tochter Ruby kümmert sich um Philipp«, sagte Sandra. »Ich habe sie kennengelernt.«

Lettice zuckte mit den Schultern. »Ich weiß nicht, wie es weitergehen wird, werde mich aber nicht einmischen. So richtig gemocht hat Philipp mich nämlich nie. Ich war ihm immer zu exzentrisch und eigenwillig, mit meinen Skulpturen kann er nichts anfangen. Bodenständige Frauen, wie Susan eine gewesen ist, sind Philipp lieber.« Sie griff nach Sandras Hand und drückte sie so fest, dass Sandra ihre Knöchel knacken hörte. »Danke, dass ich offen mit Ihnen sprechen konnte, Sandra! Wenn es irgendetwas gibt, das ich tun kann, um den Täter zu überführen, dann lassen Sie es mich wissen. Mein Atelier finden Sie in der Trenare Lane, direkt neben dem neuen Friedhof.« Sie sah Sandra traurig an. »Susan war es immer etwas unheimlich, dass ich durch das bodentiefe, großflächige Fenster meines Ateliers direkt auf die Grabsteine sehen kann. Mich hingegen beflügelt die Lage, macht sie uns doch bewusst, wie endlich unser aller Leben ist.«

»Ich werde Sie sicher besuchen kommen und mir Ihre Arbeiten ansehen«, bemerkte Sandra. »Im Moment fehlt mir leider die Zeit.«

Ein lautes Tuten erklang, das zweimal wiederholt wurde.

»Das Zeichen, dass sich die Schiffe in Startposition begeben«, rief Lettice und sah auf ihre Uhr. »Noch eine knappe Stunde bis zum Start. Ich werde mir zuvor noch etwas die Beine vertreten. Wir bleiben in Verbindung, ja?«

Sandra nickte. »Danke, dass Sie mir so viel über Susan erzählt haben. Ich habe Ihre Freundin nie kennengelernt, Susan ist mir jetzt aber irgendwie nähergekommen.«

Bis zur Readymoney Cove, einer engen Bucht mit einem schmalen Sandstrand, waren es nur wenige Gehminuten. Mit jedem Schritt wurde sich Sandra sicherer, dass Susan Nicholls nicht vorsätzlich erschlagen wurde. Weder von ihrem Ehemann, einer ominösen Person aus ihrer Vergangenheit oder sonst jemandem, den Susan gekannt hatte. Es blieben zwei Möglichkeiten: Entweder war Susan Opfer eines Straßenräubers geworden oder sie war mit Lady Claire Withcombe verwechselt worden.

»Wenn ich es mir aussuchen könnte, wäre ich für die erste Möglichkeit«, murmelte Sandra vor sich hin.

»Wie meinen?« Ein älterer Mann sah sie fragend an.

»Ich habe nur laut gedacht«, antwortete Sandra. »Ein herrlicher Tag heute, nicht wahr?«

Der Mann nickte und ging weiter. Am mobilen Eis-, Kaffee- und Tee-Stand in der Bucht holte sich Sandra einen Milchkaffee, den sie in einem Pappbecher erhielt. Sie hatte vergessen, ihren Thermobecher einzustecken und spürte den Anflug eines schlechten Gewissens, als sie den Becher mit dem heißen Kaffee entgegennahm. Sie setzte sich auf einen von der Sonne warmen Felsblock, streifte die Sandalen von den Füßen und grub mit den Zehen im feinen, weißen Sand. Schluckweise trank sie von dem Kaffee. Der Wind trug immer mal wieder Fetzen von Musik und den Stimmen aus Fowey herüber, und ein Hund bellte. Sandra genoss den Moment des Alleinseins und hielt ihr Gesicht der Sonne entgegen, für ausreichenden UV-Schutz hatte sie ja gesorgt. Nachdem sie den Kaffee ausgetrunken hatte, schlüpfte sie wieder in die Sandalen, stand auf und ging zu dem Toilettenhäuschen oberhalb der Bucht. Es war Zeit, nach Fowey zurückzugehen, um den Start der Regatta nicht zu verpassen. Außerdem hatte sie Hunger und freute sich auf den Lunch. Sie wollte das öffentliche WC gerade verlassen, als sie Imogen und Andrew Withcombe die Straße herunterkommen sah. Sie gingen eng umschlungen, Imogen hatte ihren Kopf an die Schulter des Freundes geschmiegt.

»Warum kann es nicht immer so sein?«, hörte Sandra das Zimmermädchen fragen. »Nur wir beide allein, weit weg von allen Schwierigkeiten. Ich wünsche, wir könnten ewig an diesem einsamen Strand bleiben.«

»Bald wird uns nichts und niemand mehr trennen«, antwortete Andrew. »Das verspreche ich dir, Darling«.

Da Sandra das Paar nicht ein zweites Mal heimlich belauschen wollte, ging sie ihnen entgegen.

»Lasst euch von mir nicht stören«, sagte sie. »Ich bin schon wieder auf dem Weg zurück nach Fowey. Wollt ihr euch die Regatta nicht ansehen?«

Imogen schüttelte den Kopf. »Andy und ich haben so wenig Gelegenheit, allein zu sein. Um sieben werde ich pünktlich am Bus sein, Ms Flemming. Oder benötigen Sie früher meine Hilfe?«

»Nein, die Gäste sind alle erwachsen. Wir müssen sie nicht ständig betreuen.« Sandra schmunzelte. »Genießt den Tag.«

Sie drehte sich um und bog um die Ecke des Toilettenhäuschens, um auf der Straße zurückzugehen, da hörte sie jemanden laut rufen: »Ich habe es geahnt! Lass sofort die Frau los, Andrew!«

Lady Claire! Wie kam die denn hierher? Sie hatte den Tag doch in Higher Barton verbringen wollen. Sandra holte tief Luft und kehrte um. Elegant gekleidet, die roten Haare offen und lockig auf die Schultern fallend, stand Claire

Withcombe vor Imogen und ihrem Sohn. Ihre Augen funkelten wütend.

»Lady Claire, ich bitte Sie …«

Die Dame fuhr herum. »Ich hätte mir denken können, dass Sie mit den beiden unter einer Decke stecken, Ms Flemming! Wie lange geht das schon? Ich nehme an, es war von Anfang an geplant. Deswegen hat mich mein Sohn nach Cornwall geschleppt, damit er sich mit seinem Liebchen treffen kann.«

»Mum, bitte, reg dich nicht auf.« Andrew sprach ruhig, seine Augenlider flackerten jedoch. »Imogen ist kein Liebchen, wie du es ausdrückst. Sie ist die Frau, die ich liebe – und heiraten möchte.«

»Dieses kleine, unbedeutende Mädchen?« Lady Claire lachte höhnisch, kalt ruhte ihr Blick auf Imogen. »Das werde ich niemals zulassen! Du scheinst vergessen zu haben, was du unserem Namen schuldig bist, Andrew! Willst du das Ansehen deines Vaters derart in den Schmutz ziehen?«

»Du übertreibst, Mum! Meine Liebe zu Imogen hat nichts mit Vater zu tun. Wie kommst du überhaupt hierher? Du bist nicht mit dem Bus gefahren …«

»Es gibt Taxen, mein Junge.«

»Du hast mir nachspioniert, Mutter!« Empört starrte Andrew seiner Mutter an.

»Ich bin lediglich um dein Wohl besorgt«, erwiderte Lady Claire. »Mit gutem Grund, wie sich zeigt. Seit ein paar Tagen habe ich vermutet, dass etwas im Busch ist. Glaubst du, mein Sohn, ich hätte eure Blicke nicht bemerkt? Ich hätte immer geschlafen, wenn du dich spätabends davongeschlichen hast? Hast du mich für so dumm gehalten, Andrew?«

»Natürlich nicht, Mum«, presste Andrew hervor.

»Diese Frau meint es nicht ernst«, fuhr Lady Claire fort. »Sie will deinen Titel, in einem herrschaftlichen Haus wohnen, sich bedienen und hofieren lassen und unser Geld mit beiden Händen zum Fenster rauswerfen.«

»Das ist nicht wahr, Mylady.« Zum ersten Mal sprach Imogen. Sie trat einen Schritt auf Lady Claire zu. »Meine Gefühle für Andy sind aufrichtig. Es ist mir egal, wer und was er ist, der Titel und Ihr Besitz interessieren mich nicht die Bohne. Wenn es nach mir ginge, würde ich mit Andy lieber in irgendeinem Cottage auf dem Land leben als in einem Schloss.«

»Das wird ja immer besser!« Lady Claires Gesicht nahm die Farbe ihrer Haare an. »Andrew wird eine Frau aus unseren Kreisen heiraten. Eine mit Anstand und Moral, keine so Dahergelaufene. Du kannst nicht wirklich geglaubt haben, mein Sohn meint es ernst mit dir?«, fragte sie sarkastisch und musterte Imogen mit einem überheblichen Blick. »Für Andrew bist du nur eine kleine, unbedeutende Affäre. Er weiß, was er unserem Namen schuldig ist. Andrew wird seine arme, alte Mutter nicht enttäuschen und nicht wollen, dass ich unglücklich werde. Nicht wahr, mein Sohn?«

Andrew senkte den Kopf und blickte betreten auf seine Schuhspitzen.

Sag was, Andrew, dachte Sandra. *Sag deiner Mutter, dass du ein erwachsener Mann bist und dir keine Vorschriften machen lässt, wen du heiraten willst!*

Imogen schien das ebenfalls zu hoffen. Sie sah Andrew erwartungsvoll an. Er aber sagte nur: »Lass uns bitte später in Ruhe miteinander sprechen, Mum. Im Moment bist du zu aufgeregt.«

»Zu Recht, mein Junge, völlig zu Recht. Es ist alles gesagt, was zu dem Thema zu sagen ist. Wir reisen noch heute ab, Andrew.«

»Äh, Lady Claire …« Sandra räusperte sich. »Sie dürfen die Gegend nicht verlassen, solange der Überfall auf Sie nicht aufgeklärt ist.«

Mit einem spöttischen Blick erst auf Sandra, dann zu Imogen, erwiderte Lady Claire: »Ich denke, dieser feige Überfall *ist* aufgeklärt. Natürlich war es dieses Mädchen. Wer sonst hat einen Grund, mir etwas anzutun?«

»Ich war es nicht!«, rief Imogen empört. »Wie können Sie das nur denken, Mylady?«

»Für Imogen lege ich meine Hand ins Feuer, Lady Claire«, sagte Sandra ernst.

»Dann passen Sie auf, dass Sie sich diese nicht verbrennen, Ms Flemming!« Lady Claire sah zu ihrem Sohn. »Aus Rücksicht auf dich, mein Junge, und weil ich einen Skandal vermeiden will, werde ich nicht die Polizei einschalten. Wir gehen jetzt und fahren mit dem Taxi ins Hotel zurück, Andrew. Bis wir Cornwall verlassen dürfen, wirst du keinen Kontakt zu dieser … Person mehr haben.«

»Ja, Mum, im Moment ist es wohl das Beste.«

Imogen trat einen Schritt zurück und funkelte Andrew an. »Du kannst nicht wirklich glauben, dass ich über deine Mutter hergefallen bin! Sag, dass du das nicht denkst, Andy!«

Bevor er antworten konnte, rief Lady Claire: »Hören Sie auf, ihn Andy zu nennen. Er heißt Andrew, ein guter, alter und anständiger Name.« Sie griff nach seinem Arm. »Wir gehen jetzt.«

»Noch eines, Lady Claire«, sagte Sandra. »Sie wissen, dass in Lower Barton eine Frau überfallen und getötet wurde. Die

Polizei geht davon aus, dass es sich um denselben Täter handelt. Imogen kannte das Opfer gar nicht.«

»Dann irrt sich die Polizei eben«, beharrte Lady Claire auf ihrer Meinung. »Oder das Mädchen hat die andere mit mir verwechselt.«

»Sie bezichtigen meine Angestellte des Mordes?« Als wollte sie Imogen schützen, stellte sich Sandra vor sie. Sie verlor langsam die Geduld über die haltlosen Vorwürfe. »Wenn Sie das ernsthaft glauben, müssen Sie das der Polizei sagen. Es ist wohl sinnvoll, DCI Bourke zu informieren. Der Mord an Susan Nicholls muss aufgeklärt werden.«

»Das ist nicht notwendig, Ms Flemming. Wie ich eben sagte, möchte ich keinen Skandal. Wir können es uns nicht leisten, in die Schlagzeilen zu geraten. Im September haben Andrew und ich eine Einladung zu der Gartenparty im Buckingham Palace. Wir werden der Queen persönlich begegnen. Nichts darf das verhindern!«

Andrew warf Imogen einen Blick zu, aus dem Sandra Unsicherheit las. »Wir sprechen heute Abend in Ruhe, Imogen«, sagte er leise, ließ Imogen und Sandra stehen und folgte seiner Mutter.

Mit aufgerissenen Augen starrte Imogen Mutter und Sohn nach. Sie zitterte am ganzen Körper, stemmte die Hände in die Seiten und rief: »Ich wünschte, ich hätte dieser alten, snobistischen Fregatte wirklich eins übergezogen! Wer immer es getan hat: Er hat das Richtige getan! Nur ich war es nicht!«

»Imogen, bitte beherrsche dich«, sagte Sandra. »So etwas darfst du nicht einmal denken. In einem Punkt hat Andrew recht: Ihr alle seid zu aufgeregt, um vernünftig miteinander sprechen zu können.«

»Ms Flemming, Sie glauben doch nicht, ich hätte Lady Claire was angetan? Oder gar diese Frau in Lower Barton getötet?«

»Natürlich nicht.« Sandra legte einen Arm um Imogens Schultern. Dass sie tatsächlich daran gedacht hatte, dass Imogen ein starkes Motiv hatte, Lady Claire zu schaden, schien Sandra jetzt völlig abwegig. Vielleicht war Imogen in der Lage, Lady Claire zu erschrecken, sie auch ein wenig zu verletzen – auf keinen Fall war sie eine Mörderin! »Wir gehen jetzt zurück. Wenn du magst, kannst du dir auch ein Taxi nehmen und nach Hause fahren.«

»Das ist nicht nötig.« Imogen hob das Kinn. Mit einer energischen Geste warf sie ihr Haar zurück. »Ich bin nach Fowey gekommen, um mich zu amüsieren. Ob mit oder ohne Andy oder gerade ohne ihn: Ich werde mich nicht hinsetzen und bitterlich um ihn weinen. Wenn Andrew lieber bei seiner geliebten Mummy bleiben will, dann soll er! Ein Muttersöhnchen kann ich nicht gebrauchen.«

Sandra hatte ihr Zimmermädchen noch nie so energisch erlebt. Sie bewunderte Imogen für ihre entschlossene Haltung. Seit der ersten Begegnung mit Andrew Withcombe hatte Sandra gezweifelt, ob dieser Mann wirklich der Richtige für Imogen war. Sein heutiges Verhalten hatte eindeutig bewiesen, dass sie der stärkere Part in der Beziehung war – wenn deren Beziehung überhaupt noch eine Chance hatte.

Der Rest des Tages verlief reibungslos, Sandras Laune hingegen war nach dem Vorfall in der Bucht in den Keller gesunken. Den Gästen gegenüber, die sich in Fowey prächtig amüsiert hatten, ließ sie sich nichts anmerken. Im Bus auf dem Weg zurück nach Higher Barton redeten alle durcheinander. Jeder erzählte, wie er die Regatta erlebt und welche Attraktionen ihm besonders gut gefallen hatten.

»Da ich noch eine ganze Woche in Cornwall bin«, sagte Mr Stark, »werde ich am Freitag auf jeden Fall wieder nach Fowey fahren. Am Abend wird es ein großes Feuerwerk geben. Hat jemand Lust, sich mir anzuschließen?«

»Sehr gern«, sagten die Schwestern Benhoff. Die Frauen waren Zwillinge. Von ihnen wusste Sandra, dass die eine in Nordwales, die andere in Suffolk lebte. Seit zwei Jahrzehnten verbrachten sie einmal im Jahr einen gemeinsamen Urlaub ohne ihre Familien.

Das jüngere Paar musste ablehnen. Sie würden in zwei Tagen auschecken und hatten als nächstes Reiseziel die Scilly-Inseln vorgesehen.

Als die Gäste um acht Uhr alle im Restaurant beim Essen saßen, sank Sandra in den Bürostuhl. Sie fühlte sich wie erschlagen, als hätte sie den ganzen Tag körperlich schwer gearbeitet.

»Es ist nicht der Streit zwischen Imogen und Lady Claire, der mich belastet«, erklärte sie gegenüber Eliza, die bemerkt hatte, dass etwas vorgefallen sein musste. »Imogen und Andrew müssen ihre Probleme allein in den Griff bekommen. Dass Lady Claire Imogen aber beschuldigt, sie angegriffen zu haben, ja, dass sie sogar glaubt, das Zimmermädchen habe Susan Nicholls getötet – das bringt mich auf die Palme! Am liebsten würde ich der Dame offen und ehrlich meine Meinung sagen.«

Eliza nickte verstehend. »Lady Claire ist jedoch unser Gast, und der Gast ist König. Egal, wie sich dieser benimmt, solange es nicht zum Schaden des Hotels ist. Manchmal haben wir es nicht leicht: immer lächeln, freundlich sein, die

Gäste unterhalten und ihre Wünsche erfüllen.« Eliza sagte verschmitzt: »Und täglich grüßt die Fröhlichkeit.«

»Wir haben uns den Beruf selbst ausgesucht«, erwiderte Sandra, dann lachte sie laut. »Trotzdem will ich nichts anderes machen, als ein Hotel zu führen.«

VIERZEHN

Am nächsten Morgen trat Imogen ihren Dienst mit versteinerter Miene an.

»Ich habe mit Sophie gesprochen«, sagte sie zu Sandra. »Sie übernimmt das Aufräumen und Putzen in der Lord-Leicester-Suite, und auch das Erfüllen der Sonderwünsche dieser … *Herrschaften.*«

»Du darfst dir das nicht so zu Herzen nehmen, Imogen«, sagte Sandra.

»Was?« Imogen runzelte zornig die Stirn. »Dass mich Lady Withcombe abgekanzelt hat wie ein Schulmädchen? Dass sie mich verdächtigt, sie überfallen zu haben? Nicht zu vergessen, dass der Mann, mit dem ich dachte, für den Rest meines Lebens glücklich zu werden, nicht auf meiner Seite steht?«

»Alles drei«, murmelte Sandra. Sie konnte Imogens Erregung gut verstehen.

Wie aufs Stichwort kam in diesem Moment Andrew Withcombe ins Personalzimmer.

»Der Raum ist privat«, wies ihn Imogen harsch zurecht. »Du hast hier nichts zu suchen.«

»Ich will mit dir sprechen, Imogen. Du hast auf meine Anrufe und Textnachrichten nicht reagiert.«

Imogen hob eine Augenbraue. Die Geste sagte: Warum sollte ich?

Sandra sagte entschlossen: »Sir Andrew, bei allem Verständnis für Ihre Situation, Imogen muss jetzt ihre Arbeit erledigen. Wenn sie fertig ist, können Sie mit ihr sprechen.«

»Äh … ja, natürlich …« Er sah Imogen flehend an. »Ich muss dir aber sagen, dass Mutter und ich gestern Abend eine heftige Auseinandersetzung hatten. Ich habe ihr gesagt, dass ich dich heiraten werde, ob mit oder ohne ihre Zustimmung. Enterben kann sie mich ohnehin nicht. Mum droht, West Yverton Manor zu verlassen, sollte ich es wagen, dich als meine Frau ins Haus zu bringen.« Er zögerte, straffte die Schultern, stieß dann hervor: »Ich habe gesagt, dass ich ihr persönlich beim Packen helfen würde.«

»Das hast du wirklich getan?« Imogens Augen weiteten sich überrascht, dann flog sie in seine Arme. »Ach, Andy, Andy! Ich liebe dich! Wie konnte ich nur einen Moment an dir zweifeln?«

»Es wird alles gut, Darling.« Andy küsste Imogens Scheitel. »Die Liebe meines Lebens lasse ich nicht im Stich.«

Sandra hörte Imogen schluchzen. Es waren Tränen des Glücks.

»Tja, dann lass ich euch Turteltäubchen mal allein«, bemerkte sie trocken. »Imogen, ich gebe dir zehn Minuten, dann muss ich darauf bestehen, dass du dich an die Arbeit machst.«

»Klar, Ms Flemming, ich komme gleich.« Imogen löste sich aus Andrews Armen. Mit dem Handrücken wischte sie sich die Tränen aus dem Gesicht. Ihre Augen strahlten.

Sandra verließ das Personalzimmer und schloss die Tür hinter sich. Den Disput zwischen Mutter und Sohn konnte sie sich lebhaft vorstellen. Andrew hatte also doch mehr Mumm in den Knochen, als sie ihm zugetraut hatte. Sollte Lady Claire ihre Drohung wahrmachen, den Familienstammsitz zu verlassen, wäre das für alle Beteiligten das Beste. Früher oder später würde sie einsehen, sich falsch verhalten zu haben. Spätestens, wenn Imogen ein Kind erwartete. So hart konnte doch keine Frau sein, ihren Enkel zu ignorieren.

»Was war das eben?«, fragte Sophie, als Sandra zur Rezeption zurückkam. »Ist jetzt wieder alles Friede, Freude, Eierkuchen?«

»Es sieht danach aus«, antwortete Sandra. »Was ist eigentlich mir dir, Sophie? Bist du glücklich?«

»Wie meinen Sie das, Ms Flemming?«

»In den letzten Tagen ist mir bewusst geworden, dass ich von euch kaum etwas weiß«, gab Sandra zu. »Du, Holly und Imogen, ihr arbeitet schon so lange in diesem Haus, und ich bin mit euch sehr zufrieden, aber ...«

»Ich weiß schon.« Sophie winkte ab und schmunzelte. »Persönlich wissen wir kaum etwas voneinander.«

»Ich möchte nicht neugierig sein«, fuhr Sandra fort. »Wenn meine Frage zu privat ist, dann brauchst du sie nicht zu beantworten.«

»Warum sollte ich etwas verschweigen? Ja, Ms Flemming, ich habe seit über einem Jahr eine feste Beziehung. Wir sind sehr glücklich miteinander. Allerdings wohnen wir nicht zusammen. Meine Lebensgefährtin hat nämlich einen Job in St Ives bei einer Agentur, die Ferienhäuser vermietet. Täglich zwischen hier und St Ives zu pendeln ist zu zeitaufwendig, wir sehen uns aber regelmäßig.«

»Das freut mich für dich, Sophie.« Sandra nickte wohlwollend, dann stutzte sie. »Sagtest du eben: ›Lebensgefährtin‹?«

»Ist das ein Problem für Sie?« In Sophies Augen trat ein skeptischer Ausdruck.

»Kein bisschen!«, versicherte Sandra. »Es freut mich, dass du ein glückliches Privatleben hast.«

»Jetzt muss ich weitermachen«, erwiderte Sophie. »Ich fange mit der Suite der Withcombes an. Auch wenn sich Imogen und ihr Freund wieder versöhnt haben – ich denke, es wird ihr recht sein, der Lady nicht zu begegnen.«

»Danke für deine Kollegialität, Sophie.«

»Ist selbstverständlich. Wir arbeiten alle sehr gern hier, und Sie, Ms Flemming, sind eine klasse Chefin!«

Eliza Dexter hatte heute Vormittag frei, und Sandra kümmerte sich um die Rezeption. Die Gäste, die gestern in Fowey gewesen waren, äußerten sich erneut positiv über den Tag.

»Wir werden Ihr Haus unseren Freunden empfehlen«, sagte Wouter van de Houvel. »Sie planen schon länger eine Reise nach Cornwall. Ich werde ihnen sagen, dass sie keine bessere Unterkunft und Betreuung finden können als im Higher Barton Romantic Hotel.«

Sandra freute sich aufrichtig. Sie dankte und reichte dem Niederländer ein Exemplar des Hochglanzprospektes ihres Hotels, das er seinen Freunden geben konnte.

Gegen elf Uhr hatten fast alle Gäste das Haus verlassen. Auch Andrew Withcombe war fortgegangen, jedoch ohne seine Mutter. Das Frühstück hatte sich Lady Claire wieder aufs Zimmer kommen lassen.

Als Christopher in die Halle trat, sagte Sandra erfreut: »Welch schöne Überraschung! Mit dir habe ich nicht gerechnet.«

»Das ist leider kein privater Besuch«, erwiderte Christopher mit seinem typischen *Ich-bin-jetzt-nur-Polizist*-Gesichtsausdruck. Er war in Begleitung von Sergeant Greenbow.

»Ist was passiert?«, fragte Sandra erschrocken. »Ist wieder jemand überfallen worden?«

Christopher ging auf ihre Fragen nicht ein. »Lady Claire Withcombe erwartet mich«, sagte er nur. »Sag mir bitte ihre Zimmernummer.«

»Lady Claire?« Verwundert riss Sandra die Augen auf. »Warum will sie dich sprechen?«

»Bitte, Sandra! Wo finde ich ihr Zimmer? Nein, du brauchst mich nicht hinaufzubegleiten. Sonst besteht die Gefahr, dass du an der Tür lauschst.«

»Ich lausche grundsätzlich nicht an den Türen meiner Gäste«, bemerkte Sandra eingeschnappt, dann aber freundlicher: »Lady Claire und ihr Sohn haben die Lord-Leicester-Suite. Erster Stock, Westflügel.«

»Danke, Sandra. Greenbow, Sie warten hier.«

Mit leichten Schritten lief Christopher die Treppe hinauf.

»Darf ich Ihnen einen Tee anbieten, Sergeant?«, fragte Sandra. »Oder Kaffee?«

»Danke, aber ich bin im Dienst.«

»Sie werden mir nicht sagen, warum Christopher ins Hotel gekommen ist?«

Um die Lippen von John Greenbow, der Sandra nun auch schon ein paar Jahre kannte, zuckte es. »Der Chief reißt mir den Kopf ab, wenn ich das täte.«

»Das dachte ich mir.« Sandra zuckte mit den Schultern. »Aber eine Frage werden Sie mir beantworten können: Ist ein weiterer Mord geschehen? Wenn ja, wird das eh schnell in der ganzen Gegend bekannt werden.«

»Es gibt keinen neuen Mord«, antwortete John Greenbow. »Das ist alles, was ich sagen werde.«

Das Klingeln des Telefons hinderte Sandra daran, Christophers Mitarbeiter weiter auszufragen. Eine Firma wollte ihre Jubiläumsfeier im November im Romantic Hotel ausrichten. Sandra notierte sich die Eckdaten und vereinbarte einen Termin für ein persönliches Gespräch. Kaum hatte sie aufgelegt, klingelte es erneut. Dann kam Monsieur Peintré zu ihr, um das Menü für den Abend durchzusprechen. Die ganze Zeit über stand Sergeant Greenbow mit ausdrucksloser Miene wie einer der Wachsoldaten des Buckingham Palace' neben dem Kamin.

Endlich kam Christopher wieder herunter. Sehr ernst sagte er: »Ist Imogen Paynter im Haus?«

»Imogen?«, wiederholte Sandra. »Was willst du denn von ihr?«

»Beantworte bitte meine Frage, Sandra! Ich muss mit Ms Paynter sprechen.«

»Imogen müsste im zweiten Obergeschoss sein«, antwortete Sandra mit belegter Stimme. »In einem der Zimmer im Ostflügel.«

»Greenbow, Sie kommen mit mir.«

In Sandras Magen drückte es unangenehm. Sie war keineswegs so unwissend, wie sie sich Christopher gegenüber gegeben hatte. Schließlich konnte sie eins und eins zusammenzählen. Gestern hatte Lady Claire zwar gesagt, sie würde ihren Verdacht nicht der Polizei mitteilen, nach dem abendlichen Streit mit Andrew hatte sie offenbar ihre Meinung geändert. Die Lady sah sich in die Ecke gedrängt und griff zu jedem Mittel, Andrews Verlobte an den Pranger zu stellen. Sandra ballte die Hände zu Fäusten. Imogens Unschuld würde sich wohl schnell herausstellen, diese Anschuldigung bedeutete aber eine schwere Bürde für die junge Frau. Auch wenn Sandra gegenüber ihren Gästen neutral sein sollte und das in der Regel auch war, in diesem Moment hätte sie Claire Withcombe am liebsten auf die Straße gesetzt.

Von Christopher und Greenbow eskortiert, kam Imogen die Treppe herunter. Sie wirkte verstört.

»Wo ist Ihr Spind?«, fragte Christopher.

»Mein was?«

»Ihr Spind, Ms Paynter! Sie haben doch einen Schrank, für Ihre persönlichen Sachen, nicht wahr?«

Unsicher sah Imogen zu Sandra. Diese antwortete anstatt des Zimmermädchens: »Die Angestellten, die außerhalb wohnen, haben einen Spind im Personalzimmer. Warum willst du das wissen, Christopher?«

»Ms Paynter, ich muss Sie bitten, den Schrank zu öffnen.«

»Christopher, dazu hast du kein Recht!«, rief Sandra. »Kannst du mir bitte sagen, was das zu bedeuten hat? Verdächtigst du Imogen?«

Christophers linke Augenbraue schoss nach oben. »Ach, du weißt also, warum Lady Withcombe mich sprechen wollte? Sicher auch, dass sie vermutet, sie wurde von Ms Paynter überfallen.«

»Gestern wurde ich unfreiwillig Zeugin dieser Vorwürfe«, musste Sandra zugeben »Der Verdacht ist völlig aus der Luft gegriffen!«

»Wir müssen jedem Hinweis nachgehen, Sandra.«

»Es ist gut, Ms Flemming«, sagte Imogen, sie klang resigniert. »In meinem Schrank gibt es nichts, was der Chief Inspector nicht sehen dürfte.«

Sandra ließ es sich nicht nehmen, in den Personalraum

mitzugehen. Christopher hinderte sie nicht daran. Imogens Spind war der erste auf der rechten Seite. Aus der Hosentasche nahm Imogen den Schlüssel, sperrte auf und trat zur Seite.

»Greenbow!« Christopher winkte den Sergeant heran.

Sandra trat dazwischen und streckte die Arme aus.

»Darfst du das überhaupt?« Ihre Augen blitzten.

»Sandra, ein Anruf genügt und binnen einer Stunde habe ich einen Hausdurchsuchungsbeschluss«, antwortete Christopher beherrscht. »Es spart Zeit und Nerven, wenn Ms Paynter zur Mitarbeit bereit ist. Insbesondere, wenn Sie, Ms Paynter, wie Sie sagen, mit den Vorfällen nichts zu tun haben.«

Sandra seufzte und ließ Greenbow an den Spind treten. Imogen hatte nicht viel in dem schmalen Schrank. Ihr kleiner Rucksack, die Sweatjacke, mit der sie heute Vormittag gekommen war, ein Paar flache, bequeme Schuhe und einen Loopschal aus einem bunten, leichten Stoff.

»Wir müssen die Schuhe, die Jacke und das Tuch für eine Untersuchung ins Labor mitnehmen, Ms Paynter«, sagte Christopher.

Aus seiner Jackentasche nahm Greenbow drei Plastiktüten, fasste die Kleidungsstücke am äußersten Rand an und steckte sie in je eine Tüte.

»Ms Paynter, wo waren Sie am vergangenen Mittwochabend?«

»Im Kino in Bodmin«, antwortete Imogen wie aus der Pistole geschossen.

Sandra zuckte zusammen. Christopher hatte es nicht bemerkt.

»In welchem Film?«, fragte er.

»The Lion King, es war die Vorstellung um acht Uhr.«

Christopher notierte sich diese Angaben in seinem Notizbuch. »Es ist klar, dass Sie die Gegend nicht verlassen dürfen, Ms Paynter.«

Imogen nickte. Auf ihrer Stirn standen Schweißperlen, nervös wischte sie sich die ebenfalls schwitzigen Handflächen an dem Kittel ab, den sie immer noch trug.

»Darf ich nach Hause gehen?«, fragte sie.

»Von mir aus, ja«, antwortete Christopher. »Sandra?«

»Natürlich, geh nur, Imogen.« Sandra seufzte. »Ich denke nicht, dass du dich heute noch auf die Arbeit konzentrieren kannst. Soll ich dir eine Jacke von mir geben?«

Imogen schüttelte den Kopf. »Mir ist nicht kalt.«

»Wart bitte einen Moment und geh in mein Büro. Ich muss nochmal mit dir sprechen.«

Mit hängenden Schultern und gesenktem Kopf verließ Imogen den Raum.

»Muss das wirklich sein, Christopher?« Unwillkürlich verschränkte Sandra die Arme vor der Brust und wirkte ablehnend. »Was erhoffst du dir, zu finden?«

»Oder nicht zu finden«, erwiderte Christopher. »Es kann sich durchaus die Unschuld deiner Angestellten herausstellen. Damit wäre dir doch auch gedient, oder? Heute Nachmittag wissen wir mehr. Lass mich bitte meine Arbeit machen, und – auch wenn es dir schwerfällt – misch dich nicht ein. Greenbow, wir fahren jetzt ins Labor. Die sollen die Sachen so schnell wie möglich untersuchen.«

Christopher und Greenbow gingen zur Tür. Der Sergeant war Sandras Blickfeld bereits entschwunden, als Christopher nochmal zurückkam. Mit zwei Fingern hob er Sandras Kinn, sagte: »Vertrau mir, Liebling«, und küsste sie auf die Stirn.

Sandra lächelte, es war aber keine freudige Zustimmung. Dann ging sie ins Büro. Imogen stand am Fenster und sah hinaus.

»Imogen, warum hast du eben gelogen?«, fragte Sandra.

»Ich weiß nicht, was Sie meinen, Ms Flemming.«

Sandra trat neben sie und blickte streng in Imogens ausdrucksloses Gesicht.

»Du hast mir erzählt, am Mittwochabend hättest du eine Autopanne an der Küste gehabt. Jetzt hast du behauptet, im Kino gewesen zu sein.«

Imogens Wangen färbten sich dunkelrot. Sie atmete schneller, strich sich fahrig über die Stirn.

»Da habe ich gelogen, Ms Flemming.« Ihre Stimme war ganz klein und piepsig. »Mir war das alles hier mit Andy und seiner Mutter zu viel. Darum bin ich ins Kino gegangen, um mich abzulenken. Da ich aber Dienst im Hotel gehabt hätte, habe ich die Geschichte mit der leeren Autobatterie erfunden, weil ich ohne Entschuldigung einfach weggeblieben bin. Es tut mir leid, Ms Flemming.«

»Ach, Imogen!« Sandra seufzte.

Imogen drehte den Kopf und sah Sandra fragend an. »Warum haben Sie dem Chief Inspector nichts davon gesagt?«

»Weil ich nicht glaube, dass du etwas Schlimmes getan hast«, antwortete Sandra. »Ja, du hast mich angelogen, das war falsch, aber du bist doch kein Mensch, der einen anderen zusammenschlägt.«

»Oder tötet«, murmelte Imogen. »DCI Bourke versucht, mir nicht nur den Überfall auf Lady Claire, sondern auch den Mord an der Lehrerin anzuhängen.«

Sandra schluckte trocken, dann sagte sie: »Christopher Bourke muss allen Hinweisen nachgehen, Imogen. Die Überprüfung deiner Sachen wird deine Unschuld beweisen. Aber, Imogen: Lüg mich künftig nicht wieder an! Nie wieder!« Sandra verbarg nicht, dass sie verärgert und zugleich enttäuscht von dem Zimmermädchen war. »Du kannst jetzt gehen.«

Mit schleppenden Schritten verließ Imogen den Raum.

Sandra rang mit sich, ob sie hinaufgehen und mit Lady Claire sprechen sollte. Nach dem gestrigen Streit bezweifelte Sandra aber sehr, dass die Dame bereit war, mit ihr zu reden. Es überstieg die Kompetenz einer Hotelinhaberin, sich in solche Belange der Gäste einzumischen. Sandra war froh, als um zwei Uhr Eliza herunterkam. In knappen Sätzen berichtete sie ihrer Mitarbeiterin, was sich am Vormittag zugetragen hatte. Eliza reagierte überrascht und ebenso verstimmt.

»Was glaubt diese Dame eigentlich, wer sie ist?«, echauffierte sie sich. »Einfach unsere Angestellte zu verdächtigen, nur weil es ihr nicht passt, in wen sich ihr erwachsener Sohn verliebt hat! Meine Güte, in welchem Jahrhundert leben wir denn?«

»Im einundzwanzigsten«, hörten Sandra und Eliza Major Collins sagen. Sie hatten nicht bemerkt, wie er sich der Rezeption genähert hatte. »Kann ich Ihnen behilflich sein, meine Damen?«

»Es ist alles in Ordnung, Major«, erwiderte Sandra, Eliza hingegen sagte: »Sie haben Lady Claire Withcombe ein bisschen näher kennengelernt, nicht wahr?«

Der Major nickte. »Welch elegante, gebildete und attraktive Frau! Nicht, dass ich mir irgendwelche Hoffnungen machen darf. Wenn ich ein paar Jährchen jünger wäre …« Vielsagend rollte er so drollig mit den Augen, dass Sandra laut auflachte.

»Können Sie sich vorstellen, dass Lady Claire einem anderen Menschen absichtlich Schaden zufügt, um ihre eigenen Interessen durchzusetzen?« fragte sie.

»Durchaus, durchaus«, antwortete Major Collins sofort. »In den Kreisen, denen die Dame entstammt, war das früher an der Tagesordnung. Die Aristokratie hatte immer die Oberhand, jeder, der versuchte, sich dagegenzustellen, wurde verbannt, nicht selten still und heimlich ermordet.«

»Na, so theatralisch ist es auch wieder nicht, Major«, ermahnte Eliza ihn. »Wir sind schließlich in keinem Drama von Shakespeare.«

»Ein wenig von Romeo und Julia lässt sich nicht leugnen«, murmelte Sandra.

»Im Verlauf meines Lebens, das immerhin schon achtzig Jahre andauert, hatte ich immer wieder Kontakt zu Angehörigen von Adelshäusern«, fuhr der Major fort. »Der Großteil von ihnen hat erkannt, dass die alten Privilegien längst keinen Bestand mehr haben. Einige hängen dennoch an vergangenen Zeiten und wünschen sich Queen Victoria auf den Thron zurück. Meine persönliche Meinung zu Lady Claire ist, dass die Dame nicht loslassen kann und sich vehement an etwas klammert. Nach dem frühen Tod ihres Mannes war das der Sohn, der das bisher mitgemacht hat. Er deutet das Verhalten seiner Mutter als Liebe, dabei drängt sie ihn in eine emotionale Abhängigkeit. Der Vater und sein früher Tod werden von Lady Claire stetig zum Thema gemacht. Andrews Vater wird glorifiziert und auf einen Sockel gestellt. Der Sohn hat es nie anders erlebt. Er tut alles, um die hohen

Ansprüche seiner Mutter zu erfüllen. Jetzt hat er sich verliebt, und die Liebe verleiht bekanntlich Flügel. Sir Andrew zeigt den Mut, sich für sein eigenes Glück gegen seine Mutter zu stellen.«

Mit offenem Mund starrte Eliza den Major an, und Sandra sagte überrascht: »Bisher dachte ich, Sie seien Jagdflieger gewesen. Dass Sie gleichzeitig auch in Psychologie ausgebildet wurden, habe ich nicht gewusst.«

Der Major zwinkerte ihr zu. »Man braucht kein Studium, um das Leben der Menschen beurteilen zu können. Besonders, wenn es einem die Leute so einfach machen, wie Claire Withcombe. Die Dame erfüllt alle gängigen Klischees von Snobismus, wie aus dem Lehrbuch.« Der Major sah sich um. »Könnte ich bitte ein Glas Wasser bekommen? Das Reden hat mich durstig gemacht.«

»Einen Moment, bitte.« Eliza eilte davon, um das Wasser zu holen.

Major Collins raunte Sandra zu: »Soll ich die Lady etwas im Auge behalten?«

»Nein, Major, unsere Gäste werden nicht ausspioniert. Das Privatleben von Lady Claire hat mich nicht zu interessieren.« *Selbst, wenn es eine meine Angestellten betrifft,* fügte Sandra in Gedanken hinzu.

»Wenn ich Ihnen helfen kann, lassen Sie es mich wissen«, sagte der Major. »Mein Aufenthalt in diesem Haus ist sehr angenehm, manchmal aber auch ein wenig eintönig. Es fehlt irgendwie der Kick, wie die jungen Leute sich heute ausdrücken. Wenn man sein ganzes Leben im Dienst von Großbritannien gestanden hat, fällt einem die Untätigkeit schwer.«

»Wenn Sie etwas Aufregendes erleben wollen, Major

Collins«, erwiderte Sandra verschmitzt, »in Newquay gibt es die Möglichkeit zum Bungee-Jumping. Soll ich Ihnen die Adresse aufschreiben?«

»Dafür bin ich dann doch zu alt.« Er zwinkerte Sandra zu. »Aber nur ein paar Jährchen.«

Der Major lachte lauthals, Sandra stimmte ein. Sie hatte den alten Kauz in ihr Herz geschlossen.

Da Eliza bis zum Abend die Rezeption betreute, nahm sich Sandra die Zeit, für zwei, drei Stunden das Hotel hinter sich zu lassen. Um den Schriftkram auf ihrem Schreibtisch wollte sie sich am Abend kümmern. Im Moment hatte sie ohnehin keinen Kopf, sich auf trockene Zahlen zu konzentrieren.

»Wenn du Sorgen hast, geh ans Meer«, sagte Ann-Kathrin ihr immer wieder. »Die raue Schönheit der Natur, die Einsamkeit und der Wind blasen dir ganz schnell den Kopf frei.«

Schon mehrmals hatte Sandra das beherzigt – und die Freundin hatte recht. Sandra war ein sehr geselliger Mensch, sonst hätte sie sich nicht zur Hotelfachwirtin ausbilden lassen. Sie mochte den Trubel. Sich täglich auf neue Charaktere und deren Bedürfnisse einzustellen – das stresste Sandra nicht, im Gegenteil. Es belebte sie, und sie wollte keinen anderen Job machen. Manchmal jedoch, so wie heute, brauchte sie eine kleine Auszeit für sich allein.

Sandra war im Herzen Schottlands aufgewachsen und hatte auch früher regelmäßig Ausflüge ans Meer gemacht. Die Küstenlandschaft Schottlands war ohne Frage wunderschön, Cornwalls Steilküsten hingegen völlig anders. Rau im Norden und Westen, lieblich und mit üppiger Vegetation an der Südküste. Meterhohe Palmen, wie sie sonst nur am

Mittelmeer zu finden waren, farbenfrohe Blumen und sogar der wilde Fingerhut gediehen im mediterranen Klima Cornwalls prächtig und dufteten süß und schwer.

Das sonnige und warme Wetter hielt weiter an. In weniger als fünfzehn Minuten hatte Sandra den weitläufigen Campingplatz oberhalb des uralten Fischerdorfes Polperro erreicht. Ein deutlich sichtbares Schild an der Einfahrt wies darauf hin, dass alle Stellplätze und feststehenden Mobil-Homes belegt waren. Sandra fuhr nicht die steile, kurvige Straße hinunter, die auf den Besucherparkplatz führte. Sie bog nach links ab, durchquerte das Wohngebiet aus neuerer Zeit und gelangte zu der Schule, an der Ann-Kathrin unterrichtete. Und auch Susan Nicholls Lehrerin gewesen war …

Von der Freundin wusste Sandra, dass es während der Ferienzeiten rund um die Schule viele kostenfreie Parkplätze gab. Touristen kannten diesen Ort nicht. Diese fuhren auf den offiziellen Parkplatz und zahlten eine Menge Geld. Tatsächlich standen nur zwei weitere Autos auf Höhe der Schule. Von hier gelangte man in etwa zehn Gehminuten in das historische Zentrum von Polperro. Dorthin wollte Sandra auf keinen Fall. Sie steuerte gegenüber vom Parkplatz das Holzschild an, das auf einen Trampelpfad *To the Coast Path* hinwies.

Fünf Minuten später stand Sandra auf den Klippen. Das Meer war blau und ruhig, nur sanfte Wellen schwappten fünfzig Meter unter ihr gegen die zerklüfteten Felsen. Tief atmete sie durch. Es roch nach Salz, Tang und Torf. In den niedrigen Hecken, die den Coast Path säumten, zwitscherten Vögel. Kniehohe Fingerhutgewächse und andere bunte Blumen zogen zahlreiche Bienen, Wespen und Hummeln an. Sandra wandte sich nach links und schritt zügig aus. Der

South West Coast Path verband die Fischerdörfer Polperro und Looe. Es war eine nicht zu anspruchsvolle Wanderung. Der Weg war breit, nur selten von Steinen und hervorstehenden Wurzeln bedeckt. Obwohl Sandra keine zwanzig Minuten vom quirligen Polperro entfernt war, begegnete ihr nur ein älterer Mann mit einem kleinen, buntgescheckten Mischlingshund. Sie nickten sich grüßend zu. Nach einer Dreiviertelstunde ging es steil bergab. Durch die Sträucher konnte Sandra die Talland Bay sehen. Bei Ebbe gab es hier einen schmalen Sandstrand, jetzt jedoch schwappte das Wasser an die niedrige Kaimauer. Auf der saßen einige Kinder und fischten nach Krabben, die sie in bunte Plastikeimer warfen. Wie von Sanda erwartet, waren vor dem kleinen Tea-Room, der nur in den Sommermonaten geöffnet hatte, alle Plätze belegt. Sandra wollte sich ohnehin nicht hinsetzen. Sie ging zur Theke und nahm ihren metallenen Becher aus der Handtasche.

»Einen Café Latte, bitte.«

Die junge Verkäuferin nahm den Becher entgegen und nickte wohlwollend. »Schön, dass Sie Ihren eigenen Becher mitbringen. Der Kaffee kostet damit fünfzig Pence weniger.«

Auch im Higher Barton Romantic Hotel versuchte Sandra, auf Nachhaltigkeit zu setzen. Das war nicht einfach, manchmal war es unvermeidbar, Einwegartikel zu verwenden. Sie selbst achtete aber darauf, einen kleinen Beitrag zu leisten, um die Flut weggeworfener Plastikbecher einzudämmen.

Mit dem heißen Kaffee in der Hand erklomm Sandra den nächsten Hügel, hier ging es steil bergan. Sie sah den Turm der alten Kirche aus normannischer Zeit im Dorf Talland. Oben angekommen war sie wieder allein. Sandra setzte sich auf einen von der Sonne warmen Felsen und trank genüsslich den Kaffee. Möwen schossen über ihren Kopf hinweg. Auf der Suche nach Nahrung stießen sie spitze Schreie aus.

»Ich habe nur Kaffee«, rief Sandra den Vögeln zu. »Den mögt ihr eh nicht.«

An den Küsten Cornwalls musste man höllisch aufpassen, wenn man in der Öffentlichkeit Essen auspackte. Rasend schnell schossen die Möwen heran und stibitzen den Leuten Sandwiches, Pasties und Eis direkt aus den Händen. Sandra sah sich um. Ann-Kathrin hatte ihr von einer Sage erzählt, die sich vor sehr langer Zeit oberhalb der Talland Bay abgespielt haben soll. Es hieß, zu der Zeit, als König Artus mit seinen Rittern der Tafelrunde auf Camelot residierte, war in der Talland Bay ein unschätzbarer Goldschatz vergraben worden. Obwohl Sandra wusste, dass der legendäre König nur eine Erfindung war, mochte sie die alten Geschichten. Die Freundin hatte gesagt, eine einfache Bauersfrau hätte vom König das Gold erhalten. Es war sogenanntes *Blutgold* gewesen, von dem die Frau nichts hatte anrühren wollen. Der Schatz war nie gefunden worden, und bis heute gab es Menschen, die mit Metalldetektoren die Gegend nach den Goldstücken absuchten. Zu nahezu jedem Ort in Cornwall kannte Ann-Kathrin die passende Sage, die sie so anschaulich erzählen konnte, dass Sandra der Freundin gern lauschte.

Sandra setzte ihren Weg fort, dieser verlief jetzt auf einer Ebene. Sie ließ ihren Gedanken freien Lauf, und diese drehten sich nicht länger um den unerfreulichen Vorfall am Vormittag. Christoper würde bald feststellen, dass die von Lady Claire erhobenen Vorwürfe gegen Imogen haltlos waren.

Viel zu schnell erreichte Sandra die Häuser von Hannafore. Hier reihte sich eine Bed & Breakfast-Unterkunft an die andere. Die Wohnhäuser waren alle groß und hatten verglaste Veranden zur Meerseite hin. Wer hier wohnte, verfügte über ein gesichertes und gutes Einkommen. Der Coast Path führte jetzt auf der asphaltierten Straße nach West Looe hinunter. Über den Fluss Looe, der im Bodmin Moor entsprang und hier ins Meer mündete, führte eine Brücke aus der Mitte des 19. Jahrhunderts in das wesentlich ältere East Looe. Mit seinen windschiefen, weiß und bunt getünchten Cottages und engen Gassen war East Looe ebenfalls ein Touristenmagnet an der Südküste.

Sandra ging über die Brücke. Am anderen Ufer des Flusses befand sich die Haltestelle der Busse, die in halbstündigem Rhythmus nach Polperro fuhren. Sandra passierte ein Café, das kornische Eiscreme anbot. Sie konnte nicht widerstehen und kaufte sich eine Waffeltüte mit einer Kugel Clotted-Cream-Eis und schwarzen Johannisbeeren. Dazu konnte Sandra ebenso wenig Nein sagen wie zu Emmas gedecktem Apfelkuchen. Sie hatte noch Zeit, bis der nächste Bus abfuhr. Genüsslich an der kalten Köstlichkeit schleckend sah sie sich um – und stutzte.

»Lady Claire?«, murmelte Sandra. Etwa zwanzig Meter von ihr entfernt drehte die Frau ihr den Rücken zu. Unverkennbar waren ihre roten Haare, die Lady Claire heute zu einer Bananenfrisur eingedreht hatte. Unter dem linken Arm hatte sie sich eine schmale, schwarze Aktentasche geklemmt. Sie trug einen dunkelblauen Hosenanzug und hochhackige Pumps. Lady Claire war immer gut gekleidet. Heute aber sah sie derart seriös aus, als würde sie in einer Bank oder bei einer Versicherung arbeiten. Sandra zögerte. Sie hatte nicht gedacht, dass Andrews Mutter einen Ausflug machen wollte, nach allem, was passiert war. Es stand Lady Claire hingegen völlig frei, zu tun und lassen, was sie wollte. Sie war offenbar allein.

Sandra ging nun doch auf sie zu. Sollte Lady Claire sie ebenfalls bemerkt haben, wäre es unhöflich, so zu tun, als hätte Sandra sie nicht gesehen.

»Lady Claire, wie gefällt Ihnen East Looe?«, fragte Sandra. »Ein hübscher, alter Fischerort, nicht wahr?«

Die Frau drehte sich zu ihr um.

»Wie bitte?«, fragte sie.

Sandra erkannte ihren Fehler. Es war nicht Claire Withcombe. Die Gesichtszüge der Frau waren viel weicher, und ihre Augen cognacfarben. Sie war dezent geschminkt. »Entschuldigen Sie vielmals, ich habe Sie mit jemandem verwechselt.«

Die Frau lächelte verhalten. »Das kann passieren. Wenn Sie mich jetzt bitte entschuldigen wollen? Ich erwarte einen Kunden.« Sie wandte sich von Sandra wieder ab.

Die Eiswaffel immer noch in der Hand, ohne daran zu schlecken, ging Sandra die wenigen Meter bis zur Bushaltestelle. Von hinten hätte sie schwören können, dass die Frau Claire Withcombe war. Die gleiche Größe, dieselbe Statur, die roten Haare, auch das Alter stimmte. Zwischen der Fremden und Lady Claire bestand eine verblüffende Ähnlichkeit.

Rothaarige Frauen gibt es viele, dachte Sandra. *Aber eine, die Lady Claire ähnelt, ist vor ein paar Tagen ermordet, und Lady Claire selbst überfallen worden …*

Das Eis tropfte auf Sandras helle Bluse und hinterließ einen fettigen Fleck. Sandra bemerkte es nicht. Der Appetit war ihr vergangen.

FÜNFZEHN

Wie ein Häufchen Elend kauerte Imogen auf einem Stuhl in Sandras Büro. Sie hatte die Hände vors Gesicht geschlagen, weinte aber nicht.

»Was haben Sie dazu zu sagen, Ms Paynter?«, fragte Christopher Bourke. Imogen nuschelte etwas in ihre Hände. Christopher forderte sie auf: »Sehen Sie mich bitte an, und sprechen Sie laut und deutlich.«

Imogen nahm die Hände herunter, hob aber nicht den Kopf.

»Was soll ich dazu sagen? Die Fotos sprechen wohl für sich. Ich wusste nicht, dass sie noch im Internet sind, Chief Inspector.«

»Das World Wide Web vergisst niemals etwas«, erwiderte Christopher. Er klang nicht länger streng. Sandra meinte, auch etwas Mitleid aus seiner Stimme herauszuhören. »Wie erklären Sie es sich, dass die fremden Faserspuren an der Kleidung von Claire Withcombe mit den Fasern Ihres Schals übereinstimmen?«

»Solche Schals gibt es zuhauf in den Warenhäusern«, rief Sandra von hinten.

Christopher drehte sich zu ihr um. »Sandra, du hast versprochen, dich nicht einzumischen. Nur deswegen habe ich erlaubt, dass du bei der Befragung von Ms Paynter dabei sein darfst.«

»Es klingt für mich mehr wie ein Verhör als eine harmlose Befragung«, stieß Sandra hervor. »Du hast Imogen doch schon vorverurteilt.«

»Sandra, bitte …«

»Es ist schon gut, Ms Flemming«, sagte Imogen, sie klang erschöpft. »Der Chief Inspector handelt aufgrund der vorliegenden Indizien.« Sie lachte bitter auf. »Und die sprechen eindeutig gegen mich.«

»Ms Paynter, wollen Sie mir nicht erzählen, was geschehen ist?«, fragte Christopher sanft. »Das Sprechen wird Sie erleichtern.«

Jetzt sah Imogen den DCI offen an. »Es gibt nichts, das ich zu sagen habe, Inspector. Gut möglich, dass ich den Schal mal umgelegt hatte, als ich in Lady Withcombes Zimmer gewesen bin. Da können Fussel leicht auf ihre Kleidung gekommen sein. Zu den Fotos allerdings …« Mit einer hilflosen Geste hob sie die Hände. »Für die Fotos gibt es keine Ausrede.«

»Warum hast du sie überhaupt gemacht, Imogen?«, fragte Sandra. Christopher ließ es zu.

»Warum macht man solche Fotos?«, stellte Imogen die Gegenfrage. »Nicht nur wegen des Geldes, das ich damals gut habe gebrauchen können, sondern auch aus Eitelkeit. Es begann wie so häufig: Ich saß mit einer Freundin in einem Café, ein Mann kam an unseren Tisch und sagte, er sei Fotograf, ich wäre hübsch und hätte ein Gesicht, nach dem er schon lange gesucht habe. Er schlug mir vor, Probeaufnahmen zu machen. Eventuell könne er mich ganz groß herausbringen. Nun war ich nicht so blauäugig zu glauben, in ein paar Monaten ein Weltstar zu werden, das ganz sicher nicht. Außerdem habe ich den Fotografen im Internet gecheckt. Man hört ja immer wieder, dass Mädchen und junge Frauen in solche Fallen tappen. Aber es war ein anständiges Fotostudio, und der Fotograf arbeitete regelmäßig mit richtig großen Namen aus der Film- und Musikbranche zusammen. Also bin ich hingegangen. Die Aufnahmen waren anstrengend, haben aber auch Spaß gemacht. Als nach zwei Monaten allerdings keine Anfragen von Agenturen für Modeaufnahmen gekommen waren, schlug mir der Fotograf vor, es doch mal mit …«, sie schluckte, »es mit etwas anderen Fotos zu versuchen. Ich hatte kein Problem damit, mich vor der Kamera auszuziehen. Meine Güte, am Strand habe ich auch nicht mehr an! Und ich kann es mir leisten, meinen Körper zu zeigen. Die Fotos wurden übers Internet verkauft, und ich bekam mehr Geld, als ich gehofft hatte.«

»Wofür brauchten Sie das Geld, Ms Paynter?«, fragte Christopher. »Steckten Sie in Schwierigkeiten? Haben Sie gespielt, oder waren Drogen im Spiel?«

»Nein, Chief Inspector.« Imogen schüttelte heftig den Kopf. »Damals, vor sieben Jahren, habe ich studiert. Meine Eltern hatten eine kleine Pension, in der habe ich seit meiner Kindheit mithelfen müssen. Sie erwarteten, dass ich die Pension eines Tages übernehme. Ich wollte aber nicht ins Hotelgewerbe, deswegen habe ich Soziologie studiert. Über meine Entscheidung war mein Vater sehr verärgert. Soziologie war für ihn ein unnötiger Quatsch, mit dem ich später ohne Job auf der Straße stehen würde. Trotzdem zog ich mein Ding durch. Dann trennten sich meine Eltern. Die Pension war heruntergewirtschaftet und verschuldet. Beim Verkauf blieb kein Penny übrig. Mein Vater wanderte nach Nepal aus, auch meine Mutter verließ Cornwall, um mit einem anderen Mann zu leben. Um mein Studium zu finanzieren, habe ich gekellnert und in der Saison als Zimmermädchen in Hotels gearbeitet. So bin ich also doch wieder in der Gastronomie gelandet.«

Als Imogen eine Pause machte, um einen Schluck Wasser zu trinken, bemerkte Sandra: »Das hast du alles in deinem Lebenslauf angegeben. Mit diesen Arbeiten musst du doch finanziell ausgekommen sein. Die meisten Studenten arbeiten nebenher.«

»Ich sagte vorhin, dass ich das Geld nicht unbedingt nötig hatte«, erklärte Imogen. »Es waren ja auch nur ein paar Monate, in denen ich mit den Fotos gut verdient habe. Der Fotograf wollte eine zweite Session mit mir machen, die ich aber ablehnte. Einmal war das ganz interessant, meine Zukunft sah ich aber nicht als Aktmodell. Ich leistete mir einen Urlaub auf Ibiza und kaufte mir ein paar schicke Klamotten. Na ja, schlussendlich merkte ich, dass die Berufsaussichten im Bereich Soziologie wirklich nicht gut sind. Also schmiss ich die Uni, jobbte zuerst in einem größeren Hotel in Plymouth und kam schließlich hierher.« Sie seufzte und fügte hinzu: »Und vergaß die Fotos.«

»Kommen wir zu Ihren angeblichen Alibis, Ms Paynter.« Christopher räusperte sich. »In der Nacht des Todes von Susan Nicholls geben Sie an, zu Hause gewesen zu sein und geschlafen zu haben. Kann das jemand bestätigen? Waren Sie allein?«

»Selbstverständlich war ich allein, schließlich bin ich Andy treu!«, antwortete Imogen. »Ich bin erst wegen der Sirenen und Blaulichter aufgewacht. Ebenso wie meine Wirtin und alle anderen Leute, die am Sunset Close wohnen.

Was genau passiert war, wussten wir an dem Morgen gar nicht. Die Polizei hatte ja alles abgesperrt.«

Christoper nickte nachdenklich und sah Imogen fest an. »Gestern sagten Sie, dass Sie am Mittwochabend, als Lady Claire überfallen wurde, in Bodmin im Kino gewesen sind, im Capitol Cinema am Mount Folly Square neben der Shire Hall? Haben Sie noch die Eintrittskarte?«

»Inspector, es gibt schon lange keine Eintrittskarten mehr«, antwortete Imogen. »Heutzutage kauft man die Tickets über eine App, der Barcode wird beim Einlass gescannt. Bevor Sie fragen: Nach der Vorstellung habe ich den Code gelöscht, um nicht zu viele Daten auf meinem Mobiltelefon zu haben.«

»So, so.« Sandra kannte Christopher zu gut, um nicht zu sehen, dass er etwas in der Hinterhand hatte. Und er ließ auch gleich die Bombe platzen: »Ms Paynter, wie erklären Sie sich Folgendes: An besagtem Mittwochabend gegen sieben Uhr hat einer der Mitarbeiter des Kinos einen Gasgeruch wahrgenommen. Das Gebäude wurde sofort evakuiert, beide für den Abend anberaumten Vorstellungen abgesagt und die Polizei informiert. Erst gegen Mitternacht stellte sich heraus, dass kein Gasleck vorhanden war. Der Angestellte hat sich wohl geirrt. Aber besser einmal zu viel Vorsicht, als dass wirklich etwas passiert.«

Imogen wurde leichenblass. »Dann war es ein anderes Kino …«

»In Bodmin gibt es nur das Capitol Cinema!«, sagte Christopher scharf. Er ließ Imogen keinen Moment aus den Augen. »Oder wollen Sie mir jetzt etwa auch noch weismachen, Sie hätten sich in der Stadt geirrt?« Imogen senkte den Kopf und schwieg. »Ms Paynter, bezüglich Ihres Alibis haben Sie mich bewusst belogen. Unter diesen Umständen werden Sie verstehen, dass ich Sie bitten muss, mich ins Revier zu begleiten.«

»Bin ich verhaftet, Chief Inspector?« Imogens Stimme zitterte.

»Sie werden vorerst in Gewahrsam genommen«, antwortete Christopher. »Der Haftrichter wird entscheiden, wie es weitergeht. Ich will aber ehrlich sein, Ms Paynter: Es sieht nicht gut für Sie aus. Sie haben ein Motiv, Lady Claire etwas anzutun und für die betreffende Zeit kein stichhaltiges Alibi.«

»Am Mittwochabend hatte ich eine Autopanne.«

»Wie bitte?« Christopher beugte sich vor. »Sprechen Sie lauter, Ms Paynter!«

Imogen sah zu Sandra und erwiderte: »Es war so, wie ich es Ihnen, Ms Flemming, zuerst gesagt habe. Ich war bei einer Freundin, dann fuhr ich in die Nähe von Lansallos und habe dort eine Weile an der Küste gesessen. Als ich nach Higher Barton zurückfahren wollte, streikte die Batterie meines Wagens, und mein Handy hatte ich bei meiner Freundin liegenlassen.«

»Wenn das stimmen sollte«, bemerkte Sandra erstaunt, »warum hast du die Lüge mit dem Kino erfunden?«

»Als der Chief Inspector mich gestern fragte, wo ich gewesen bin, war mir sofort klar, dass ich ein Alibi brauchte. Niemand würde mir glauben, dass ich allein an der Küste gewesen bin, es hat mich dort kein Einziger gesehen.«

»Du hast mir gesagt, es hätte dir jemand Starthilfe gegeben«, bemerkte Sandra. »Dann hast du doch ein Alibi!«

»Das war erst viel später, nachdem Lady Claire überfallen wurde.«

»Aber Imogen, du kannst doch …«

»Es reicht, Sandra!« Unterbrechend hob Christopher die

Hand. »Ich weiß nicht, was die Geschichte mit der angeblichen Autopanne soll und was du, Sandra, damit zu tun hast. Sie, Ms Paynter, haben nachweislich gelogen. Für die Zeit, als Susan Nicholls getötet wurde, haben Sie ebenfalls kein Alibi. Das sieht nicht gut für Sie aus.«

»Warum hätte ich dieser Lehrerin etwas tun sollen?«, rief Imogen. »Die Frau kannte ich überhaupt nicht.«

»Sie wohnen am Sunset Close«, antwortete Christopher sachlich. »Am betreffenden Morgen sahen Sie dort eine Person. Es war noch dunkel, die Ecke ist schlecht beleuchtet. In der Annahme, es handle sich um Lady Withcombe, sind Sie auf die Frau losgegangen. Vielleicht wollten Sie nur mit ihr reden. Ihr von der Beziehung zu Andrew erzählen. Dann ging etwas schief, Sie haben ihren Kopf auf den Asphalt geschlagen. Erst danach bemerkten Sie den Irrtum.«

»Nein, Chief Inspector, das ist nicht wahr! Ich habe weder der Lehrerin noch Andrews Mutter etwas angetan.«

»Das wird der Richter klären.« Christopher sah Imogen fest an. »Kommen Sie mit, ohne Widerstand zu leisten? Für das Hotel wäre es nicht förderlich, wenn ich Sie in Handschließen abführen müsste.«

»Christopher, das muss ein ganz furchtbares Missverständnis sein!«, rief Sandra, trat hinter Imogen und legte ihr eine Hand auf die bebende Schulter. »Es wird sich alles aufklären, Imogen. Ich werde Alan Trengove anrufen. Er soll deine Verteidigung übernehmen.«

Alan, Ann-Kathrin, die schlummernde Demelza in den Armen, und Sandra saßen im Büro. Die Tür zur Rezeption war nur angelehnt, da Eliza den Abend frei hatte und ausgegangen war.

Alan trank einen Schluck von dem Bitter Lemon, das David ihm gebracht hatte. Vor Sandra stand eine Tasse Milchkaffee, den sie bisher aber nicht angerührt hatte. Ann-Kathrin trank nur Wasser.

»Christopher hat leider recht, Sandra. Für dein Zimmermädchen sieht es nicht gut aus«, sagte Alan. »Sie hat ein Motiv, derzeit das einzige Motiv, Claire Withcombe etwas anzutun, und sie hat zuerst ein falsches Alibi angegeben.«

»Wenn Imogen schuldig wäre, hätte sie sich doch nicht in solche Lügen verstrickt«, sagte Sandra nachdenklich. »Sie hätte dafür gesorgt, ein wasserdichtes Alibi zu haben.«

»Auf mich macht Imogen Paynter keinen derart abgebrühten Eindruck«, erwiderte Alan. »Der Angriff auf Lady Withcombe erfolgte spontan. Erst, als Christopher sie fragte, wo sie an dem Abend gewesen ist, wurde Ms Paynter bewusst, dass sie ein Alibi braucht.«

»Hältst du sie etwa für schuldig?«, fragte Sandra.

»Die Aufgabe eines guten Anwaltes ist es, auf der Seite seines Mandanten zu stehen, gleichzeitig aber auch die Fakten nicht zu ignorieren.«

Sandra beugte sich vor und legte eine Hand auf Alans Arm. »Danke, dass du dich um Imogen kümmern wirst.«

»Ich kann es gerade einschieben«, erwiderte Alan. »Vorhin habe ich mit ihr gesprochen und ihr geraten, vorerst keine weiteren Aussagen zu machen. Jedenfalls nicht ohne meine Anwesenheit. Morgen wird sie dem Haftrichter vorgeführt. Er wird entscheiden, ob dein Zimmermädchen in Untersuchungshaft genommen werden muss.«

»Sie hat auch dich belogen«, sagte Ann-Kathrin zu Sandra. »Trotzdem hältst du zu Imogen. Ich hoffe, du wirst nicht enttäuscht.«

»Das hoffe ich auch.« Sandra seufzte. »Ich kenne Imogen nicht gut, jedenfalls nicht so gut, wie ich eine meiner Angestellten kennen sollte. Von den Fotos hatte ich keine Ahnung.«

»Na ja, es ist keine Referenz, sich nackt fotografieren zu lassen und die Bilder im Internet zu verkaufen.« Ann-Kathrin blieb skeptisch. »Hättest du Imogen eingestellt, wenn du von den Fotos gewusst hättest?«

»Eliza hat das Personal ausgesucht und eingestellt«, erwiderte Sandra. »Das soll keine Ausrede sein. Ich bin sicher, hätte Eliza von den Bildern gewusst, wäre ihre Wahl eher nicht auf Imogen Paynter gefallen.« Sie sah zu Alan. »Was ist mit dem Mann, der Imogen Starthilfe gegeben hat? Hat sie dir von ihm etwas gesagt?«

»Die Angaben sind vage.« Alan zuckte mit den Schultern. »Es war ein silbergrauer Wagen, das Modell konnte Imogen nicht benennen, das Kennzeichen hat sie sich nicht gemerkt. Der Mann soll in mittleren Jahren gewesen sein, ein Durchschnittstyp. Zudem war es nahezu stockfinster. Ich fürchte, hier werden wir nicht weiterkommen.«

»Man kann einen Aufruf in der Zeitung und im Internet machen«, schlug Sandra vor. »Der Mann wird sich daran erinnern, Imogen geholfen zu haben.«

»Es könnte auch ein zufällig vorbeikommender Tourist gewesen sein«, erwiderte Alan. »Jemand, der längst nicht mehr in Cornwall ist. Es ist dennoch eine gute Idee. Ich werde Christopher vorschlagen, einen entsprechenden Zeugenaufruf zu machen.«

»Aber?« Aus Alans Stimme hörte Sandra das Zögern.

»Du weißt, wie sehr ich Christopher schätze, ebenso Sergeant Greenbow. Beide haben Vorgesetzte, die schlussendlich bestimmen, wie zu verfahren ist. Es scheint alles darauf hinauszulaufen, dass die Polizei davon ausgeht, dass derselbe Täter, der Lady Claire überfallen hat, auch Susan Nicholls getötet hat. Sie bevorzugen die Verwechslungstheorie. Die derzeitigen Indizien und das Motiv sprechen gegen Imogen Paynter.«

»Ach herrje!« Sandra stöhnte und massierte sich mit zwei Fingern die rechte Schläfe. »Es könnte doch auch andersrum gewesen sein. Susan Nicholls wurde bewusst getötet, dann griff der Täter Lady Claire an, um den Eindruck zu erwecken, jemand habe es auf rothaarige, ältere Frauen abgesehen.«

»Oder beide Fälle haben überhaupt nichts miteinander zu tun«, warf Ann-Kathrin ein. »Es liegt nur ein verheerender und für eine Person tödlicher Zufall vor.«

»Hast du mit Lady Claire gesprochen, nachdem Imogen heute Mittag abgeführt worden ist?«, fragte Alan.

»Nein, ich habe mich bisher zurückgehalten«, antwortete Sandra. »Ich fürchte, ich könnte zu emotional werden. Gleichgültig, was geschehen ist: Lady Claire und ihr Sohn sind zahlende Gäste in meinem Haus, denen ich mit Respekt und Freundlichkeit begegnen muss.«

Nachdenklich rieb sich Alan den Nasenrücken. »Es wäre interessant zu wissen, wie Imogens Verlobter zu der Sache steht. Du könntest bei ihm etwas nachfühlen.«

»Das kann ich gleich machen«, sagte Sandra. »Als ihr vorher gekommen seid, ist Andrew ins Restaurant zum Dinner gegangen. Ich vermute, er wird noch dort oder an der Bar sein.«

»Für uns wird es jetzt Zeit, nach Hause zu fahren.« Langsam stand Ann-Kathrin auf, um das Baby nicht zu wecken.

»Ich halte dich auf dem Laufenden, Sandra«, sagte Alan.

»Was ich dir mitteilen darf, werde ich dir sagen. Im Moment ist es sehr wichtig, dass Imogen in allen Punkten die Wahrheit sagt.«

Andrew Withcombe kauerte auf dem Barhocker, beide Hände um ein Glas mit Brandy geschlungen. Als Sandra zu ihm trat, stürzte er den Alkohol mit einem Schluck hinunter, stellte das Glas auf den Tresen und rief: »He, David, noch einen!« Seine Zunge schlug an.

Der Barkeeper zögerte. Sein und Sandras Blick kreuzten sich und David raunte: »Das wäre schon der Fünfte.«

»Sir Andrew, ich glaube, Sie haben genug«, sagte Sandra leise. »David macht Ihnen einen starken Kaffee, dann sollten Sie hinaufgehen und sich hinlegen.«

»Will nicht schlafen«, lallte Andrew. »Ich will was zu trinken! Das ist doch eine Bar hier, oder?« Sandra gab David einen Wink. Er verstand und hantierte mit dem Kaffeevollautomaten. Andrew hob den Kopf und starrte Sandra an, als würde er sie heute zum ersten Mal sehen. »Warum hat sie das getan? Ich glaubte, sie zu kennen. Wirklich zu kennen …«

»Ich glaube nicht, dass Imogen Ihre Mutter angegriffen hat«, sagte Sandra sanft. »Ihre Unschuld wird sich bald herausstellen. Der beste Anwalt von Cornwall kümmert sich um Ihre Verlobte.«

»Meine Mutter angegriffen?« Verständnislos schüttelte Andrew den Kopf. »Ich meine doch die Bilder. Diese schrecklichen Fotos! Wie hat sie das nur tun können? Die Frau, die ich heiraten wollte. Sie hat alles kaputt gemacht.«

Andrew Withcombe war zwar betrunken, trotzdem hörte Sandra heraus, dass seine Erschütterung über die Aktaufnahmen erheblich größer war als der Verdacht, Imogen könne Lady Claire überfallen haben.

»Viele jungen Leute machen solche Bilder«, sagte Sandra besänftigend. »Sie zeigen sich auch an Stränden nackt oder zumindest oben ohne. Es ist Jahre her, heute ist Imogen doch …«

»Sie hat alles kaputtgemacht«, schnitt er Sandra das Wort ab. »Mummy hat von Anfang an gesagt, dass Imogen nicht gut für mich ist. Sie hatte recht. Mummy hat immer recht.«

David schob eine Tasse mit schwarzem Kaffee über den Tresen.

»Trinken Sie, Sir Andrew«, sagte Sandra. »Dann geht es Ihnen besser.«

Tatsächlich trank Andrew einen Schluck Kaffee. Dann fuhr er sich mit allen fünf Fingern durch sein Haar. Er trank erneut, sein Blick wurde etwas klarer.

»Wie hat Ihre Mutter die Aufnahmen gefunden?«, fragte Sandra.

»Na, im Internet eben«, antwortete er, als müsste Sandra das wissen. »Sie hat nur Imogens Namen in eine Suchmaschine eingeben müssen und dann …« Seine Lippen kräuselten sich angeekelt. »Ich habe die Fotos gesehen. Ich, und tausende andere Männer auch. Alle wissen, wie sie unbekleidet aussieht. ALLE!«

Mit der Faust schlug er so kräftig auf den Tresen, dass die Tasse auf dem Unterteller klirrte. Sandra war froh, dass sich keine anderen Gäste in der Bar aufhielten.

»Sie müssen sich mit Imogen in Ruhe aussprechen, Sir Andrew. Sie wird Ihnen alles erklären.«

»Was gibt es da noch zu erklären oder gar zu beschönigen? Imogen muss gewusst haben, dass meine Mutter ihr dunkles

Geheimnis entdeckt hat. Deswegen wollte sie Mummy mundtot machen! Dummerweise hat sie zuerst eine andere Frau erwischt.«

»Das können Sie nicht ernsthaft glauben, Sir Andrew!« Sandra sah ihn fassungslos an. »Imogen ist niemals in der Lage, jemanden umzubringen.«

Er trank den Kaffee aus, dann erwiderte er ruhig und sehr klar: »Unsere Familie ist nicht unvermögend, Ms Flemming. Natürlich müssen wir auf dem Anwesen arbeiten, aber ich mache das gern. Wenn Imogen meine Frau geworden wäre, hätte sie finanziell für den Rest ihres Lebens ausgesorgt – und den Titel einer Lady erhalten. Wir verkehren in den ersten Adelskreisen Englands, oft auch im Umfeld der Queen. Welche junge Frau träumt nicht davon, sich einmal wie eine Prinzessin zu fühlen?« Er lachte bitter auf. »Ich stelle mir gerade vor, wie mich Imogen zum Gartenfest in den Buckingham Palace begleitet und ich werde von fremden Männern auf meine Frau angesprochen. Alles Männer, die sich im Internet an Imogens Körper aufgegeilt haben.«

»Ist Ihre Mutter oben?«, fragte Sandra. Andrew nickte. »Kommen Sie, ich begleite Sie in Ihre Suite. Es ist besser, Sie gehen jetzt schlafen. Morgen sieht die Welt schon anders aus.«

Er rutschte vom Barhocker. Auch wenn der Kaffee ihn einigermaßen nüchtern gemacht hatte, stand er unsicher auf den Beinen.

»Meine Verlobte ist vielleicht ein Killer! Hätte ich besser auf meine Mutter gehört und mich mit dem Mädchen, welches sie als künftige Lady Withcombe ausgesucht hat, getroffen! Dad hat immer auf Mummy gehört. Er hat gewusst, dass sie es nur gut mit uns meint.«

Sandra schwieg. Im Moment gab es nichts mehr zu sagen. Dass Andrew von Imogen wegen der Aktfotos enttäuscht war, konnte sie verstehen. Dass er aber tatsächlich glaubte, Imogen könne einen Mord begangen haben, brachte ihm bei Sandra Minuspunkte ein.

Arme Imogen, dachte Sandra. Selbst, wenn sich deren Unschuld herausstellte – ob diese Beziehung noch eine Chance hatte, wagte Sandra zu bezweifeln.

SECHZEHN

Sandra sah in die Runde. Acht Augenpaare blickten sie teils schockiert, teils erwartungsvoll an.

»Danke, dass Sie sich Zeit für das Meeting genommen haben«, begann Sandra. »Um haltlosen Gerüchten vorzubeugen und einen normalen Betriebsablauf zu gewährleisten, möchte ich Sie und euch über die aktuellen Ereignisse informieren.«

»Hat Imogen wirklich jemanden umgebracht?«, flüsterte das Zimmermädchen Holly, als fürchte sie sich, das laut auszusprechen.

»Es wird wohl so sein«, warf Edouard Peintré mit ärgerlich gerunzelter Stirn ein. »Sonst wäre sie nicht verhaftet worden.«

»Langsam, Monsieur!« Sandra hob unterbrechend die Hand. »Es stimmt, heute Vormittag wurde vom Richter ein Haftbeschluss gegen Imogen Paynter erlassen. Wir wollen aber keine Vorverurteilung üben.«

»Der Anwalt Alan Trengove verteidigt Imogen«, sagte Eliza Dexter. »Wenn sie unschuldig ist, wird Mr Trengove das beweisen.« Sie sah zu Sandra und fügte hinzu: »Ebenso, wenn dem nicht so sein sollte.«

»Die arme Imogen! Hinter Gittern! Das muss für sie ganz schrecklich sein.«

»Ja, Sophie.« Sandra nickte dem zweiten Zimmermädchen zu. »Wir werden alles tun, damit Imogen so schnell wie möglich entlassen wird.«

»Was wollen Sie denn mehr als Cornwalls Spitzenanwalt und die Polizei ausrichten?« David, der Barkeeper, zuckte mit den Schultern. »Die Fotos, die Imogen hat machen und verbreiten lassen, sind inzwischen kein Geheimnis mehr, ebenso nicht, dass sie und Sir Andrew eine Affäre hatten.«

»Sie hatten keine flüchtige Liebelei«, stellte Sandra richtig. »Imogen und Sir Andrew wollen heiraten.«

»Aber die Alte hat mächtig was dagegen.«

»Harry, sprich nicht so von Lady Claire«, wies Sandra den Kellner zurecht. »Die Dame ist Gast in unserem Haus.«

»Ist doch wahr!« Harry stupste Holly in die Seite. »Du hast mir doch eben erzählt, dass sie wie eine Spinne im Netz in ihrem Zimmer sitzt und sich gerade den Bauch randvoll geschlagen hat.«

Holly nickte und erklärte Sandra: »Heute Vormittag, als ich die Suite geputzt und die Betten frisch bezogen habe, fragte mich Lady Claire, ob ich ebenfalls Absichten habe, ihren Sohn zu heiraten. Ich war derart perplex, dass ich gar nicht antworten konnte. Dann meinte Lady Claire, ich solle es nur versuchen. Sie würde auch mich und Sir Andrew auseinanderbringen. Dabei hat sie ganz seltsam gelächelt, irgendwie hintergründig und verschlagen.«

»Die Frau lügt, wenn sie den Mund aufmacht!« Rosa Piotrowskis Wangen glühten vor Eifer. »Unsere Imogen hat niemandem etwas angetan. Weder Lady Claire überfallen, noch weniger hat sie die Lehrerin erschlagen! Ms Flemming, wenn es etwas gibt, das ich tun kann, lassen Sie es mich wissen.«

»Mich ebenfalls«, ergänzte Lucas, auch Sophie und Holly nickten zustimmend. Nur der Koch blieb zurückhaltend, er wich Sandras Blick aus.

»Monsieur Peintré, Sie stehen doch auch auf Imogens Seite?«, fragte Sandra. Im Personalzimmer wurde es so ruhig, dass man hätte eine Stecknadel fallen hören.

»Spielt es eine Rolle, auf wessen Seite ich stehe?« Peintré hob das Kinn und straffte die Schultern. »Ich wurde eingestellt, damit ich den Gästen etwas Gutes auf den Tisch bringe. Meine persönliche Meinung steht nicht zur Debatte.«

Sandra seufzte. Peintrés Worte hatten einen wahren Kern. Sie sah zu den Zimmermädchen und den Kellnern.

»Ihr könnt tatsächlich etwas tun. Einer der Gründe, warum Imogen verhaftet worden ist, ist ihr fehlendes Alibi.« Sandra erzählte den Mitarbeitern von Imogens Autopanne in der Nähe von Lansallos. »Ein Mann hat ihrem Auto Starthilfe gegeben, Imogen kann aber weder ihn noch seinen Wagen näher beschreiben. Wenn es uns gelingt, diesen Mann ausfindig zu machen …«

»Hat Imogen für die Zeit, als Lady Claire überfallen wurde, ein Alibi«, vollendete Rosa ihren Satz, und Lucas schlug vor: »Ich bin in vielen sozialen Netzwerken aktiv und kann dort einen Suchaufruf einstellen.«

»Den wir dann auf unseren Seiten teilen«, sagte Harry. »Nicht wahr, David?«

»Klar, ich tue alles, wenn es hilft, Imogen zu entlasten.«

»Ich danke euch.« Sandras Augen wurden feucht. Sie schämte sich deswegen aber nicht. Schon einmal hatte ihr Personal bewiesen, dass sie Schulter an Schulter fest zusammenhielten. Damals hatte sich der Vorfall gegen sie selbst gerichtet. Sie hatte eine Solidarität erfahren wie nie zuvor in ihrem Leben.

»Holly und ich haben jetzt frei«, sagte Sophie. »Wir könnten nach Lansallos fahren und die umliegenden Häuser und Farmen abklappern. Es könnte ja sein, dass der Mann aus der Gegend stammt.«

»Und ich könnte ...«, begann Rosa, wurde von Monsieur aber unterbrochen: »Du könntest die Scones für den Nachmittagstee backen.« Der Koch sah Sandra ernst an. »Ms Flemming, verstehen Sie mich nicht falsch, aber ist es klug, sich in die Arbeit der Polizei einzumischen? Gerade jetzt, da Sie und der Chief Inspector ...« Er brach ab und räusperte sich.

»Meine Freundschaft zu Inspector Bourke lassen wir bitte außen vor.« Sandra antwortete überzeugter, als ihr zumute war. »DCI Bourke und Sergeant Greenbow arbeiten fast zwanzig Stunden täglich, sie können sich nicht um alles kümmern. Auch Alan Trengove tut, was er kann. Wenn wir ein wenig herumfragen, schaden wir niemandem.«

Und Christopher kann mir nicht wieder vorwerfen, ich würde mich einmischen, fügte Sandra in Gedanken hinzu.

»Wir fahren gleich los.« Sophie stand auf und griff nach Hollys Hand. »Du bist doch dabei?«

»Natürlich! Ich ... wir alle mögen Imogen sehr.«

»Ich danke euch«, sagte Sandra. »Noch eines: Gegenüber den Gästen werden keine Fragen zu Imogen oder Lady Claire und Sir Andrew beantwortet. Es ist davon auszugehen, dass der eine oder andere bereits Bescheid weiß. Üblicherweise verbreiten sich solche Ereignisse wie ein Lauffeuer.«

»Klar, Chefin.« Lucas und Harry salutierten gespielt. Auch die anderen stimmten zu.

Sandra hoffte, dass die Aktion, den Fremden, der Imogen ein Alibi geben konnte, zu finden, zum Erfolg führte.

Als Sandra und Eliza an die Rezeption zurückkehrten, kam Lady Claire die Treppe herunter. Sie trug ein flaschengrünes Twinset, eine beige Schlupfbluse, das Haar locker aufgesteckt, ihr makelloser Teint war dezent geschminkt.

»Ah, Ms Sandra, Ms Dexter.« Mit einem offenen Lächeln kam sie näher. »Ist das heute nicht wieder ein wundervoller Tag? Ich glaube, ich habe mich in Cornwall verliebt, dabei wollte ich anfangs gar nicht herkommen. Trotz allem, was geschehen ist, genieße ich meinen Aufenthalt und bin im Grunde froh, dass die Polizei verbietet, nach Hause zurückzufahren.«

»Werden Sie heute ausgehen?«, fragte Eliza.

»Major Collins hat vorgeschlagen, ein altes, besonders interessantes Herrenhaus zu besichtigen. Es heißt Landiehock oder so ähnlich.«

»Lanhydrock House«, half Sandra Lady Claire auf die Sprünge. »Einen Besuch dort sollten Sie sich wirklich nicht entgehen lassen.«

»Das Haus wird nicht im Entferntesten an unseren Familienbesitz in Sussex heranreichen«, plapperte Lady Claire unbeschwert weiter. »Da ich seit meiner Kindheit in den ersten Häusern des Landes verkehrte, denke ich nicht, dass ein kleines kornisches Landhaus mich besonders beeindrucken wird.« Sie zuckte mit den Schultern, und behielt ihr zuckersüßes Lächeln bei. »Dem Major scheint es aber viel zu bedeuten, mir das Haus zu zeigen. Ich tue gern etwas, um andere glücklich zu machen.«

In Sandra brodelte es wie in einem Vulkan kurz vor dem Ausbruch. Am liebsten hätte sie gesagt: »Solange es nicht das Glück Ihres Sohnes ist.« Eben hatte sie dem Personal aber gesagt, sie mögen sich neutral verhalten. Das galt in erster

Linie für die Hotelchefin. Es klang etwas gepresst, als Sandra sagte: »Ich wünsche Ihnen einen angenehmen Nachmittag.«

»Wir werden sehen.« Lady Claire winkte ab. »Das vom Major bestellte Taxi müsste gleich eintreffen. Ich werde draußen warten.«

Eliza wartete, bis Lady Claire das Haus verlassen hatte, dann raunte sie Sandra zu: »Dafür, dass Lady Claire davon ausgeht, nur knapp einem Mörder entkommen zu sein, ist sie ausgesprochen vergnügt.«

»Warum sollte sie nicht guter Dinge sein?«, fragte Sandra bitter. »Gleichgültig, ob Imogens Schuld oder Unschuld sich herausstellen wird: Lady Claire hat es geschafft, einen Keil zwischen Imogen und ihren Sohn zu treiben. Auch wenn ich gerade gesagt habe, wir lassen das Thema ruhen – ich kann nicht anders, als die Frau noch etwas zu fragen. Ich bin gleich zurück.«

Lady Claire saß auf einer der grüngestrichenen Holzbänke, die vor dem Hotel zum Verweilen einluden. Sie war allein.

»Darf ich mich einen Moment zu Ihnen setzen?«, fragte Sandra.

Mit einer hoheitsvollen Handbewegung gestattete es Lady Claire.

»Sie halten mich wohl für verrückt, weil ich diese Anschuldigungen gegen das Zimmermädchen erhoben habe?«

Überrascht, dass Lady Claire so direkt sprach, erwiderte Sandra: »Es ist nicht meine Aufgabe, das Verhalten meiner Gäste zu hinterfragen. Nur eines würde ich gern wissen: Wie haben sie von den Fotos erfahren? Als Sie nach Cornwall gekommen sind, wussten Sie weder, dass Ihr Sohn und Imogen ein Paar sind, noch, dass die junge Frau früher

Nacktaufnahmen gemacht hat. Sonst hätten Sie Imogen doch sofort wiedererkannt.«

»Ja, ich hatte keine Ahnung«, erwiderte Lady Claire, »ebenso wie ich nicht wusste, welche Absicht der Aufenthalt in Cornwall verfolgte. Meinen Sohn kenne ich genau, mehr, als er sich selbst kennt. Ich merkte sofort, dass zwischen ihm und dieser … Frau etwas war. Unsere Begegnung in Fowey haben Sie ja miterlebt, Ms Sandra.«

»Und die Aktfotos?«, hakte Sandra nach.

»Vom Geburtsdatum mag ich vielleicht nicht mehr die Jüngste sein, das bedeutet aber nicht, dass ich mich mit dem Internet nicht auskenne. Heutzutage gibt es nichts, das im World Wide Web nicht zu finden ist. Ich musste nur den Namen Imogen Paynter eingeben und mich durch ein paar Seiten klicken. Das Internet vergisst nämlich nichts.«

»Leider.« Sandra seufzte. »Hat aber nicht jeder von uns in der Jugend mal etwas getan, das wir heute bereuen?«

»Ich nicht!« Lady Claire warf sich in die Brust, ihr Lächeln war herablassend. »Die zukünftige Lady Withcombe, die Mutter des Erben von West Yverton Manor muss eine reine, fleckenfreie Vergangenheit haben.« Zu Sandras Überraschung legte Lady Claire eine Hand auf ihre. »Glauben Sie mir, Ms Sandra, so sehr ich Ihr Hotel und den Service schätze: Recht muss Recht bleiben. Es sind ja nicht nur die schamlosen Fotos. Imogen Paynter wusste, dass ich nie die Zustimmung zu so einer … Mesalliance gegeben hätte. Was war da einfacher, als das Übel, nämlich mich, aus dem Weg zu räumen? Ich bin sicher, Ihr Zimmermädchen wollte die arme Lehrerin nicht töten. Es war eine tragische Verwechslung. Unstrittig ist jedoch, dass die Faserspuren, die nach dem Überfall auf mich an meiner Kleidung gefunden wurden, von Imogens

Schal stammen. Für beide Taten kann sie nicht nur kein Alibi vorweisen, sie hat auch noch gelogen. Für mich sind die Fakten klar. Was, Ms Sandra, wollen Sie denn zur Verteidigung dieser Frau vorbringen?«

Dass Andrew sich gegen Sie gestellt hat, wollte Sandra gerade sagen, da fuhr das bestellte Taxi vor. Zeitgleich kam Major Collins aus dem Haus.

»Meine liebe Lady Claire, ich hoffe, ich habe Sie nicht warten lassen?«

»Ganz und gar nicht, Major. Ich habe die Sonne genossen und mit Ms Sandra angenehm geplaudert.«

Der Major reichte Lady Claire seinen Arm. Sie stand auf und gingen zu dem Taxi. Hinter ihrem Rücken ballte Sandra die Hände zu Fäusten.

SIEBZEHN

Eliza schob Sandra einen Zettel hin und sagte: »Heutige Abreisen: Marlowe-Room, Anne-Boleyn-Room, Jane-Seymour-Room und Drake-Room. Die ersten drei Zimmer sind ab heute Nachmittag wieder vermietet, der Drake-Room ab morgen.«

»Danke, Eliza«, erwiderte Sandra. »Wurde die defekte Steckdose in Anne-Boleyn ausgewechselt?«

Eliza nickte. »Der Elektriker war heute Morgen da. Den Wasserkocher in Jane-Seymour tausche ich noch aus, bevor die neuen Gäste kommen. Bleibt die Lord-Leicester-Suite noch länger belegt?«

»Die Withcombes dürfen Cornwall vorerst nicht verlassen. Christopher möchte Lady Claire als wichtige Zeugin in seiner Nähe haben.«

»Gibt es etwas Neues von Imogen?«, fragte Eliza.

»Leider nein. Alan Trengove will heute noch mal mit ihr sprechen.«

»Sandra, da wäre noch was.«

»Hoffentlich keine weitere Katastrophe.« Zum ersten Mal an diesem Tag lächelte Sandra.

»Wie man es nimmt.« Auch Eliza schmunzelte. »Sie werden sich erinnern, dass wir im vergangenen Frühjahr zweimal hintereinander Kurzschlüsse hatten.«

»O ja, daran erinnere ich mich noch gut. Für mehrere Stunden war das ganze Haus ohne Strom. George Penrose konnte den Kurzschluss dann glücklicherweise beheben. Wir haben aber eine Menge Fleischwaren wegwerfen müssen, weil sie angetaut waren.«

Eliza fuhr fort: »Ich habe den Elektriker gebeten, sich den Stromkreislauf anzusehen. Er rät dazu, alle älteren Leitungen und Sicherungen ersetzen zu lassen. Ein neuerlicher Kurzschluss kann jederzeit wieder passieren, eventuell auch ein Brand ausbrechen.«

»So schlimm?« Sandra wusste, dass Eliza nicht übertrieb. »Wurden nicht alle elektrischen Leitungen erneuert, als Higher Barton zu einem Hotel umgebaut wurde?«

»Leider nicht«, antwortete Eliza. »Es wurde als nicht notwendig angesehen.«

»Holen Sie sich von einem anderen Elektriker eine Zweitmeinung ein und lassen Sie sich von jedem einen Kostenvoranschlag erstellen, Eliza. Wenn es sein muss, muss es eben sein. Die Sicherheit unserer Gäste steht an erster Stelle.«

Sandra dachte, dass die Erneuerung der Leitungen ein großes Loch in ihr Budget reißen würde. Ein Hotel zu führen, beinhaltete nicht nur den Umgang mit den Gästen. Sie musste dafür sorgen, dass alles immer in einem einwandfreien Zustand war. Auch um das Personal musste sie sich kümmern. In vielen Häusern wechselte das Personal in der Gastronomie in jeder Saison. Sandra war stolz, seit Jahren ein festes Team zu haben, auf das sie sich verlassen konnte.

Wie aufs Stichwort stürmte Lucas ins Büro und rief aufgeregt: »Wir haben ihn gefunden!«

»Von wem sprechen Sie?«, fragte Eliza, Sandra hingegen verstand sofort.

»Den Mann, der Imogens Auto Starthilfe gegeben hat?«

»Jawohl, Ms Flemming.« Lucas strahlte übers ganze Gesicht und wirkte wie ein Lausbub. »Harry und ich haben gestern die Frage bei Facebook, Twitter und Instagram reingesetzt. Heute Morgen hat mir ein gewisser Ross Wilder eine PN geschrieben …«

»Was ist eine PN?«, fragte Eliza.

»Das ist die Abkürzung für Privatnachricht«, erklärte Sandra. »Weiter, Lucas? Was hat der Mann geschrieben?«

»Dass er an besagtem Abend in der Gegend unterwegs gewesen ist. Da war eine jüngere Frau, deren Auto sprang nicht an. Der Mann hat die Batterie überbrückt, dann fuhr der Wagen wieder.«

»Ross Wilder«, wiederholte Sandra. »Wissen Sie, wo ich ihn finden kann?«

Lucas nickte. »Er ist Schreiner und hat eine Werkstatt im Dorf Penpoll. Das ist nicht weit von hier. Sollen Harry und ich mal da rausfahren und mit Ross Wilder sprechen? Wir haben noch Zeit, bis der Lunch serviert werden muss.«

»Danke, das mache ich selbst. Eliza, Sie kommen ein, zwei Stunden allein zurecht?«

»Natürlich, Sandra. Sollten Sie es nicht lieber der Polizei mitteilen, dass der Mann gefunden wurde? Oder zumindest Mr Trengove?«

»Wenn es sich bei Ross Wilder um den handelt, der Imogen geholfen hat, werde ich es tun«, versprach Sandra.

Sie ging zu dem Aktenschrank an der Seite des Büros, zog eine der metallenen Schubladen auf, blätterte durch die Hängeregistratur und nahm die Akte von Imogen Paynter heraus.

»Eliza, Sie verzeihen, dass ich mir Imogens Foto ausleihe?« Es war eine rein rhetorische Frage. »Es ist wichtig, dass der Schreiner Imogen einwandfrei identifiziert.«

Eliza nickte. Sandra steckte das Foto in ihre Handtasche und machte sich auf den Weg.

Das Dorf Penpoll lag auf halber Strecke zwischen Lower Barton und Bodinnick, nördlich von dem Wanderparkplatz, auf dem Imogens Wagen gestreikt hatte. Hinter der Ortschaft Lanreath wurde die Straße so schmal, dass nur ein Auto sie passieren konnte. Beidseitig ragten bis zu drei Meter hohe Trockensteinmauern in die Höhe, dicht bewachsen mit Hecken und Dornengestrüpp. Mehrmals kam Sandra ein anderer Wagen entgegen, und sie musste in eine der Ausweichbuchten zurückstoßen. Ungeduldig trommelte sie mit den Fingerspitzen auf dem Lenkrad, bis sie endlich weiterfahren konnte. Wenn die Mauern endeten, schlängelte sich die Straße durch saftig-grüne Wiesen und Weiden voll mit Rindern und Schafen. Kurz vor Penpoll verengte sich die Straße wieder so sehr, dass die Zweige der Hecken beidseitig an der Karosserie entlangschrammten. Wer in Cornwall abseits der Hauptstraßen unterwegs war, durfte keinen Wert auf einen einwandfreien Autolack legen.

Penpoll bestand aus ein paar älteren, einstöckigen Cottages mit schiefergedeckten Dächern, einer kleinen Farm und zwei modernen Wohnhäusern. Es gab keine Kirche, keinen Pub, keinen Lebensmittelladen, und Menschen waren auch keine zu sehen. Auf gut Glück fuhr Sandra in die Einfahrt der Farm. Sofort erhob sich ein großer, schwarzer Hund und kläffte aufgeregt. Da er aber an einer langen Leine angebunden war, stieg Sandra aus.

Durch das Bellen aufmerksam geworden, kam eine nicht mehr junge Frau aus dem Haus. Sie war sehr dünn, trug ein leichtes, mit bunten Blumen bedrucktes Sommerkleid, darüber eine gelbe Halbschürze. Skeptisch musterte sie Sandra und fragte: »Was wollen Sie?«

»Ich bin auf der Suche nach Ross Wilder. Er soll in Penpoll eine Schreinerwerkstatt betreiben.«

»Was wollen Sie von Ross?« Die Frau blieb anlehnend. »Haben Sie einen Auftrag für ihn?«

»Vielleicht«, antwortete Sandra vage. »Ist Mr Wilders Werkstatt hier in der Nähe?«

Die Frau nickte. »Ganz in der Nähe.« Sie drehte sich um und rief: »Ross, Kundschaft für dich.«

Aus einem Schuppen rechts neben dem Wohnhaus kam ein großer, kräftiger Mann mit einer Halbglatze und einem kantigen Gesicht. In seinem Mundwinkel klemmte eine halb aufgerauchte Zigarette. Beim Anblick seines Herrchens bellte der Hund aufgeregt und peitschte mit der Rute.

»Ruhig, Barry.« Seine Stimme klang wie ein volltönender Bariton. Er sah Sandra an, reichte ihr aber nicht die Hand. »Sie wollen mich sprechen?«

»Ich bin Sandra Flemming. Mir gehört das Higher Barton Romantic Hotel bei Lower Barton. Vielleicht haben Sie schon davon gehört, Mr Wilder?«

»Kenn' ich nicht. Meine Frau und ich haben keine Zeit, in Hotels abzusteigen.«

An dem Mann war etwas, das Sandra nicht gefiel. Sie musste den Schreiner aber nicht sympathisch finden. Hauptsache, er konnte Imogen ein einwandfreies Alibi für die Zeit, als Lady Claire überfallen worden war, geben.

»Mr Wilder, heute Morgen haben Sie sich auf eine Suchanzeige bei Facebook gemeldet. Es geht um die junge Frau, der Sie am Mittwochabend Starthilfe gegeben haben.«

»Du hast dich mit einer Tussi getroffen?«, fuhr die Frau ihn an, die Augen zusammengekniffen. »Zu mir hast du gesagt, du seist am Mittwochabend bei einem Kunden in Polruan gewesen.«

»Reg dich ab, Grace. Ich war bei dem Kunden.« Ross Wilder runzelte unwillig die Stirn. »Auf dem Rückweg war dann da diese Frau. Sie stand an der Straße und winkte aufgeregt. Ich hielt, dachte mir schon, dass sie Hilfe braucht. Tja, die Batterie ihres Autos war leer. Ich hab' immer ein Überbrückungskabel im Wagen. Das war eine Sache von ein paar Augenblicken. Länger nicht.«

»Davon hast du nichts gesagt!«

»Bin dir keine Rechenschaft schuldig, Grace.«

»Während ich mich hier Tag für Tag abrackere, treibst du dich herum, Ross.«

»Wer bezahlt denn hier alles?«, fuhr er seine Frau an. »Ist schwer genug mit der Schreinerei, uns über Wasser zu halten.«

»Äh, Mr Wilder …« Sandra räusperte sich vernehmlich. Es war ihr unangenehm, Zeuge dieses Streits zu werden. Sie nahm Imogens Foto aus der Handtasche und zeigte es dem Schreiner. »Ist das die Frau?«

Bevor er einen Blick auf das Foto werfen konnte, schnappte es sich Grace. »Die ist verdammt hübsch.« Ihre Mundwinkel zogen sich nach unten. »Ich kann mir lebhaft vorstellen, was das für 'ne Starthilfe war.«

»Mr Wilder!«, rief Sandra laut. »Bitte, es ist sehr wichtig! Ist das die Frau, der Sie geholfen haben?«

»Und wenn?« Er musterte Sandra. »Warum wollen Sie das

wissen? Sind Sie etwa von den Bullen?« Er spuckte die Kippe aus, trat einen Schritt zurück, seine Augen verengten sich. »Hat die Frau was angestellt? Ich habe damit nichts zu tun, hab' die Frau nie zuvor und auch später nicht gesehen.«

»Ich bin nicht von der Polizei«, sagte Sandra ruhig. Mit den Gesetzesvertretern wollte Ross Wilder offensichtlich nichts zu tun haben. »Die Frau heißt Imogen Paynter, sie arbeitet in meinem Hotel. Ms Paynter hat ein paar Schwierigkeiten.«

»Dann braucht sie ein Alibi?« Ross Wilder zog sofort die richtigen Schlüsse.

»Es wäre hilfreich, ja«, antwortete Sandra ehrlich. »Wenn Sie Ms Paynter an dem besagten Abend geholfen haben, ist das von großer Bedeutung, Mr Wilder.«

Aus der Tasche seiner Jeans zog er ein Päckchen Zigaretten und ein Feuerzeug und zündete sich erst eine Kippe an, bevor er antwortete: »Vielleicht ja, vielleicht auch nicht.«

»Du hältst jetzt besser den Mund.« Grace Wilder hängte sich an seinen Arm. »Ohne seinen Anwalt wird mein Mann nichts mehr sagen.« Vergessen schien ihre grundlose Eifersucht. Jetzt wirkte Grace Wilder wie eine Löwenmutter, die ihr Junges verteidigt.

Seltsames Paar, dachte Sandra und bat: »Bitte, sehen Sie sich das Foto an!«

Er nahm es aus der Hand seiner Frau, dann nickte er. »Es war zwar dunkel, aber ja, das ist sie. Ziemlich leichtsinnig, so spät am Abend in der einsamen Gegend allein unterwegs zu sein.«

»Erinnern Sie sich an die Uhrzeit?«

»Es muss kurz vor zehn gewesen sein. Als ich weiterfuhr, kamen im Radio gerade die Zehn-Uhr-Nachrichten.«

»Sind Sie sicher?«

»Ein Ross Wilder irrt sich nie«, erwiderte er im Brustton der Überzeugung.

Sandra fiel nicht nur ein Stein, sondern eine ganze Felsenklippe vom Herzen.

»Danke, Sie haben mir und Ms Paynter sehr geholfen. Sie müssen das der Polizei sagen. Am besten fahren Sie gleich nach Lower Barton zum Revier und melden sich beim zuständigen Chief Inspector …«

»Einen Teufel werde ich! Die Bullen drehen einem nur das Wort im Mund rum, wie es ihnen gerade passt. Ich weiß nicht, was mich geritten hat, auf den Post im Internet überhaupt geantwortet zu haben. Ich dachte, die Frau wolle sich bei mir bedanken. Wenn ich geahnt hätte, dass es mit den Bullen zu tun hat, hätte ich mich hübsch ruhig verhalten.«

Er machte sich aus dem Griff seiner Frau frei, drehte sich um und stapfte mit großen Schritten davon. Perplex starrte Sandra ihm nach.

»Sie verschwinden jetzt besser«, sagte Grace Wilder unfreundlich. »Und versuchen Sie nicht, uns die Polizei auf den Hals zu hetzen. Sollte hier einer auftauchen, kennen wir die Frau nicht. Haben sie nie gesehen. Dann stehen die Aussagen meines Mannes und meine gegen Ihre.« Sie drehte sich um und ließ Sandra stehen.

Sandra war verwirrt. Was war das denn für ein seltsames Verhalten? Es konnte nur so sein, dass Ross Wilder Dreck am Stecken hatte, daher die Polizei mied wie der Teufel das Weihwasser. Jedenfalls hatte sie, Sandra, jetzt die Gewissheit, dass Imogen in diesem Punkt die Wahrheit gesagt hatte. Bisher hatte Sandra an die Schuld ihrer Angestellten nicht glauben *wollen*, jetzt *wusste* sie, dass Imogen unschuldig war.

»Wenn sich der Mann weigert, seine Aussage mir gegenüber zu bestätigen, kann ich nichts machen.« Christopher sah Sandra bedauernd an.

»Ross Wilder hat Imogen eindeutig identifiziert!«, rief Sandra. »Er ist ein seltsamer Typ, seine Frau ebenfalls. Irgendwas stimmt bei denen da draußen nicht. Imogen hat die Wahrheit gesagt: Zum Zeitpunkt des Überfalls auf Lady Claire war sie an der Küste. Von dem Parkplatz bis nach Higher Barton braucht man etwa fünfzehn Minuten. Lady Claire kam exakt fünf Minuten nach zehn in die Hotelhalle, dafür gibt es mehrere Zeugen. Ich bin eben die Strecke abgefahren. Selbst am späten Abend mit wenig Verkehr ist man nicht schneller, weil die Straße eng und kurvig ist.«

Christopher hob beide Hände. »Halt bitte die Luft an, Sandra. Wie bist du eigentlich auf diesen Mann gestoßen?« Sandra beichtete ihm die Aktion ihrer Kellner im Internet. Als sie geendet hatte, lachte Christopher laut auf. »Ich wusste, dass du dich wieder einmischen wirst, Darling. Dein ausgeprägter Gerechtigkeitssinn ist allerdings eine der Eigenschaften, die ich an dir schätze. Und liebe«, fügte er leise hinzu.

»Das hast du schön gesagt, danke.« Sandra strahlte. »Du *musst* mit Ross Wilder sprechen«, beschwor sie Christopher. »Imogen hat ein Alibi, das kannst du nicht ignorieren!«

»Ich werde Sergeant Greenbow nach Penpoll schicken«, gab Christopher nach. »Außerdem werde ich über Ross Wilder Erkundigungen einziehen. Dass er mit der Polizei nichts zu tun haben will, ist wirklich seltsam.«

»Vielleicht ist mit der Schreinerei nicht alles so, wie es sein sollte«, sagte Sandra. »Wenn da was nicht stimmt, habe ich quasi nebenbei ein weiteres Verbrechen aufgedeckt.«

»Warten wir es ab.« Christophers Telefon klingelte. Er nahm ab, meldete sich, hörte zu und sagte schließlich: »Ich komme sofort.«

Er sprang auf, riss seine Jacke von der Stuhllehne und wirkte aufgeregt.

»Ist was passiert?«, fragte Sandra.

»Du musst jetzt leider gehen.« Flüchtig küsste er sie auf die Stirn. »Sobald wir mit Ross Wilder gesprochen haben, melde ich mich bei dir.«

Christopher legte eine Hand auf Sandras Schulter und schob sie sanft aus dem Büro. Im Vorraum wartete Sergeant John Greenbow. Er nickte Sandra kurz zu. Ihr blieb nichts anderes übrig, als das Revier zu verlassen. An der Tür hörte sie noch, wie Christopher sagte: »Wir haben einen Einsatz, Greenbow. Was ich gehört habe, klingt nicht gut.«

Nur zu gern wäre Sandra den Polizisten gefolgt. Das führte aber doch zu weit, außerdem hätte Christopher ihren Wagen erkannt und das sofort unterbunden. *Vielleicht ist nur ein Unfall passiert,* dachte Sandra. Der Instinkt sagte ihr jedoch, dass es schlimmer war.

Sie hatte noch Zeit und beschloss, Agnes Roberts einen Besuch abzustatten. Das Ladengeschäft war bereits geschlossen. Sandra wollte gerade klingeln, als sich Agnes Roberts über den niedrigen Gartenzaun lehnte.

»Sandra, möchten Sie zu mir?«

»Wenn ich Sie nicht störe?«

»Ganz im Gegenteil.« Agnes öffnete die Pforte, die sich an die Hauswand anschloss. »Ich habe es mir im Garten gemütlich gemacht. Möchten Sie auch eine Tasse Ingwertee?«

Sandra lehnte dankend ab. Dem Geschmack von Ingwer konnte sie nichts abgewinnen. Heute tollte Ms Roberts Pflegehund Sabu im Garten herum. Beim Anblick von Sandra kam er schwanzwedelnd auf sie zugelaufen, blieb stehen und kläffte zweimal.

»Er will, dass Sie den Ball werfen«, erklärte Ms Roberts.

Sandra bückte sich, nahm einen faustgroßen, bunten und weichen Ball auf und warf ihn mit Schwung von sich. Blitzschnell rannte Sabu dem Ball hinterher und apportierte. Das Spiel musste Sandra mehrmals wiederholen, bis Ms Roberts laut sagte: »Platz, Sabu! Wir Frauen möchten jetzt in Ruhe miteinander sprechen.«

Das treue Tier verstand jedes Wort. Sandra hätte schwören können, er sah Ms Roberts enttäuscht an, rollte sich dann aber auf dem Rasen zusammen und legte seine spitze Schnauze zwischen die Vorderpfoten.

»Wie geht es Ihnen, Agnes?«, fragte Sandra, nachdem sie auf einem der weißlackierten Gartenstühle Platz genommen hatte.

»Ach, es geht schon.« Das Lächeln der Metzgerin war gezwungen. »Wie heißt es so schön: Das Leben geht weiter. Ich muss mich um das Geschäft kümmern. Haben Sie Neuigkeiten? Stimmt es, dass einer Ihrer Gäste überfallen und Ihr Zimmermädchen verhaftet worden ist?«

Sandra fragte nicht nach, woher Ms Roberts diese Information hatte. Das Buschtrommelsystem in Lower Barton funktionierte einwandfrei, und Agnes Roberts war stets der Dreh- und Angelpunkt für Neuigkeiten.

»Das ist richtig. Leider.« Sandra seufzte. »Imogen wird nicht nur vorgeworfen, die Dame überfallen zu haben, sie soll auch Susan Nicholls getötet haben. Das ist absoluter

Blödsinn! Für den Angriff auf Lady Claire hat Imogen sogar ein Alibi. Die Polizei geht dem gerade nach. Das hoffe ich zumindest.«

»Sie sollten doch einen Tee trinken«, bemerkte Ms Roberts. »Sie sind völlig außer sich, Sandra!«

»Das waren Sie auch, als vor einiger Zeit Ihrem Angestellten vorgeworfen wurde, ein Mörder zu sein«, erwiderte Sandra in Anspielung vergangener Ereignisse.

»Aber Sie haben die Wahrheit herausgefunden.« Ms Roberts nickte wohlwollend. »Ich zweifle nicht daran, dass Ihnen das im aktuellen Fall ebenfalls gelingen wird.«

»Schön wär's.« Sandra schmunzelte, dann fragte sie: »Agnes, kennen Sie einen gewissen Ross Wilder? Er ist Schreiner und lebt in Penpoll.«

Es überraschte Sandra nicht, dass die Metzgerin nickte. »Kennen ist zu viel gesagt. Seine Frau kommt manchmal nach Lower Barton, um hier einzukaufen. So viel ich gehört habe, war Wilder früher häufig in Schlägereien verwickelt. Er soll auch schon mal gesessen haben.«

»Das erklärt einiges«, murmelte Sandra.

»Was?«, fragte Ms Roberts auch prompt. Sie lehnte sich vor und fragte gespannt: »Hat er was mit den Überfällen oder gar dem Mord zu tun?«

Sandra winkte ab. »Davon ist nicht auszugehen. Ross Wilder ist lediglich ein Zeuge. Bitte, Agnes, streuen Sie keine falschen Gerüchte!»

»Was denken Sie von mir, Sandra! Ich bin doch keine Klatschbase!«

Sandra biss sich auf die Unterlippe, um nicht laut aufzulachen. Sie kannte keine Frau, die dem Tratsch mehr zugetan war als Agnes Roberts. Andererseits hatte die Metzgerin mehrmals Informationen geliefert, die schlussendlich zur Überführung eines Mörders geführt hatten. Deswegen wechselte Sandra das Thema und fragte: »Waren Sie auch bei der Regatta-Woche in Fowey?«

»Nicht in diesem Jahr. Mir stand nicht der Sinn nach Vergnügen«, antwortete Ms Roberts offen. »Irgendwann wird das Bild, wie die arme Susan mit eingeschlagenem Schädel vor mir lag, hoffentlich verblassen.«

»Wenn Sie professionelle Hilfe …«

»Ich bin doch nicht bekloppt!«, schnitt Ms Roberts Sandra das Wort ab. »Nein, nein, das mache ich mit mir allein aus.«

Sandra wollte auch das nicht vertiefen und stand auf.

»Ich muss jetzt ins Hotel zurück. Mit der Lieferung am Montagmorgen ist alles klar?«

Agnes Roberts nickte. »Eliza hat mir gestern die Bestellung gemailt. Sie werden die Fleisch- und Wurstwaren am Montagmorgen wie gewohnt erhalten.« Sie begleitete Sandra bis an die Gartentür. Dort sagte Ms Roberts noch: »Sandra, finden Sie den Täter, und zwar schnell! Solange in Lower Barton ein Mörder frei herumläuft, werde ich nicht ruhig schlafen können.«

»DCI Bourke und sein Team arbeiten auf Hochtouren«, erwiderte Sandra. »Wir können auf die Polizei vertrauen.«

In Ms Roberts Blick las sie, dass die Metzgerin ihre Meinung nicht teilte.

ACHTZEHN

Ein Constable hob das blau-weiße Absperrband, um DCI Bourke und Sergeant Greenbow passieren zu lassen.

»Die Tote liegt da hinten, Sir, etwa zweihundert Yards den Fußweg entlang.«

Hintereinander gingen Christopher und Greenbow über den Trampelpfad, der sich oberhalb von Lower Barton zwischen hohen, dichten Brombeerhecken entlangschlängelte. Von hier hatte man einen schönen Blick über den Ort, an klaren Tagen war sogar ein Streifen des Meeres am Horizont zu erkennen. Heute hatte Christopher keinen Blick für die Aussicht. Er sah die Kollegen der Spurensicherung aus Truro in ihren hellblauen Schutzanzügen, die die mit großen, reifen Früchten behangenen Zweige der Hecken durchkämmten. Auf dem Boden lag ein abgedeckter Körper. Die Ärztin kam Christopher ein paar Schritte entgegen.

»Ich bin mit meiner Arbeit gerade fertig, Chief Inspector«, sagte sie. »Die Leiche kann jetzt nach Truro auf meinen Tisch.«

»Was wissen wir, Dr Jones?«, fragte Christopher.

»Ein Schlag mit einem schweren Gegenstand auf den Hinterkopf«, erklärte die Ärztin. »Könnte ein Stein oder ein Werkzeug gewesen sein, zum Beispiel ein Hammer. Die

Kollegen durchkämmen die Umgebung, ob sie was finden. Sehen Sie selbst.«

Christopher beugte sich über den Körper, und Denise Jones schlug das Tuch zurück. Christopher stöhnte laut auf. Nicht wegen des Anblicks der Toten. Daran war er in seinem Beruf zwangsläufig gewöhnt, und er hatte schon weitaus schlimmer zugerichtete Leichen gesehen. Sein schrecklicher Verdacht, den er nach dem Anruf gehegt hatte, bestätigte sich. Das Opfer war um die fünfzig und hatte schulterlange, gewellte und feuerrote Haare.

Die Gänsehaut kroch über seinen ganzen Körper. »Wissen wir, wer sie ist?«, fragte er.

»Ihr Name ist Helena Branwell«, antwortete ein Constable. »Das steht zumindest auf den Visitenkarten in ihrer Handtasche. Wir müssen noch abklären, ob es sich wirklich um diese Frau handelt.«

»Greenbow, kümmern Sie sich darum«, sagte Christopher und fragte Dr Jones: »Können Sie den Todeszeitpunkt einschätzen?«

»Nur ungefähr«, antwortete die Ärztin. »Ich schätze, im Laufe des Vormittags. Genau kann ich es erst sagen, wenn …«

»Sie die Tote auf dem Tisch haben«, vollendete Christopher den Satz. »Beeilen Sie sich bitte mit der Untersuchung, Dr Jones.«

»Ich tue, was ich kann, Chief Inspector. Auch in diesem Fall scheidet ein Raubüberfall aus. Das Opfer hatte eine Geldbörse mit über zweihundert Pfund in der Handtasche, mehrere Kreditkarten und dann – sehen Sie selbst!«

Dr Jones hob die rechte Hand der Toten etwas an. An ihrem Ringfinger steckte ein Ring aus Weißgold mit einem ovalen Smaragd, gefasst in einen Kranz von Diamanten.

»Der Ring ist wertvoll und sitzt locker auf dem Finger«, erklärte die Ärztin. »Wenn der Täter auf Geld aus gewesen wäre, hätte er sich das Schmuckstück nicht entgehen lassen. Ohne voreilige Schlüsse zu ziehen, Chief Inspector: Kann es sich um ein weiteres Opfer des Täters handeln, der die Lehrerin erschlagen hat?«

»Es scheint so«, antwortete Christopher grimmig. »Oder jemand will uns glauben machen, dass dem so ist.« Er wandte sich an den Constable. »Wer hat die Leiche gefunden?«

»Ein Spaziergänger, ein alter Mann. Er hatte kein Mobiltelefon dabei, musste daher erst nach Hause laufen, um die Polizei anzurufen. Dort ist er noch, ein Kollege ist bei ihm.«

»Schreiben Sie mir seinen Namen und die Adresse auf«, bat Christoper. »Ich werde später mit dem Mann sprechen.«

Er wandte sich ab. Bevor er nicht die genauen Berichte der Ärztin und der Spurensicherung vorliegen hatte, durfte er nicht automatisch davon ausgehen, dass der Mörder von Susan Nicholls ein weiteres Mal zugeschlagen hatte. Noch weniger, dass es sich um einen Serienkiller handelte, der es auf rothaarige Frauen abgesehen hatte. Eines war allerdings sicher: Für dieses Tötungsdelikt kam Imogen Paynter auf keinen Fall infrage. Das Zimmermädchen hatte das beste Alibi der Welt – die Zelle im Untersuchungsgefängnis von Plymouth.

Sandra hörte das Geräusch eines näherkommenden Wagens. Sie war schon im Pyjama und bürstete gerade das lockige Haar aus. Das Auto hielt, die Wagentür klappte, gleich darauf klopfte es. Sandra lief nach unten und öffnete die Tür.

»Christopher! Mit dir habe ich heute nicht mehr gerechnet.«

Er umarmte und küsste sie. »Hast du schon geschlafen?«

»Ich wollte gerade ins Bett gehen, es ist fast Mitternacht.« Sie sah Christopher aufmerksam an. »Schlimme Nachrichten?«, fragte sie. »Hat es was mit der Sache zu tun, wegen der du heute Mittag zum Einsatz musstest?«

Christopher nickte. »Machst du mir bitte einen Tee? Dann erzähle ich dir, was ich sagen darf. Das heißt, wenn du nicht zu müde bist.«

»Als ob ich jetzt schlafen könnte!«

Zehn Minuten später saßen sie sich am Küchentisch gegenüber, Christopher nippte an seinem heißen Schwarztee. Sandra hatte sich einen Becher Frischmilch eingeschenkt.

»Es gab wieder eine Tote.«

»Oje.« Sandra seufzte. »Lass mich raten: rothaarig und in mittleren Jahren.« Sie las die Antwort in Christophers Augen. »Wo wurde sie gefunden?«

»Auf dem Weg oberhalb von Lower Barton.« Ein schwaches Lächeln umspielte seine Lippen. »Erinnerst du dich an den Tag, als wir dort spaziergengegangen sind? Du hast mich gefragt, ob ich verheiratet sei.«

Sandra lachte laut auf. »Damals ohne Hintergedanken. Allerdings war es kein harmloser Spaziergang gewesen, Christopher!«, erinnerte sie ihn. »Du bist mit mir dorthin gegangen, um mich zu verhören.«

»Na ja, ganz so war es nicht.« Auch Christopher feixte. »Ich wollte nur in aller Ruhe mit dir sprechen, Darling. An diesem Tag hat niemand von uns gedacht, was sich zwischen uns entwickeln wird. Obwohl ich dich seit unserer ersten Begegnung mochte und spürte, dass du etwas Besonderes bist.«

»Und ich habe dich für einen inkompetenten, unbeholfenen Polizisten gehalten, der bei jeder passenden Gelegenheit errötet. Oder besser: Bei jeder unpassenden Gelegenheit.« Sandra legte ihren Kopf an Christophers Schulter. »Schnell wurde ich aber eines Besseren belehrt. Schon lange habe ich dich nicht mehr erröten sehen.«

»Manchmal passiert es noch«, erwiderte Christopher. »Es ist, wie früher ein Psychologe zu mir gesagt hat: Je mehr ich mich darauf konzentriere, *nicht* rot zu werden, umso schneller und stärker geschieht es. Ich mache mir keine Gedanken mehr darüber und lass es einfach geschehen. Wahrscheinlich werde ich auch nicht mehr so schnell rot, weil ich unfassbar glücklich bin.« In seinen grünen Augen spiegelte sich eine tiefe Zuneigung.

»Das bin ich auch«, flüsterte Sandra. »Aber jetzt wieder ein Mord! Möchtest du mir sagen, was passiert ist?«

»Das Opfer heißt Helena Branwell«, erklärte Christopher bereitwillig. »Sie war Immobilienmaklerin in Lower Barton und hatte in der North Street ein kleines Büro, direkt neben dem Blumenladen. Fünfzig Jahre alt, unverheiratet, alleinlebend. Nach eventuellen Angehörigen forscht Greenbow. Hast du sie gekannt?«

Sandra schüttelte den Kopf. »Mit einer Immobilienmaklerin hatte ich noch nie zu tun. Hast du ein Foto von ihr?«

Christopher nahm sein Handy. »Keine Angst, Darling, ich werde dir keine Aufnahme von der Toten zeigen. Das Bild habe ich von der Webseite der Agentur heruntergeladen.«

Sandra sah in das freundliche, offene Gesicht einer attraktiven Frau. Scharf zog sie die Luft ein.

»Ich habe sie tatsächlich schon mal gesehen«, rief sie. »Erst vor ein paar Tagen in East Looe.« Sandra erzählte Christopher von der Begegnung in dem Fischerdorf. »Zuerst dachte ich, es sei Claire Withcombe. Nur diese Frau«, sie tippte auf das

Display, »hat weichere, freundlichere Gesichtszüge als Lady Claire. Ähnlich wie Susan Nicholls.«

»Die Ähnlichkeit mit dem ersten Opfer ist nicht von der Hand zu weisen«, sagte Christopher.

»Besteht ein familiärer Zusammenhang zwischen den Frauen?«, fragte Sandra.

»Bisher kennen wir keinen«, antwortete Christopher. »Wir werden auch in diese Richtung ermitteln.«

»Christopher, wenn Helena Branwell heute Morgen erschlagen wurde, dann ist Imogen unschuldig.«

»Zumindest, was diesen Fall betrifft.« Er zwinkerte Sandra zu. »Da ich darauf schon selbst gekommen bin, habe ich Alan angerufen. Ich schätze, Imogen wird noch heute aus der Untersuchungshaft entlassen werden. Lady Withcombe behauptet zwar, sie sei von Imogen überfallen worden, und es gibt dementsprechende Indizien, ich persönlich bin aber nicht der Ansicht, dass dein Zimmermädchen gemordet hat. Wir gehen jetzt von der großen Wahrscheinlichkeit aus, dass alle drei Taten von derselben Person verübt wurden.«

»Hat Sergeant Greenbow mit Ross Wilder gesprochen?«, fragte Sandra. »Hat der Schreiner Imogens Alibi bestätigt? Übrigens weiß ich inzwischen, warum Wilder mit der Polizei nichts zu tun haben will. Er soll schon mal im Gefängnis gewesen sein.«

»Woher meinst du das zu wissen?«

»Ms Roberts hat es mir gesagt.« Sandra wirkte etwas kleinlaut. »Ich habe nur etwas mit ihr geplaudert, und du weißt, wie gern Ms Roberts solche Sachen preisgibt.«

»Ich mache dir keinen Vorwurf, Sandra. Um deine Frage zu beantworten: Nein, Greenbow war noch nicht bei Ross Wilder. Das ist derzeit zweitrangig. Wir müssen davon ausgehen, dass jemand sein Unwesen treibt, der gezielt Rothaarige tötet. Die drei betroffenen Frauen verbindet nichts miteinander. Claire Withcombe stammt nicht einmal aus Cornwall. Helena Branwell zog vor etwa fünf Jahren nach Lower Barton. Zuvor lebte sie in Bristol und in Chippenham, wo sie jeweils als Maklerin angestellt war. Mit Cornwall verbindet das Opfer lediglich, dass sie in St Ives geboren wurde, die Stadt allerdings vor knapp zwanzig Jahren verließ und nach Bristol gezogen ist.« Christopher legte die Fingerspitzen aufeinander und betrachte nachdenklich seine Nägel, dann sagte er langsam und eindringlich: »Sandra, was ich dir jetzt sage, muss unter allen Umständen unter uns bleiben.«

»Ja?« Gespannt setzte sich Sandra aufrecht hin.

»Wir werden versuchen, den Tod von Helena Branwell und dessen Umstände bedeckt zu halten.«

»Was bedeutet das?«, fragte Sandra.

»Es gilt unter allen Umständen, eine Panik zu vermeiden. Gerade, weil die Vermutung eines Serienmörders nicht mehr von der Hand zu weisen ist. Das Hauptquartier in Exeter erließ die Anordnung, den Fall gegenüber der Öffentlichkeit nicht zu erwähnen.«

»Wie bitte?« Sandra glaubte, sich verhört zu haben. »Christopher, das hier ist Lower Barton, nicht London! Ein Ort mit nicht einmal zweitausend Einwohnern. Neuigkeiten verbreiten sich hier schneller als der Wind.«

Christopher nickte ernst. »Es ist nicht auszuschließen, dass etwas durchsickern wird. Es wird aber keine öffentliche Pressekonferenz oder eine sonstige Stellungnahme unsererseits über das zweite Opfer geben. Bei allem Recht der Bevölkerung auf Informationen – es gibt Fälle, da ist ein solches

Vorgehen notwendig, um die Ermittlungsarbeit nicht zu erschweren.«

»Ich glaube, ich verstehe.« Sandra nickte nachdenklich. »Ihr wollt verhindern, dass ein Trittbrettfahrer daherkommt.«

»Das auch, Sandra, vorrangig geht es darum, den Täter in Unsicherheit zu wiegen, ob er sein zweites Opfer tatsächlich getötet hat. Er könnte einen Fehler machen und sich verraten.«

»Das verstehe ich wiederum nicht.«

»Ich werde es dir erklären, Sandra. Laut dem vorläufigen Obduktionsbericht starb Helena Branwell nicht sofort, sie hat noch einige Zeit gelebt.«

»Das ist ja furchtbar!« Unwillkürlich schlug Sandra eine Hand vor den Mund. »Die arme Frau! Das heißt, wenn sie früher gefunden worden wäre, hätte sie überlebt?«

»Mit großer Wahrscheinlichkeit nicht«, antwortete Christopher. »Die Kopfverletzungen waren so schwer, dass ihr Leben wohl nicht hätte gerettet werden können. Bitte, erspar mir die Einzelheiten. Nach allem, was wir bisher wissen, gehen wir davon aus, dass der Täter geflüchtet ist, nachdem er dachte, sein Werk vollbracht zu haben. Es war schließlich heller Tag, und der Trampelpfad wird häufig von Spaziergängern benutzt.«

»Ihr plant, so zu tun, als wäre Helena Branwell noch am Leben?«

»Nein, wir hängen den Überfall nur nicht an die große Glocke. Bisher weist alles darauf hin, dass das Opfer keine Verwandten und engen Freunde gehabt hat. Lediglich Helenas Mitarbeiterin in der Immobilienagentur haben wir die Wahrheit mitgeteilt und sie aus den geschilderten Gründen gebeten, nicht darüber zu sprechen.«

»Na ja, du wirst wissen, was du tust.« Sandra verbarg nicht ihre Zweifel. »Ergo soll auch ich nicht darüber sprechen?«

»Mit niemandem, Sandra!« Er sah ihr fest in die Augen. »Auch nicht mit Eliza Dexter, deinen Angestellten und auf gar keinen Fall darf Lady Withcombe etwas erfahren! Derzeit ist sie die wichtigste Zeugin.«

»Lady Claire ist die Einzige, die dem Täter entkommen ist.« Sandra lief ein Schauer über den Rücken. »Ehrlich, Christopher: Die Frau mag ich nicht besonders; dass Lady Claire aber nur knapp einem Mörder entkommen ist, tut mir aufrichtig leid. Ist sie aber nicht in Gefahr? Wenn es ein Serienmörder ist, kann er sich jederzeit ein neues Opfer suchen oder Lady Claire erneut angreifen.«

»Sandra, es handelt sich nur um zwei, maximal drei Tage«, erwiderte Christopher. »Länger können wir den Mord nicht geheim halten. Meine Hoffnung ist, dass der Täter denkt, Helena Branwell sei noch am Leben und daraufhin etwas Unüberlegtes tut, das ihn verrät.«

»Manchmal bin ich froh, nicht alles zu wissen, was hinter den Kulissen des Staatsapparates geschieht.« Sandra seufzte.

»Nur weil ich weiß, dass du gemerkt hättest, dass etwas vor sich geht, habe ich dir von dem neuen Fall erzählt«, erwiderte Christopher. »Auch um dich zu schützen! Ich möchte nicht, dass du wieder selbst Ermittlungen anstellst und dich in Gefahr begibst. Du musst mir versprechen, dich unter allen Umständen, egal, was passiert, daran zu halten, und mit niemandem über den Tod der Maklerin zu sprechen.«

»Ich verspreche es«, sagte Sandra ernst. »Im Moment bleibt mir nichts anderes übrig, als dir zu vertrauen. Verstehen kann ich es jedoch nicht.«

»Aus diesem Grund bist du trotz deiner Spürnase auch

keine Polizistin, sondern Hotelinhaberin.« Christopher legte sich eine Hand vor den Mund und gähnte. »Entschuldige bitte, Sandra.«

»Ist doch klar, dass du erschöpft bist.« Sandra stand auf. »Bleib heute Nacht hier, du hast ein paar Stunden Schlaf dringend nötig.«

Christopher nickte. Gemeinsam gingen sie ins Schlafzimmer hinauf. Christopher fiel wie ein Stein ins Bett und schlief ein, bevor Sandra das Licht gelöscht hatte.

NEUNZEHN

Wenige Minuten vor zehn Uhr am Montagmorgen betrat Imogen die Hotelhalle.

Sandra rief überrascht: »Imogen! Was machst du hier?«

»Ich komme zur Arbeit, was denn sonst?« Herausfordernd sah Imogen Sandra an. »Das heißt, wenn ich den Job noch habe.«

»Gewiss, Imogen«, versicherte Sandra. »Ich freue mich, dass du wieder frei bist.«

»Mein Alibi für den Mittwochabend wurde bestätigt.« Imogen lächelte bitter. »Mr Trengove hat mit dem Mann, der mir mit dem Wagen geholfen hat, gesprochen. Noch gestern, am Sonntag, ist der Anwalt zu dem zuständigen Richter gefahren und ist nicht eher gegangen, bevor der hohe Herr nicht den Wisch unterschrieben hatte, mit dem Mr Trengove mich dann rausholen konnte. Offenbar ist der Vorwurf, ich hätte die Lehrerin umgebracht, auch vom Tisch.«

»Auf Alan Trengove ist eben Verlass.« Sandra schmunzelte. Sie wusste, dass es nicht nur das Alibi war, das Imogen die Freiheit gebracht hatte. »Du hast es Lucas und Harry zu verdanken, dass sich der Mann gemeldet hat. In den sozialen Netzwerken haben sie einen Aufruf eingestellt.«

»Echt jetzt? Das haben die beiden gemacht?«

Sandra nickte und musterte Imogen besorgt. »Du siehst erschöpft aus. Möchtest du dich nicht lieber ein paar Tage ausruhen? Ich stelle dich gern frei.«

»Ausruhen wovon?«, fragte Imogen. »Von der Einsamkeit und dem Rumsitzen in einer engen Zelle? Ms Flemming, die Arbeit wird mich ablenken. Ich bin zwar nicht länger in Untersuchungshaft, die Sache wird aber erst vorbei sein, wenn der Täter überführt ist. Ich danke Ihnen, dass Sie Alan Trengove gebeten haben, mich zu verteidigen. Allerdings weiß ich nicht, wie ich seine Rechnung bezahlen soll.«

»Darüber brauchst du dir keine Sorgen zu machen«, erwiderte Sandra beruhigend. »Alan arbeitet immer wieder pro bono. Das bedeutet, dass er sich mancher Fälle annimmt, ohne ein Honorar zu verlangen.«

»Das ist von Mr Trengove sehr nett. Ich werde versuchen, ihm wenigstens einen Teil seiner Bemühungen zu bezahlen. Jetzt fange ich an. Die Arbeit tut sich schließlich nicht von allein.«

»Um die Räume der Withcombes brauchst du dich nicht zu kümmern«, sagte Sandra. »Die Suite übernimmt Holly.«

»Das ist mir recht, Ms Flemming.«

In diesem Moment kamen Lady Claire und ihr Sohn aus dem Restaurant, wo sie ihr Frühstück eingenommen hatten. Wie angewurzelte blieb Andrew Withcombe stehen, seine Augen weiteten sich, und er fragte:

»Imogen! Was machst du denn hier?«

»Ich arbeite in diesem Hotel, schon vergessen?«

»Warum hat man Sie entlassen?« Lady Claire schüttelte fassungslos den Kopf. »Sie gehören für den Rest Ihres Lebens hinter Gitter!«

»Mum, lass doch«, sagte Andrew, es klang nicht überzeugt. »Die Polizei wird wissen, was sie tut.«

»Das bezweifle ich stark!« Aus Lady Claires Augen schossen Funken in Richtung Imogen. »Bleiben Sie mir nur vom Leib!«

»Nichts anderes habe ich vor«, entgegnete Imogen trocken. »Auch wenn ich Ihnen keine Rechenschaft schuldig bin: Für die Zeit, als Sie angeblich von mir überfallen wurden, habe ich ein Alibi. Sie müssen sich also einen anderen Schuldigen suchen, Mylady!«

»Aber die Fasern an der Jacke meiner Mutter?«, fragte Andrew. »Sie stammen doch von deinem Schal.«

»Den ich nur einen Tag zuvor beim Saubermachen in eurer Suite getragen hatte«, antwortete Imogen. »Da kommen leicht Fusseln an andere Sachen.« Imogen drehte Andrew den Rücken zu und sagte zu Sandra: »Ich ziehe mich jetzt um, damit ich rasch mit der Arbeit fertig werde.«

Ohne Andrew und seine Mutter eines weiteren Blickes zu würdigen, ging Imogen mit hoch erhobenem Kopf zum Personalzimmer. Sandra zollte ihr Respekt.

»So eine impertinente Person!« Lady Claires Stimme hatte einen schrillen Klang. »Ms Sandra, ich bin es nicht gewohnt, mich so behandeln zu lassen! Das wird Konsequenzen haben. Entweder schicken Sie diese Frau weg, oder mein Sohn und ich sehen uns gezwungen, umgehend abzureisen.«

Andrew legte einen Arm um die Schultern seiner Mutter. »Dramatisierst du die Sache nicht etwas, Mummy? Du hast doch gehört: Imogen kann dich nicht angegriffen haben. Für den Mord hat sie kein Motiv, und es gibt keine Beweise.«

»Auch wenn sie unschuldig sein sollte: Sie wird nicht länger ihre gierigen Finger nach dir ausstrecken, mein Sohn!

Ich hoffe, du hast endlich eingesehen, wie geschmacklos diese Verbindung ist.«

Andrew senkte den Kopf und schwieg, seine Mutter lächelte triumphierend.

»Lady Claire ...«, Sandra räusperte sich, »es steht Ihnen frei, das Hotel zu verlassen, ich bitte Sie aber, aus der Sache kein Drama zu machen. In unserem Land gilt ein Mensch so lange als unschuldig, bis die Geschworenen ihren Schuldspruch gesprochen haben.«

»Sie stellen sich gegen mich?«, fragte Lady Claire entrüstet. »Gegen einen zahlenden Gast? Einen sehr gut zahlenden Gast! Ich werde Ihr Haus nicht weiterempfehlen, Ms Flemming.«

»Auch das steht Ihnen frei.« Sandras Lächeln wirkte wie eingefroren.

»Andrew, pack unsere Sachen! Wir reisen noch heute ab.«

»Mum, dafür benötigen wir die Erlaubnis der Polizei«, erinnerte Andrew sie. »Da Imogen als Verdächtige nun ausscheidet, bist du der einzige Mensch, der Kontakt mit dem Täter gehabt hat.«

»Und ihm nur knapp entkommen ist.« Lady Claire funkelte ihren Sohn an. »Ich will nach Hause! Kümmere dich darum, dass dieser sommersprossige Chief Inspector uns fahren lässt. Solange werde ich mein Zimmer nicht mehr verlassen.« Sie schüttelte Andrews Arm ab, der immer noch auf ihren Schultern gelegen war, drehte sich um und eilte die Treppe hinauf.

Andrew sah ihr verunsichert nach und fragte Sandra: »Glauben Sie, dass DCI Bourke uns erlaubt, abzureisen? Sie kennen ihn doch näher und könnten ihn darum bitten.«

»Das ist nicht meine Angelegenheit«, antwortete Sandra

kühl. »Der DCI hat Gründe für sein Handeln.« Demonstrativ griff Sandra zum Telefon. »Wenn Sie mich jetzt bitte entschuldigen? Ich muss mich um die Arbeit kümmern.«

Andrew ignorierte es. Fahrig strich er sich über die Stirn. »Ms Flemming, was soll ich jetzt machen? Ich meine, wegen Imogen? Ich glaube, sie ist böse auf mich.«

»Wundern Sie sich etwa darüber?«, fragte Sandra entrüstet. »Ihre privaten Angelegenheiten gehen mich nichts an. Trotzdem sage ich Ihnen, dass Ihr Verhalten nicht gerade so war, wie es Imogen von dem Mann, der sie angeblich liebt und den sie heiraten wollte, erwarten kann. Und jetzt bitte, Sir Andrew …« Sandra drückte auf eine Taste am Telefon. Es war ihr eigener Anschluss im Cottage. Sie wollte aber, dass Andrew sie endlich allein ließ.

Er sah ein, dass Sandra nicht bereit war, sich weiter mit ihm zu unterhalten. Sandra wartete, bis er das Haus verlassen hatte, dann wählte sie die Nummer von Ann-Kathrin Trengove. Sie hatte Glück, die Freundin nahm ab.

»Hast du ein paar Minuten Zeit?«, fragte Sandra. »Ich muss mit jemand Vernünftigem sprechen.«

»Schieß los!« Ann-Kathrin lachte. »Im Augenblick ist Demi tiefenentspannt und spielt mit ihren Zehen, nachdem sie Alan und mich die ganze Nacht wieder wachgehalten hat. Alan ist heute bei Gericht. Ich hoffe, er schläft nicht mitten in seinem Plädoyer ein.« Die Freundin wurde ernst. »Von dem neuerlichen Mord in Lower Barton habe ich gehört. Schrecklich! Nur gut, dass wir beide darüber sprechen dürfen.«

»Du kennst mich, Ann-Kathrin, ich neige nicht dazu, wilde Spekulationen anzustellen.« Sandra flüsterte, auch wenn niemand in der Nähe war, der sie hätte belauschen können. »Inzwischen glaube ich aber auch, dass ein psychisch

Gestörter sein Unwesen treibt, der etwas gegen Rothaarige hat.«

»Sollte dem so sein, sind wir beide glücklicherweise nicht in Gefahr«, erwiderte Ann-Kathrin. »Hoffen wir, dass es Christopher gelingt, den Täter bald zu finden.«

»Bevor er wieder zuschlägt«, murmelte Sandra und lauter: »Wie geht es der Familie von Susan Nicholls?«

»Nicht gut, fürchte ich.« Ann-Kathrin seufzte. »Das Schulkollegium hat gesammelt und wird bei der Beerdigung einen Kranz niederlegen. Die Direktorin hat vor, ein paar Worte zu sprechen. Trost gibt es aber keinen. Nach den Ferien wird die Schule nicht mehr so sein wie zuvor.«

»Der gesamte Polizeiapparat von Devon und Cornwall ist informiert«, erklärte Sandra. »Ich bekomme ja nur einen Bruchteil mit. Christopher darf mir kaum etwas sagen.«

»Das ist bei Alan ebenso. Aus unseren Männern bekommen wir aber trotzdem das eine oder andere heraus, nicht wahr? Mit den Waffen der Frauen eben.«

Sandra lachte. »Da hast du recht. Zumindest ist das Thema, dass das Revier in Lower Barton geschlossen werden soll, derzeit vom Tisch.«

»Sandra, nur mal angenommen, Christopher müsste fortgehen: Was würdest du in diesem Fall tun?«

»Ich weiß es nicht«, antwortete Sandra. »Im Moment möchte und kann ich nicht darüber nachdenken.«

Sie hörte die Freundin schnüffeln. »Ich muss jetzt Schluss machen und Demi frisch wickeln. Für ein so kleines Wesen hat sie eine enorme Verdauung.«

»Gibt ihr einen Kuss von ihrer Patentante«, sagte Sandra.

So sehr Sandra sich für Ann-Kathrin und Alan über das Baby freute und sie Demelza in ihr Herz geschlossen hatte –

manchmal fehlten Sandra die gemeinsamen, ruhigen Stunden mit der Freundin. Einfach zusammensitzen, ein oder zwei Gläser Wein trinken, über Gott und die Welt plaudern und über Belangloses lachen … Ein Kind veränderte alles. Eine wahre, aufrichtige Freundschaft hielt das aber aus.

»Ich glaube, wir haben jetzt alles besprochen, Ms Lily«, sagte Sandra am Nachmittag. »Sie liefern die Buketts am Samstag in einer Woche gegen drei Uhr ins Hotel.«

»Sie können sich auf mich verlassen, Ms Sandra.« Lily Talbot, die Inhaberin des Blumenladens *Lily's Flowers* nickte lächelnd. »Es freut mich, dass Sie meinem kleinen Laden einen neuen Auftrag erteilen.«

»Gern unterstütze ich lokale Unternehmen und Geschäfte«, erwiderte Sandra. »Das trägt dazu bei, dass unser schönes Lower Barton lebendig bleibt.«

Für den übernächsten Samstag hatte ein Ehepaar das Restaurant im Higher Barton Romantic Hotel gebucht, um seine goldene Hochzeit zu feiern. Erwartet wurden vierzig Gäste. Eine Enkelin des Jubelpaars wollte die Großeltern mit einer üppigen Blumendekoration auf den Tischen überraschen und hatte Sandra gebeten, sich darum zu kümmern. Zu diesem Zweck war Sandra nach Lower Barton gefahren, nachdem Eliza die Rezeption übernommen hatte.

Auf dem Gehweg vor dem Blumenladen sah sich Sandra um. Sie hatte den Rest des Tages frei und überlegte, einen Abstecher nach Truro zu machen. Sie brauchte dringend ein paar neue Sneakers. An ihren Lieblingsschuhen löste sich die rechte Sohle ab. Da fiel Sandras Blick auf das Schaufenster des Geschäftes neben dem Blumenladen.

Branwell Homes stand auf der Glasscheibe, darunter die

üblichen Plakate mit Immobilienangeboten. Christopher hatte gesagt, dass das Opfer Helena Branwell als Immobilienmaklerin in Lower Barton gearbeitet hat. Sandra betrachtete sich einen der Aushänge, dann ging sie zur Tür und drückte die Klinke herunter. Sie hatte erwartet, dass die Agentur heute geschlossen war, die Tür öffnete sich jedoch mit einem leisen Klingelton. In einem hellen Raum standen zwei Schreibtische. Im Hinterzimmer sah sie eine mittelgroße, kräftige Frau. Sandra schätzte sie auf Mitte bis Ende Zwanzig. Sie putzte ein paar dunkelbraune Boots.

»Einen Moment, ich bin gleich bei Ihnen«, rief sie mit einer dunklen, rauen Stimme. Sie stellte die Schuhe auf den Boden, ging zum Waschbecken und wusch sich die Hände. Dann kam sie zu Sandra. »Entschuldigen Sie bitte. Was kann ich für Sie tun?«

»Ms Branwell?«, fragte Sandra auf gut Glück. Sie vermutete, bei der Frau handle es sich um die Mitarbeiterin der Toten. Wenn sie aber etwas herausfinden wollte, musste sie sich unwissend stellen.

»Ich bin Ann Lewis«, stellte sich die Frau vor.

»Ist Ms Branwell zu sprechen?«, fuhr Sandra fort und sah sich um.

»Ms Branwell ist heute leider nicht im Haus«, antwortete Ann Lewis. »Haben Sie einen Termin mit ihr?«

Sandra zollte ihr Respekt dafür, wie gut sie sich verstellen konnte. Christopher hatte ihr gesagt, dass Helenas Mitarbeiterin von deren Tod wusste und darüber schweigen musste.

»Nein, ich habe keinen Termin, aber ich bin auf der Suche nach einem Haus. Beim Vorübergehen habe ich ein Angebot in Ihrem Schaufenster gesehen, das mein Interesse geweckt hat.«

Ann Lewis lächelte geschäftsmäßig. »Über welches Objekt möchten Sie mehr erfahren?«

»Das Haus am Sunset Close.«

»Oh!« Die etwas herb wirkende Frau schien erfreut. »Eines unserer besten Objekte. Gern informiere ich Sie über das Haus, Ms …« Sie sah Sandra fragend an.

»Flemming«, antwortete sie wahrheitsgetreu. Ann Lewis zeigte keine Reaktion, dass sie den Namen schon mal gehört hatte.

»Das Objekt steht leer«, sagte die Maklerin. »Wenn Sie Zeit haben, können Sie es gleich besichtigen.«

»Das wäre wundervoll.«

Aus einer Schreibtischschublade nahm Ann Lewis einen Schlüsselbund, und sie verließen die Agentur. Die Maklerin schloss hinter ihnen ab.

Während sie die wenigen Schritte zum Sunset Close nebeneinander hergingen, fragte Ann Lewis: »Wie sind Sie auf uns aufmerksam geworden, Ms Flemming? Sie sind nicht von hier, nicht wahr? Ich meine, einen leicht schottischen Akzent aus Ihrer Stimme herauszuhören.«

Immer noch, dachte Sandra und unterdrückte ein Schmunzeln. »Ms Branwell wurde mir von Bekannten empfohlen. Ich selbst stamme aus Schottland. Aus der Kleinstadt Dufftown, wenn Ihnen der Name etwas sagt.«

Sandra war nicht überrascht, als die Maklerin nickte. »Ist Dufftown nicht das Whiskyzentrum der Gegend? Ich bin zwar aktive Sportlerin, ab und zu einen Schluck von einem guten Single Malt genieße ich trotzdem. Treiben Sie Sport, Ms Flemming?«

»Leider viel zu wenig«, erwiderte Sandra. »Was machen Sie denn, wenn ich Sie fragen darf, Ms Lewis?«

»Ich boxe.« Diese Nachricht überraschte Sandra. Obwohl: Wenn sie sich die Frau näher betrachtete, passte der Boxsport zu ihr. »Superweltergewicht, wenn Ihnen das etwas sagt.«

»Nein, mit dem Boxsport habe ich mich noch nie beschäftigt«, gab Sandra zu. »Nehmen Sie an richtigen Wettkämpfen teil?«

»Was sind für Sie denn richtige Wettkämpfe? Soviel ich weiß, gibt es keine falschen.« Sie zwinkerte Sandra zu. »Ich verstehe, was Sie meinen. Ja, Ms Flemming, ich trete bei offiziellen Boxkämpfen der Frauen in ganz Großbritannien an. In zwei Monaten ist in Frankreich ein Kampf geplant. Für den muss ich mich aber erst noch qualifizieren und meine stärkste Gegnerin besiegen.«

»Ich wünsche Ihnen viel Erfolg, Ms Lewis.«

Verstohlen musterte Sandra die Maklerin. Sie war mittelgroß, ihre Statur zwar kräftig, aber nicht muskulös. Sandra, die sich mit dem Boxsport überhaupt nicht auskannte, vermutete, dass es dabei mehr auf Technik denn auf Kraft ankam.

Sie hatten den Sunset Close erreicht. Unwillkürlich sah Sandra zu dem etwa drei Meter hohen Sommerfliederbusch vor dem Haus, das zum Verkauf stand. Das Gewächs wurde auch Schmetterlingsflieder genannt und machte diesem Namen alle Ehre. Um die lilafarbenen Blüten flatterten unzählige Falter.

Ich könnte an der Einfahrt zu Higher Barton ein paar Sommerfliederbüsche pflanzen lassen, dachte Sandra.

Ann Lewis hatte ihren Blick bemerkt. »Haben Sie davon gehört, dass hier vor ein paar Tagen eine Frau ermordet wurde?«

»Ja, leider. War es nicht eine Lehrerin aus der Gegend?«

»Näheres ist mir nicht bekannt«, antwortete die Maklerin.

»Ich hoffe, es schreckt Sie nicht ab, Ms Flemming. Der Vorfall hat mit dem zu Verkauf stehenden Haus nichts zu tun.«

Sie öffnete die blau angestrichene Tür und ließ Sandra vor sich in einen schmalen Flur eintreten. »Ich gebe Ihnen die wichtigsten Eckdaten des Objektes. Das Haus wurde im frühen 18. Jahrhundert erbaut, seitdem mehrmals an- und umgebaut. Es ist Grade II gelistet. Sie wissen, was das bedeutet, Ms Flemming?«

»Diesen Status erhalten Gebäude mit einem besonderen historischen Hintergrund«, erwiderte Sandra. »Das bedeutet auch, dass der Denkmalschutz bei An- und Umbauten ein wichtiges Wort mitspricht.«

»Da das Gebäude vor sechs Jahren grundsaniert wurde, natürlich unter strenger Beachtung aller Denkmalschutzauflagen, ist eine Renovierung in den nächsten Jahren nicht notwendig«, erklärte Ms Lewis. »Die Strom- und Wasserleitungen und die Heizungsanlage sind nahezu neu. Die Fenster doppelt verglast, die alten Dielenböden abgeschliffen und in einer guten Qualität versiegelt. Seit Anfang des 19. Jahrhunderts wohnte hier immer der jeweilige Richter von Lower Barton. Erst nach dem Ersten Weltkrieg, als der Ort kein eigenes Gerichtsgebäude mehr hatte und alle Verfahren in Bodmin verhandelt wurden, ging das Haus in Privatbesitz über.«

»Wie passend, dass der Richter, der die Menschen zum Tod verurteilt hat, aus seinem Wohnzimmer einen direkten Blick auf den Galgen hatte.«

Die Maklerin stutzte. »Sie wissen über die Geschichte des Sunset Close Bescheid? Dann müssen Sie aus der Gegend sein. Wir sind uns aber noch nie zuvor begegnet.«

Sei vorsichtig, was du sagst, dachte Sandra. Sie ärgerte

sich, dass ihr die Bemerkung entschlüpft war. »Ach, ich interessiere mich generell für alte Häuser, Ortschaften und deren Historie«, sagte sie mit einem strahlenden Lächeln und deutete auf eine Tür. »Ich nehme an, hier ist die Küche?«

Ann Lewis nickte und öffnete die Tür auf der linken Seite. »Im Kaufpreis inbegriffen ist die Einbauküche mit allen modernen elektrischen Geräten. Sie wurde in Maßarbeit für den Raum angefertigt.«

»Wie viele Schlafzimmer und Bäder sind vorhanden?«, fragte Sandra.

»Vier Schlafzimmer, zwei en Suite, und eine zusätzliche Toilette mit Handwaschbecken im Erdgeschoss.«

Ann Lewis öffnete die Hintertür. Auf der Rückseite des Hauses lag ein an drei Seiten verglaster Wintergarten, dahinter zog sich ein schmaler Garten bis zu einer hohen Backsteinmauer. Sandra sah dem Garten an, dass er schon länger nicht mehr gepflegt worden war.

»Der Außenbereich ist nach Südwesten ausgerichtet«, erklärte Ms Lewis. »Perfekt, um milde Sommerabende mit einem Glas Wein ausklingen zu lassen. Ich zeige Ihnen jetzt die oberen Räume, Ms Flemming.«

Über eine schmale Treppe, deren hölzerne Stufen in der Mitte ausgetreten waren, gelangten sie ins Obergeschoss. Alle Räume waren hell, beide Bäder verfügten über Fenster.

»Werden Sie allein einziehen?«, fragte Ann Lewis. »Das heißt, wenn Ihnen das Haus zusagen sollte.«

»Es gefällt mir sehr«, erwiderte Sandra. »Mein Mann und ich wollen uns aber noch andere Objekte ansehen. Eventuell etwas näher am Meer.«

»Da bezahlen Sie locker das Doppelte, Ms Flemming. Ein Haus mit Meerblick ist in Cornwall sehr teuer.«

»Apropos teuer: Was soll das Haus kosten?«, fragte Sandra.

Ann Lewis antwortete nicht direkt. »Es ist ein dreihundert Jahres altes Haus, das sich in einem Topzustand und in einer exponierten Lage befindet. Sehr ruhig, dennoch nur wenige Schritte vom Ortszentrum mit allen Einkaufsmöglichkeiten entfernt. Von den Vorbesitzern wurde das Haus immer gepflegt und hervorragend in Stand gehalten, wovon Sie sich selbst haben überzeugen können. Dementsprechend besteht eine angemessene Preisvorstellung.«

»Warum wird das Haus verkauft, Ms Lewis?«

»Bei den Eigentümern handelt es sich um ein älteres Ehepaar«, erklärte die Maklerin. »Die Kinder haben Cornwall verlassen und leben ihr eigenes Leben. Das Haus wurde dem Paar zu groß. Auch das Treppensteigen fällt ihnen immer schwerer. Sie haben sich eine Wohnung in einer seniorengerechten Anlage in St Ives gekauft.« Ann Lewis sah Sandra fest in die Augen. »Der Kaufpreis beträgt 550.000 britische Pfund.«

Sandra hatte mit einer solchen Summe gerechnet. Mit einem unverbindlichen Lächeln sagte sie: »Ich werde es mit meinem Mann besprechen. Gegebenenfalls melden wir uns bei Ihnen.«

»Mit einer Entscheidung sollten Sie sich beeilen, Ms Flemming. Seit das Objekt auf dem Markt ist, vergeht kaum ein Tag, an dem Helena keinen Besichtigungstermin wahrgenommen hat. An manchen Tagen kamen sogar mehrere Interessenten.«

»Zeigt Ms Branwell den Kunden die Objekte grundsätzlich selbst?«

»In der Regel, ja. Helena Branwell kann sehr gut mit

Menschen umgehen.« Ms Lewis' Mundwinkel zogen sich herunter. »Für mich bleiben nur die einfachen Objekte.«

Keine Regung in Ann Lewis' Gesicht wies darauf hin, dass sie wusste, was geschehen war. Sandra hatte das Gefühl, dass Ann über Helenas Tod nicht gerade erschüttert war, eher im Gegenteil. Zwischen ihr und ihrer Chefin hatte es wohl Spannungen gegeben. Ein Grund, Helena zu töten?

»Möchten Sie noch etwas zu dem Haus oder den Kaufoptionen wissen, Ms Flemming?«, fragte Ms Lewis.

»Im Moment nicht. Ich danke Ihnen für die ausführliche Besichtigung.«

»Wenn Sie mir Bescheid geben, dass Sie ernsthaftes Interesse an dem Haus haben, lasse ich Ihnen ein schriftliches Exposé zugehen«, sagte die Maklerin, während sie die Tür abschloss. »Ich nehme an, Ihr Mann möchte das Objekt ebenfalls besichtigen.«

»Ich werde heute Abend mit ihm sprechen, Ms Lewis.«

Sie verließen das Haus und überquerten den Platz mit den Hortensien- und Rosenbüschen und den weiß lackierten Parkbänken. In der Gasse, die vom Sunset Close zur High Street führte, kam ihnen Imogen entgegen. Das Zimmermädchen hatte schon den Mund geöffnet, um Sandra zu begrüßen, als Sandra schnell und sehr laut sagte: »Da ich zum ersten Mal in Lower Barton bin und mich hier nicht auskenne: Können Sie mir ein Lokal empfehlen, in dem ich einen guten High Tea bekommen kann?«

Aus dem Augenwinkel sah Sandra, wie Imogen stutzte, den Kopf senkte und an ihr und der Maklerin vorbeiging.

»Ich kann Ihnen das Three Feathers empfehlen«, antwortete die Maklerin. »Das Hotel ist nur wenige Yards die Straße hinunter. Etwas außerhalb gibt es noch das Higher Barton

Romantic Hotel, ein altes Herrenhaus. Ich habe gehört, dass die Küche sehr gut sein soll. Ich nehme an, es wird auch High Tea serviert.«

»Da ich alte Häuser liebe, werde ich mir Higher Barton gern ansehen. Danke für Ihre Zeit, Ms Lewis.«

Zum Abschied gaben sie sich die Hände, und Ann Lewis sagte noch: »Ich erwarte Ihren baldigen Anruf, Ms Flemming, denn ich gehe davon aus, das Haus in den nächsten Tagen verkaufen zu können.«

Sandra nickte. Die Frauen trennten sich, und Sandra ging in Richtung des Supermarktes Morrisons davon. Dort hatte sie ihren Wagen geparkt. Sie drehte sich nicht um, meinte aber zu spüren, dass Ann Lewis ihr nachsah. Offenbar war sie überzeugend gewesen, die Frau schien keinen Verdacht geschöpft zu haben. Auf dem Parkplatz angekommen, ging Sandra nicht zu ihrem Wangen, sondern zu dem mehrstöckigen Neubau aus Glas und Stahl gegenüber und drückte auf die Klingel des Polizeireviers. Der Summer ertönte, Sandra öffnete die Tür und trat in den kleinen Vorraum. Hinter der Glasscheibe nickte ihr John Greenbow freundlich zu und streckte den Kopf aus der Tür.

»Der Chef telefoniert gerade, Ms Flemming.«

»Ich habe Zeit, Sergeant Greenbow«, sagte Sandra. Sie sah sich um. Auch auf den zwei Schreibtischen, die von keinem Beamten besetzt waren, stapelten sich Akten.

Er hatte ihren Blick bemerkt, seufzte und sagte: »Jede Menge Papierkram. In Fernsehkrimis wird immer gezeigt, dass die Polizei ständig unterwegs ist, um Personen zu befragen. In der Realität verbringe ich die meiste Zeit am Schreibtisch.«

»Werden Sie mir sagen, was Sie über Lady Claire und ihren

Sohn herausgefunden haben?«, fragte Sandra. »Oder über Susan Nicholls?« Die Frage nach Helena Branwell verkniff sich Sandra. Sie ging davon aus, dass der DS nicht wusste, dass sie eingeweiht war.

»Das wird Greenbow nicht tun!« Sandra drehte sich um. In der Bürotür stand Christopher. »Sandra Flemming, du kannst es nicht lassen, ihn auszufragen.«

»Entschuldigen Sie, Sir, ich wollte nicht …«

»Das weiß ich, Greenbow. Holen Sie uns bitte Kaffee aus dem Automaten? Für Ms Flemming mit viel Milchschaum.« Er winkte Sandra in sein Büro und schloss die Tür hinter sich. »Was verschafft mir die Freude deines unerwarteten Besuches, Darling?«

»Ich hatte in Lower Barton zu tun und dachte, ich schau mal rein. Du hast viel um die Ohren, nicht wahr?«

Er schnaubte. »Das kannst du laut sagen!« Mit fünf Fingern fuhr sich Christopher durch sein kurzes, rotes Haar. »Ich hoffe, der Täter hat nicht auch was gegen Männer, sonst wäre ich vielleicht der Nächste.«

»Ihr geht von einem Serienmörder aus«, stellte Sandra fest. »Ist es inzwischen sicher, dass auch Helena Branwell ermordet wurde?« Gespielt erschrocken schlug sich Sandra eine Hand vor den Mund und raunte zwischen den Fingern hervor: »Mit dir darf ich doch darüber sprechen, oder?«

Christopher antwortete nicht, da Sergeant Greenbow ins Büro kam und den Kaffee brachte.

Erst, als sie wieder allein waren, sagte er: »Du kennst meine Einstellung, Sandra. Das, was ich für notwendig halte, habe ich dir gesagt. Mehr wirst du von mir nicht erfahren. Egal, welche Verführungskünste du aufführst.«

»Als wenn ich es auf diesem Weg je versuchen würde!«,

rief Sandra gespielt entrüstet. Sie beugte sich vor und flüsterte: »Wurde Helena Branwell auf die gleiche Art wie Susan Nicholls getötet?«

»Ein schwerer Schlag mit einem harten Gegenstand, das Opfer erlitt ein Schädel-Hirn-Trauma, an dem es etwa eine Stunde nach dem Überfall gestorben ist«, gab Christopher offen zu. »Eine Tatwaffe wurde bisher nicht gefunden. Ebenso wie die Lehrerin wurde Helena Branwell nicht ausgeraubt, obwohl sie einen kostbaren Diamantring getragen hat und sich eine größere Summe Bargeld in ihrer Tasche befand.«

»Das spricht für einen Psychopathen«, bemerkte Sandra. »Es gibt etwas, das du vielleicht wissen solltest. Es betrifft Ann Lewis.«

»Ann Lewis? Die Assistentin von Helena Branwell? Was hast du mit der Frau zu tun?«

»Ich habe sie vor einer Stunde kennengelernt«, gab Sandra zu. »Eher rein zufällig.«

»Sandra Flemming, nichts, was du tust, ist *rein zufällig*!«

»Na ja, sagen wir so: Es war eine spontane Idee, das Maklerbüro aufzusuchen. Keine Sorge, Christopher, ich habe mir nicht anmerken lassen, dass ich von Helenas Tod weiß. Ann Lewis ebenfalls nicht. Die Frau wirkte völlig gefasst, als kümmere es sie gar nicht, dass ihre Chefin ermordet wurde.«

»Ms Lewis tut alles, um die Polizei auf der Suche nach dem Täter zu unterstützen«, warf Christopher ein.

»Das meine ich nicht«, bemerkte Sandra nachdenklich. »Ich hatte den Eindruck, dass zwischen Ann Lewis und ihrer Chefin Helena Branwell keine große Freundschaft bestand. Auf mich wirkt Ann Lewis eher erleichtert als betrübt. Und sie ist professionelle Boxerin.«

Christopher pfiff anerkennend durch die Zähne. »Kompliment, Sandra. Für eine Stunde, in der du die Frau getroffen hast, hast du viel herausgefunden. Was sollte die sportliche Vorliebe von Ann Lewis mit dem Mord zu tun haben?«

»Das ist doch klar!«, rief Sandra. »Ann Lewis ist kräftig und flink, es ist für sie ein Leichtes Helena niederzuschlagen.«

»Aha.« Christopher trommelte mit den Fingerspitzen auf der Schreibtischplatte. »Ich mag deine Theorien, Sandra-Darling. Bestimmt hast du schon das Motiv, warum Ms Lewis ihre Chefin hätte umbringen sollen.«

»Neid, Eifersucht.« Sandra zuckte mit den Schultern. »Sie wollte nicht länger nur die Assistentin sein, abgespeist mit ein paar preisgünstigen Hausverkäufen, die kaum Provision einbrachten, während sich Helena Branwell die Rosinen aus dem Kuchen pickte.«

»Aha«, wiederholte Christopher. »Warum hat Ann Lewis dann Susan Nicholls umgebracht und Lady Claire angegriffen?«

»Eine Verwechslung, wegen der Ähnlichkeit?« Sandra merkte, wie haltlos diese Vermutung war.

Christopher sagte sogleich: »Nach meiner Kenntnis arbeiteten Ann Lewis und Helena Branwell seit vier Jahren zusammen. Ich glaube, nach dieser Zeit erkennt man seine Chefin und verwechselt sie nicht mit jemandem, der ihr ähnlich sieht.«

»Das ist ein gutes Argument«, stimmte Sandra zu. »Ich würde die Maklerin auf jeden Fall unter die Lupe nehmen und sie nach ihren Alibis fragen.«

»Nicht du, Sandra!«, sagte Christopher resolut. »Wenn, dann werde ich das machen.« Christophers Telefon klingelte. Er nahm ab.

»Ist gut, ich komme sofort.« Eine kurze Pause, sein Gesichtsausdruck war ernst. »Ja, Sandra ist bei mir, ich bringe sie mit.«

Sandra wusste sofort, dass etwas geschehen sein musste. »Was ist passiert?«

»Ein erneuter Überfall auf Lady Withcombe. Dieses Mal am helllichten Tag. Wir nehmen deinen Wagen, Sandra. Greenbow soll mich später in Higher Barton abholen.«

ZWANZIG

Claire Withcombe kauerte auf der mit hellem Chintz bezogenen Chaiselongue. Ihr Make-up war verschmiert, das Gesicht vom Weinen rot und geschwollen. Ihre Bluse war am Kragen eingerissen, ein etwa drei Zentimeter langer blutiger Ritz zog sich an ihrem Hals entlang. Ihr Sohn kniete vor dem Liegemöbel und hielt ihre Hand.

»Chief Inspector!« Andrew sprang auf. »Wie gut, dass Sie da sind! Sie müssen sofort die ganze Umgebung abriegeln und absuchen lassen! Der Täter muss noch in der Nähe sein.«

»Meine Kollegen sind informiert«, antwortete Christopher. »Mylady, Sie sind verletzt. Soll ein Arzt gerufen werden?«

»Das ist nicht nötig. Er hatte ein Messer …« Sie schluchzte.

»Mummy, sei ganz ruhig! Ich bin bei dir.«

»Fühlen Sie sich in der Lage, mir ein paar Fragen zu beantworten, Mylady?«

Sie nickte. »Fragen Sie, Chief Inspector. Ich werde alles tun, damit der Täter gefunden wird. Andrew, gib mir aus der Minibar die Flasche Rotwein.«

»Mummy, Ms Sandra sollte dir besser ein Glas Wasser …«

»Ich brauche einen Schluck«, sagte sie energisch. »Schließlich bin ich innerhalb weniger Tage zum zweiten Mal nur knapp dem Tod entronnen.«

Andrew öffnete die Minibar und goss seiner Mutter von dem Wein ein. Sie trank das Glas bis zur Neige.

»Sie wollen wissen, was passiert ist, Chief Inspector?« Sie lachte bitter auf. »Ich machte wieder nur einen Spaziergang.«

»Allein?«, warf Christopher ein.

»Ich fühlte mich heute nicht in der Stimmung«, beantwortete Andrew die Frage. »Wohl wegen der Aufregungen.«

»Wo wurden Sie überfallen, Mylady?«, stellte Christopher die nächste Frage.

»Bei der Ruine der alten Mine«, antwortete Lady Claire.

»Wheal Kerris«, sagte Sandra aus dem Hintergrund. »Die Überreste des Maschinenhauses sind von einem hohen Zaun umgeben, da der Untergrund moorig und durchlöchert wie ein Schweizer Käse ist. Der Wanderweg, der zu der alten Mine führt, ist sicher und wird regelmäßig vom National Trust kontrolliert.«

»Was ist dort passiert, Mylady?«, fragte Christopher.

»Es war ähnlich wie beim letzten Mal.« Fordernd hielt sie ihr leeres Glas Andrew hin, der es sofort auffüllte. »Ich wähnte mich allein. Als es in den Hecken neben mir raschelte, dachte ich, es sei ein Tier. Dann sprang eine Person heraus und umklammerte mich von hinten. Ich spürte etwas Kaltes an meinem Hals. Er sagte: ›Hab' ich dich endlich, du rothaarige Hexe!‹ Wir stürzten zu Boden und rangen miteinander. Dabei muss er mich am Hals geritzt haben, ich spürte es gar nicht. Unvermittelt sprang er auf und rannte davon.«

»Er?«, warf Sandra ein. »Beim letzten Mal waren Sie sich sicher, eine Frau habe sie überfallen.«

»Er oder sie – was spielt das für eine Rolle?« Aus Lady Claires Augen flogen Funken, als sie Sandra ansah. »Waren

Sie schon einmal in einer ähnlichen Situation, Ms Sandra? Wenn Sie vor Angst um Ihr Leben wie gelähmt sind? Es könnte eine männliche Stimme gewesen sein, ebenso gut könnte Imogen ihre Stimme verstellt haben.«

»Verdächtigen Sie immer noch Imogen?«, rief Sandra empört und bemerkte, wie Andrew verlegen zur Seite sah. »Heute kann ich Imogen sogar ein Alibi geben. Ich bin ihr nämlich erst vor einer knappen Stunde in Lower Barton begegnet«, fügte Sandra triumphierend hinzu.

Über den Vorfall war sie zweifelsohne schockiert, ärgerte sich aber maßlos, dass Lady Claire ein weiteres Mal versuchte, Imogen die Schuld in die Schuhe zu schieben.

»Wobei wir bei einem wichtigen Punkt sind, Mylady«, fuhr Christopher fort. »Wann wurden Sie überfallen?«

Sie dachte kurz nach. »Es muss gegen zwei Uhr gewesen sein. Unmittelbar nach dem Lunch bin ich losgegangen.«

»Um zwei?« Christopher runzelte die Stirn. »Der Anruf bei meinem Kollegen erfolgte um halb fünf. Warum haben Sie uns nicht sofort informiert?«

»Ich lag auf dem Boden, konnte keinen Muskel rühren«, erklärte Lady Claire. »Und ich hatte Angst, er kommt zurück und vollendet, was ihm zweimal nicht gelungen war. Ich weiß nicht, wie viel Zeit vergangen ist, bevor ich in der Lage war, mich nach Higher Barton zurückzuschleppen. Dummerweise hatte ich mein Handy nicht dabei. So konnte ich niemanden um Hilfe rufen.«

»Haben Sie den Angreifer erkannt?«, fragte Christopher.

Sie schüttelte den Kopf. »Er war ganz in Schwarz gekleidet und trug einen Kapuzenpulli. Sein Gesicht konnte ich nicht sehen.«

»Größe, Statur?«

»Etwa wie ich«, antwortete sie. »An mehr kann ich mich nicht erinnern. Jetzt möchte ich schlafen.«

»DCI Bourke«, Andrew räusperte sich. »Ich würde meine Mutter gern nach West Yverton bringen. Zu Hause wird sie den Schock schneller überwinden. Haben wir Ihre Erlaubnis?«

»Die kann ich Ihnen nicht geben. Ich brauche Lady Withcombe als Zeugin.«

»Mum ist hier aber in Lebensgefahr!«, rief Andrew. »Ich kann es nicht verantworten, sie noch einen Tag länger in einer Gegend zu lassen, in der ein wahnsinniger Mörder sein Unwesen treibt.«

»Verlassen Sie vorerst Ihre Zimmer nicht«, sagte Christopher. »Ich lasse Ihnen einen Constable kommen. Er wird vor Ihrer Tür aufpassen.«

»Ich bekomme Polizeischutz?« Lady Claire nickte zufrieden. »Dann nehmen Sie die Situation endlich ernst! Jemand will mich umbringen, Chief Inspector! Was, wenn es dem Mörder dennoch gelingt, ins Hotel einzudringen? Er mich vielleicht in meinem Bett erschlägt?«

»Lady Claire, mein Team und ich werden alles tun, um Sie in diesem Haus zu schützen«, sagte Sandra. Sie verbarg, wie aufgewühlt sie war. Lady Claire hatte es auf den Punkt gebracht: Der neuerliche Überfall bewies, dass sie beim ersten Mal kein zufälliges Opfer gewesen war. »Soll ich nicht doch nach einem Arzt rufen lassen?«, fragte sie. »Die Wunde an Ihrem Hals sollte fachmännisch versorgt werden. Leider ist Mr Rutland bereits abgereist.«

»Mein Sohn wird etwas Jod und ein Pflaster darauf tun«, wiegelte Lady Claire ab.

»Ich muss Sie bitten, mir Ihre Kleidung zu überlassen«,

sagte Christopher. »Sie muss auf Spuren untersucht werden. Eigentlich sollten Sie wieder mit ins Labor kommen, Mylady.«

»Warum?«

»Sie haben gesagt, dass Sie mit dem Täter gerungen haben«, erklärte Christopher. »Unter Ihren Fingernägeln könnten sich Hautreste und Faserspuren befinden.«

»Als ich ins Hotel zurückkam, habe ich mir die Hände gründlich gewaschen«, sagte Lady Claire.

Christopher stöhnte verhalten. »Das war ein Fehler, Mylady! Es ist doch allgemein bekannt, dass keine Spuren vernichtet werden dürfen.«

»Meine Güte, ich war verwirrt und fühlte mich schmutzig!« Lady Claire richtete sich auf, die Wangen rot vor Aufregung. »Ich lese keine Krimis oder sehe sie mir im Fernsehen an. Woher soll ich wissen, was in so einem Fall zu tun ist?« Sie gähnte hinter vorgehaltener Hand. »Ist das alles? Ich möchte ein Bad nehmen und dann schlafen. Andrew wird Ihnen meine Kleider herausgeben.«

Christopher gab Sandra einen Wink. Auf dem Korridor gingen sie ein paar Meter weiter, so dass sie von Lady Claire ganz sicher nicht mehr gehört werden konnten.

»Du hast gesagt, du hättest Imogen im Ort gesehen. Wann war das?«, fragte er.

»Um vier Uhr«, murmelte Sandra. »Damit hat sie kein Alibi. Imogens Dienst im Hotel endet gegen halb zwei. Du glaubst doch nicht wieder ...«

Er winkte ab. »Was ich glaube, spielt keine Rolle. Ich muss mich an die Fakten halten.«

»Christopher, es ist doch eindeutig! In Lower Barton und Umgebung geht ein Typ rum, der ein Problem mit rothaarigen Frauen hat. Habt ihr eure Kartei durchforstet? Vielleicht wurde schon mal jemand in dieser Richtung auffällig oder verurteilt?«

»Wir sind dabei«, antwortete Christopher. »Danke, dass du dir Sorgen machst, wie ich meine Arbeit zu tun habe.«

»Du weißt genau, dass es nicht so gemeint war.« Sandra rieb sich nachdenklich über den Nasenrücken. »Wenn der Überfall gegen zwei Uhr gewesen ist, dann kommt auch Ann Lewis in Betracht. Ich war erst ab kurz nach drei mit ihr zusammen.«

»Was sollte die Maklerin mit dem Angriff auf Lady Claire zu tun haben?«, fragte Christopher verwundert. »Angenommen – ich sage ausdrücklich: angenommen! – Ann Lewis hat Helena getötet und zuvor Susan, weil sie die Frauen miteinander verwechselt hat, dann gibt es keinen Grund für sie, auch noch die Lady zu überfallen und sich der Gefahr auszusetzen, von der Dame erkannt zu werden.«

»Es gibt sehr wohl einen Grund!«, erwiderte Sandra entschlossen. »Ann Lewis will von ihrem Motiv ablenken. Sie hofft, wenn sie eine rothaarige Frau *nach* dem Mord an ihrer Chefin überfällt und bedroht, geht jeder von einem Serientäter aus, dem Helena zufällig zum Opfer fiel.«

»Ach, Sandra, das klingt für mich doch sehr konstruiert.« Christopher seufzte, gab sich einen Ruck und fragte: »Wie lange braucht man von Wheal Kerris nach Higher Barton?«

»Zu Fuß etwa zwanzig Minuten, nach Lower Barton eine gute Stunde. Die Maklerin könnte mit dem Auto gefahren und auf dem kleinen Wanderparkplatz in der Nähe der Mine geparkt haben.« In diesem Moment fiel Sandra etwas ein. »Als ich Ann Lewis in der Agentur aufsuchte, war sie gerade damit beschäftigt, ein Paar Boots zu putzen!« Sie umklammerte seinen Arm. »Das ist doch ein Indiz! Die Maklerin könnte draußen bei Wheal Kerris gewesen sein. Der moorige Boden ist immer feucht, an einigen Stellen schlammig, selbst, wenn es mehrere Tage nicht geregnet hat.«

»Du hast gewonnen, ich werde nochmal mit der Maklerin sprechen und sie nach ihrem Alibi für die Zeit des Überfalls auf Lady Claire fragen«, sagte Christopher versöhnlich.

Sandra fragte: »Du willst Lady Claire nach wie vor nichts von Helena Branwells Tod sagen?«

»Auf keinen Fall!«, antwortete Christopher energisch. »Die Frau würde nur in Panik geraten …«

»Völlig zu Recht!«, warf Sandra ein. »Christopher, das kann nicht länger ein Zufall sein! Ich glaube nicht, dass ein Psychopath am hellen Tag in der Gegend herumläuft, eine rothaarige Frau sieht, sich denkt: Ach, ich könnte diese doch mal umbringen. Rein zufällig ist er auch noch dunkel gekleidet und mit einem Messer bewaffnet. Nein, nein«, Sandra schüttelte so heftig den Kopf, dass ihre dunklen Locken in alle Richtungen flogen, »der Dreh- und Angelpunkt ist Claire Withcombe!«

Nachdenklich wiegte Christopher den Kopf und fragte: »Wenn der Täter gezielt Claire Withcombe umbringen will – wie passt Helena Branwell ins Schema? Gleich zweimal verwechselt er Frauen mit der Lady? Nein, Sandra, für einen solchen Verdacht gibt es zu viele Ungereimtheiten. Helena Branwell starb am hellen Tag. Wir haben festgestellt, dass zwischen ihr und der Lady zwar eine Ähnlichkeit besteht, verwechseln kann man die Frauen aber nicht miteinander. Derzeit gibt es leider nur eine Person, die ein Motiv hat, Lady Claire aus dem Weg zu räumen.«

»Imogen schließe ich nach wie vor aus«, sagte Sandra überzeugt. »Verschwende nicht deine Kräfte, indem du sie wieder in die Mangel nimmst. Konzentriere dich lieber darauf, den richtigen Täter zu überführen.«

»Zu Befehl, Chief Superintendent Flemming!« Christopher schlug die Hacken zusammen und salutierte.

Sie sahen sich an und lachten. Trotz der angespannten Lage oder vielleicht gerade deswegen, denn Sandra war es mehr als mulmig zumute.

Nur eine Stunde später kam Constable Matthew Scott aus Truro ins Higher Barton Romantic Hotel. Er war in Zivil und wirkte wie ein ganz normaler, jüngerer Mann auf Reisen.

»DCI Bourke bittet, mir ein Zimmer in der Nähe der Räume von Lady Withcombe zu geben«, sagte er zu Sandra. »Der Grund meiner Anwesenheit in diesem Haus soll unbemerkt bleiben.«

»Das ist sehr freundlich von Christopher«, murmelte Sandra. »Wir haben aber Hauptsaison, alle Zimmer sind belegt.« Sie dachte nach, dann sagte sie: »Wenn es Ihnen nichts ausmacht, Constable Scott, gebe ich Ihnen einen kleinen Raum gegenüber der Lord-Leicester-Suite. Offiziell wird das Zimmer nicht vermietet. Es ist eng und hat keine eigene Waschzelle. Sie müssen das Bad am Ende des Korridors benützen.«

»Das Zimmer ist perfekt.« DC Scott nickte wohlwollend. »Schließlich bin ich nicht zu meinem Vergnügen hier.« Er deutete auf seinen kleinen Trolley. »Ich soll Lady Withcombe ein paar Fotos von Männern zeigen, die wegen ähnlicher Delikte aktenkundig sind.«

»Lady Claire hat den Angreifer nicht erkannt«, erwiderte Sandra. »Ein Versuch ist es aber allemal wert. Tun Sie bitte alles, um einen weiteren Überfall zu verhindern. Kommen Sie, ich zeige Ihnen das Zimmer.«

Nachdem Sandra wieder an der Rezeption war, fragte Eliza: »Ist es nicht übertrieben, einen Polizisten inkognito im Haus zu haben? Wäre es nicht am besten, Lady Withcombe kehrt nach Hause zurück und ist im wahrsten Sinne des Wortes aus der Schusslinie?«

Es widerstrebte Sandra, ihrer Managerin zu verschweigen, dass es einen weiteren Mord gegeben hatte und es für die Polizei wichtig war, Lady Claire als Zeugin in der Nähe zu behalten. Daher sagte sie nur: »Ich vertraue Christophers Entscheidungen.«

»Das sollten Sie auch, Sandra.« Eliza lächelte schwach. »Vertrauen ist die Basis einer jeden Beziehung. Nicht nur ich, wir alle im Hotel, fragen uns, ob das Ziel der Taten wirklich Lady Claire ist oder ob sie zum zufälligen Opfer wurde. Ebenso Susan Nicholls.«

»Christopher und sein Team werden es herausfinden«, erwiderte Sandra überzeugter, als ihr zumute war.

Der Schmutz an den Boots von Ann Lewis stammt nicht von dem Erdboden der Gegend um Wheal Kerris, las Sandra am Abend die Textnachricht von Christopher. *Laut Labor gibt es keinen Zweifel, außerdem hat sie sowohl für die Zeit des Mordes an Helena Branwell und des Angriffs auf Lady Claire zweifelsfreie Alibis. Behalte es bitte für Dich!*

Die Maklerin war also außen vor. Es war zu einfach gewesen, Ann Lewis zu verdächtigen, nur weil sie und Helena sich nicht besonders gut verstanden hatten und Ann Boxerin war. Der Dreh- und Angelpunkt war das Motiv, warum Susan und

Helena getötet wurden und Lady Claire angegriffen worden war. Wenn es sich um einen Täter handelte: Wen wollte er tatsächlich umbringen? Susan? Helena? Claire Withcombe?

»Es *muss* eine Verbindung zwischen den Frauen bestehen«, sagte Sandra laut, obwohl sie allein in ihrem Wohnzimmer war. Sie griff nach ihrem Laptop und schaltete ihn ein. Es war fast Mitternacht, Sandra konnte jetzt noch nicht schlafen. Zu wirr waren ihre Gedanken, zu viele Spekulationen spukten in ihrem Kopf durcheinander.

Lettice Martin hatte gesagt, der Unfall von Susans Mann wäre vor fünfzehn Jahren passiert. Zu dieser Zeit waren Meldungen bereits digitalisiert worden. Sandra öffnete die Webseite des *Cornwall Oberservers*. Die Tageszeitung verfügte über ein umfangreiches Nachrichtenarchiv. Sandra rief das Jahr 2005 auf und gab den Namen *Philipp Nicholls* in die Suchmaske ein. Freudig lachte sie auf, als sie Erfolg hatte und las den Artikel:

In den späten Abendstunden des gestrigen Tages kam es zu einem schweren Verkehrsunfall am Carminow Cross bei Bodmin. Der Fahrer eines Wagens, aus der Stadt kommend, wollte auf die A 38 in Richtung Liskeard abbiegen. Der Fahrer verlor die Kontrolle über den Wagen, schoss mit hoher Geschwindigkeit auf das Grün des Kreisverkehrs, streifte den Standing Stone und überschlug sich mehrmals. Philipp Nicholls, ein Gärtner aus Lower Barton, wurde eingeklemmt und musste von der Feuerwehr aus seinem Wagen befreit werden. Laut dem Krankenhaus in Bodmin wurde er schwer verletzt und ringt mit dem Tod. Am Wagen entstand Totalschaden, der historische Standing Stone wurde nur leicht beschädigt …

Sandra schmunzelte. Das war typisch Cornwall! Bei einem Unfall kam ein Mensch fast ums Leben, aber die Presse legte Wert darauf, zu erwähnen, dass eine historische Stätte kaum in Mitleidenschaft gezogen worden war. Einen späteren Bericht über die Unfallursache konnte Sandra nicht finden. Lettice Martin hatte ebenfalls erwähnt, dass Susan geglaubt hatte, ihr Mann sei zu schnell gefahren. Sandra vermutete, dass der Wagen genau überprüft worden, ebenso, ob Philipp Nicholls alkoholisiert gewesen war.

Selbst wenn – was konnte das mit dem Mord an Susan zu tun haben? fragte sich Sandra. Grübelnd zog sie die Unterlippe zwischen die Zähne und beschloss, das Motiv nicht länger in Susans Vergangenheit zu suchen.

Als Nächstes recherchierte sie nach Helena Branwell. Sie fand die Webseite der Immobilienagentur und Profile bei Facebook und Instagram. In den sozialen Netzwerken war die Maklerin nur wenig aktiv gewesen. Ihre spärlichen Posts bezogen sich auf Naturfotografien, hin und wieder auch eine Aufnahme von ihrem Essen. Am dreiundzwanzigsten Juni dieses Jahres allerdings hatte Helena ihr Profilbild auf Schwarz gestellt, das Bild einer brennenden Kerze gepostet und dazu geschrieben: *18 Jahre – bis heute unvergessen.*

Was hatte das zu bedeuten? Hatte Helena an diesem Tag vor achtzehn Jahren einen lieben Menschen verloren? Ein Elternteil? Ihren Ehemann, vielleicht sogar ein Kind? Oder einen anderen lieben Verwandten oder Freund? Sandras Blick fiel auf die Angabe von Helenas Geburtstag: Es war der dreiundzwanzigste Juni. Ergo musste sie ausgerechnet an ihrem Ehrentag diesen Schicksalsschlag erlitten haben. Sandra wechselte wieder zur Seite des *Cornwall Oberservers*. Im Jahr 2001 war das Internet noch nicht allgemein verbreitet gewesen, dementsprechend reichte das digitale Archiv der Zeitung nicht so lange zurück. Außerdem war es nicht gesagt, dass am 23. Juni 2001 etwas geschehen war, das eine Zeitungsmeldung wert gewesen wäre. Wenn Sandras Vermutung stimmte, konnte es auch ein Todesfall aufgrund einer Krankheit gewesen sein.

Sandra rollte mit den Schultern, um die Verspannung zu lockern, dann schaltete sie den Laptop aus. Sie würde heute Nacht keinen Schritt weiterkommen.

EINUNDZWANZIG

Mit Ausnahme von Sandra, Eliza, Lady Claire und Sir Andrew wusste niemand im Hotel, wer der Gast mit dem Namen Matthew Scott in Wirklichkeit war. Das Zimmermädchen Holly wunderte sich, dass der junge Mann das kleine, enge Zimmer gemietet hatte.

»Wir haben die Kammer noch nie für Gäste zur Verfügung gestellt«, sagte sie zu Sandra. »Ich kann mir nicht vorstellen, dass sich Mr Scott in dem Raum wohlfühlt.«

»Er war kurzfristig auf der Suche nach einer Unterkunft«, erklärte Sandra. »Wie du weißt, ist im August in Cornwall kaum ein freies Zimmer zu finden. Mr Scott meinte, er würde lieber schlicht übernachten als in der freien Natur.« Sandra versuchte, die Sache mit einem Lächeln abzutun.

»Mit dem Typ stimmt was nicht.« Holly kam so dicht an Sandra heran, dass sie deren Atem auf ihrem Gesicht spüren konnte. »Rosa hat mir gesagt, er hat sich gestern das Dinner und heute Morgen das Frühstück raufbringen lassen. Auch sonst verlässt er sein Zimmer nicht. Ms Flemming, gerade, weil so viel passiert: Ist es nicht besser, DCI Bourke über den seltsamen Gast zu informieren? Immerhin ist sein Zimmer gegenüber der Suite der Withcombes. Ob das ein Zufall ist?« Hollys Augen blitzten. »Es könnte sein, dass Mr Scott bewusst die Nähe von Lady Withcombe sucht.«

»Ich kann dich beruhigen, Holly«, sagte Sandra ruhig. »Mit Matthew Scott ist alles in Ordnung. Verbreite bitte keine Gerüchte.«

»Sie sind die Chefin.« Holly zuckte mit den Schultern. »Ich will nur nicht, dass wieder was passiert. Auch wenn Lady Withcombe Imogen richtig mies behandelt und sie des Mordes verdächtigt hat: Was der Frau widerfahren ist, tut mir ehrlich leid.«

»Mir ebenfalls, Holly«, erwiderte Sandra aufrichtig. »Jetzt geh bitte an die Arbeit.«

Wieder allein blätterte Sandra zuerst die gedruckte Tageszeitung durch, dann klickte sie sich im Internet durch die News auf den Seiten von BBC Cornwall und Radio Pirate FM. Überall las sie nur belanglose Nachrichten. Kein Wort von einem zweiten Mord in Lower Barton. Die Strategie der Polizei schien aufzugehen.

Sandra beantwortete ein paar E-Mails, tätigte zwei Telefonate, druckte sich die Teilnehmerliste für die anstehende Weinprobe in der nächsten Woche aus, dann überließ sie die Rezeption Eliza.

»Ich geh mal kurz zu Lady Claire hinauf«, sagte sie.

»Freiwillig?« Eliza zwinkerte Sandra zu. »Na ja, sie ist immer noch unser Gast.«

»Ich mache mir wirklich Sorgen um Lady Claire«, erwiderte Sandra, sah sich um und flüsterte: »Es ist gut, dass jetzt jemand ein Auge auf sie hat.«

Eliza nickte zustimmend.

Andrew öffnete auf Sandras Klopfen.

»Guten Morgen, Sir Andrew. Wie geht es Ihrer Mutter?«

»Kommen Sie rein, Ms Sandra«, rief Lady Claire aus dem Hintergrund. Sie saß an dem kleinen, runden Tisch am Fenster und hatte gerade ihr Frühstück beendet. »Sagen Sie Ihrem Koch, der Porridge ist ausgezeichnet. Hotels, in denen zum Frühstück Porridge serviert wird, sind in unserem Land selten geworden.«

»Es ist ein großer Aufwand, einen guten Porridge zuzubereiten, Mum«, bemerkte Andrew. »Deswegen macht ihn unsere Köchin zu Hause nicht täglich.«

»Ich werde ihr sagen, dass ich künftig öfters Porridge essen will«, sagte Lady Claire. »Wenn sie weiterhin für mich arbeiten möchte, wird sie meinem Wunsch wohl nachkommen. Bei dem Lohn, den ich bezahle, wird schnell jemand anderer zu finden sein.«

Für einen Moment bereute Sandra, gekommen zu sein. Sie antwortete mit einem unverbindlichen Lächeln: »Ich werde es Monsieur Peintré gern ausrichten. Wie fühlen Sie sich heute, Lady Claire?«

»Mir geht es gut.« Sie griff sich an den Hals. Auf der oberflächlichen Schnittwunde hatte sich ein dünner Schorf gebildet. »Seitdem ich den freundlichen Constable in direkter Nähe weiß, bin ich weniger besorgt. Trotzdem hoffe ich, bald nach Hause fahren zu dürfen.«

»In West Yverton Manor sollte auch ich dringend nach dem Rechten sehen«, ergänzte Andrew. »Auf meine Angestellten kann ich mich zwar verlassen, es gibt aber einige Aufgabenbereiche, um die sich der Chef persönlich kümmern muss.«

»Wem sagen Sie das, Sir Andrew.« Sandra gab sich lässig. »Gibt es etwas, das ich für Sie tun kann, Lady Claire?«

»Im Moment nicht. Dass Sie mir dieses grässliche Mädchen vom Leib halten, ist mir bereits eine große Hilfe.«

»Ach, Mum …« Andrew seufzte. »Wir sollten alle noch einmal in aller Ruhe miteinander sprechen. Wenn du Imogen besser kennen würdest …«

Mit einem scharfen Blick brachte Lady Claire ihren Sohn zum Schweigen. »Ich werde nachher einen Spaziergang durch den Park machen«, plauderte sie unbeschwert. »Andrew und Constable Scott werden mich begleiten. Das wird den Täter auf Abstand halten.«

»Passen Sie trotzdem auf sich auf, Mylady«, sagte Sandra.

Sie hatte das Zimmer gerade verlassen, als Andrew ihr nachkam.

»Ms Flemming, darf ich eine Bitte äußern?« Sandra nickte. Er schloss die Zimmertür hinter sich und senkte seine Stimme. »Können Sie mit Imogen sprechen? Auf meine Anrufe und Textnachrichten reagiert sie nicht. Hier im Hotel bekomme ich sie kaum zu Gesicht, und wenn, ist sie nie allein.«

»Sir Andrew, bei allem Respekt, das ist eine Sache, die Sie und Imogen miteinander klären müssen.«

»Anfangs haben Sie uns doch unterstützt …«

Sandra hob unterbrechend die Hand. »Da konnte ich nicht wissen, wie wenig Rückgrat Sie haben, Sir. Jetzt muss ich an meine Arbeit. Passen Sie auf Ihre Mutter auf. Auf Wiedersehen.«

Sandra wusste, dass sie mit ihren Worten übers Ziel hinausgeschossen war. So sollte sie mit einem Gast nicht sprechen! Bei allem Verständnis für Lady Claires Situation – wie Imogen von beiden behandelt worden war, konnte und wollte Sandra nicht verzeihen.

Das Gebäude des *Cornwall Observer* lag im Norden von Truro, unweit des Bahnhofes. Es war ein dreistöckiges Gebäude aus den 1970er-Jahren, das dringend einen neuen Anstrich nötig hatte. Durch eine Schwingtür trat Sandra in die Eingangshalle. Hinter der Rezeption sah ihr ein noch junger Mann fragend entgegen. »Ja?«

»Ich bin auf der Suche nach Artikeln Ihrer Zeitung aus dem Juni 2001«, sagte Sandra.

»Haben Sie auf unserer Webseite nachgesehen?«

»Das digitalisierte Archiv Ihres Blattes reicht nur bis ins Jahr 2003 zurück«, antwortete Sandra und fragte sich, warum ein Angestellter darüber nicht Bescheid wusste. Vielleicht war er nur eine Aushilfe.

»Warten Sie.« Er griff zum Telefon und wählte eine Nummer. »Hier ist eine Frau, die will was nachlesen.« Er sah Sandra an. »Wann war das nochmal?«

»Juni 2001«, wiederholte Sandra. Der Mitarbeiter der Zeitung gehörte nicht unbedingt zum freundlichen Teil der Menschheit.

Er wiederholte das Datum und legte auf. »Es wird gleich jemand kommen. Sie können da hinten warten.« Vage deutete er auf ein paar Stühle aus grauem Plastik, sah wieder auf den Bildschirm seines Computers und beachtete Sandra nicht weiter.

Sandra verzichtete darauf, sich zu setzen. In einem gläsernen Schaukasten lag die heutige Ausgabe der Zeitung. Sie überflog die Schlagzeilen. Auch hier wurde der Mord an Helena Branwell nicht erwähnt.

Nach etwa zwanzig Minuten kam eine Frau in den Fünfzigern in einem beigen Leinenkostüm und einer korallfarbenen Bluse auf Sandra zu.

»Michelle Dawson«, stellte sie sich vor. »Sie möchten unser Archiv sehen?« Sie war wesentlich freundlicher als ihr Kollege am Empfang. »Wie kann ich Ihnen helfen?«

Sandra stellte sich ebenfalls vor und wiederholte ihr Anliegen. Ms Dawson bat, ihr zu folgen. Im zweiten Stock betraten sie einen großen Saal mit deckenhohen Regalen aus Metall. In der Mitte standen sich zwei Tische gegenüber.

»Wir sind bemüht, alle Ausgaben der Zeitung zu digitalisieren und ins Netz zu stellen«, erklärte Ms Dawson. »Es fehlt jedoch an Personal, selbst Schüler und Studenten wollen so etwas in den Ferien nicht mehr machen. Da die Arbeit recht eintönig ist, kann ich es ihnen nicht verübeln.«

Michelle Dawson zog eine Schublade mit dem Schild *2001* auf und blätterte in der Hängeregistratur.

»Hier finden Sie alle Ausgaben aus dem Juni des Jahres 2001. Kennen Sie das genaue Datum?«

»Der dreiundzwanzigste oder ein paar Tage später«, antwortete Sandra und dachte, dass sie gar nicht wusste, wonach sie überhaupt suchen sollte. *Wieder einmal eine deiner verrückten Ideen,* hörte sie Christopher sagen. Was aber hatte sie zu verlieren außer ein paar Stunden ihrer Zeit?

Ms Dawson nahm die Ausgaben des besagten Datums heraus und legte sie auf den Tisch.

»Lassen Sie sich Zeit, Ms Flemming. Kann ich Ihnen einen Tee bringen?«

»Wäre auch ein Kaffee möglich? Ohne Zucker, aber mit viel Milch?«

Michelle Dawson nickte und ließ Sandra allein.

Sandras Augen flogen über die Titelseite, dann blätterte sie die Seiten um, bis sie den Lokalteil gefunden hatte. Eine Doppelseite berichtete über das Eden Project bei St Austell, das im März 2001 eröffnet worden war und seit den Osterferien einen Ansturm von Besuchern erlebte. Sandra dachte, dass sie das größte Gewächshaus der Welt auch mal wieder besuchen sollte. Aber erst im Herbst, derzeit war es ihr auf der rund fünfzig Hektar umfassenden Anlage zu voll. Sonst fand Sandra nur Belangloses. Berichte über kleine und größere Clubs, Kirchenbasare, am Tag zuvor ein bewaffneter Raubüberfall auf eine Tankstelle bei Helston, bei dem glücklicherweise niemand verletzt worden, der maskierte Täter aber unerkannt entkommen war.

Ms Dawson kam zurück und stellte eine große Tasse mit Milchkaffee vor Sandra.

»Sind Sie fündig geworden, Ms Flemming?«

»Leider nicht. Kann ich mir bitte die Ausgaben der folgenden Tage ebenfalls ansehen?«

»Selbstverständlich.« Die freundliche Angestellte suchte die nächste Ausgabe heraus. »Es geht mit dem fünfundzwanzigsten, einem Montag, weiter«, erklärte sie. »Unsere Zeitung erscheint nicht an Sonntagen.«

Sandra schlug den Lokalteil der Zeitung vom 25. Juni 2001 auf. Am Wochenende hatte es ein Musikfestival im Park des Herrenhauses Lanhydrock House gegeben, in Cagdwith ein Fischerfest, und in Penzance hatte ein Zirkus gastiert. Sandra blätterte um und blickte auf das Foto eines durchbrochenen Geländers an der Strandpromenade, dahinter das Meer.

»Oh, ich erinnere mich«, sagte Ms Dawson und tippte auf einen Artikel, der eine halbe Seite einnahm. »Das war tragisch gewesen.«

Ein Toter und eine Leichtverletzte am späten Samstagabend, las Sandra, sah dann Michelle Dawson an.

»Sie erinnern sich an einen so lange zurückliegenden Unfall?«

»Ich habe das Foto geschossen«, antwortete Ms Dawson. Ein Schatten fiel über ihr Gesicht. »Zu der Zeit war ich eine junge Journalistin in unserer Außenstelle in St Ives und wurde zu der Unfallstelle geschickt. Wie es im Artikel steht, versagten die Bremsen eines Wagens auf der steil abschüssigen Straße zur Sennen Cove. Kennen Sie das Dorf, Ms Flemming?«

»Es ist in der Nähe von Land's End, nicht wahr?«

Michelle Dawson nickte. »Das Auto durchbrach das Geländer und schoss mit hoher Geschwindigkeit ins Meer. Zu der Zeit hatte die Flut ihren Höchststand erreicht. Obwohl der Vorfall beobachtet und sofort der Rettungsdienst verständigt worden war, konnte der Fahrer nicht mehr lebend geborgen werden. Er war hinter dem Steuer eingeklemmt worden und ertrank. Die Frau, die ebenfalls im Wagen saß, hatte eine ganze Armee von Schutzengeln. Sie hatte sich selbst befreien und an Land schwimmen können und erlitt lediglich Prellungen und einen Schock.«

»Das ist schrecklich.« Sandra flüsterte, ein Schauer rann über ihren Rücken. »Waren sie ein Paar?«

»Darüber weiß ich nichts«, antwortete Ms Dawson. »Verheiratet waren sie offenbar nicht, da sie unterschiedliche Nachnamen trugen. Damals war es noch nicht verbreitet in einer Ehe die eigenen Namen zu behalten.« Sie ging zur Schublade, nahm das nächste Exemplar der Zeitung zur Hand und schlug eine Seite auf. »Am nächsten Tag wurden die Verunglückten namentlich genannt.«

Sandra las die Namen – und schnappte geräuschvoll nach Luft.

»Alles in Ordnung, Ms Flemming? Sie sind plötzlich ganz blass.«

»Es … geht schon, danke.« Mit dem Handrücken fuhr sich Sandra über die schweißnasse Stirn.

»Haben Sie nach diesem Unfall gesucht?«, fragte Ms Dawson. »Ist es jemand, den Sie kennen?«

Sandra schluckte. »Nein, oder doch ja …« Sie musste sich auf die Tischplatte stützen, um aufstehen zu können. Ihre Knie fühlten sich an wie eine der köstlichen, fluffigen Süßspeisen von Monsieur Peintré. »Herzlichen Dank, Ms Dawson.«

»Soll ich Ihnen ein Glas Wasser bringen?«

Sandra schüttelte den Kopf. »Mir geht es gut. Ich brauche nur frische Luft.«

Dass es sich bei dem Unfall im Juni 2001 bei der verletzten Beifahrerin um Helena Branwell handelte, hatte Sandra nicht derart aus der Fassung gebracht. Etwas in dieser Art hatte sie erwartet und nach einem Hinweis gesucht. Deswegen war sie nach Truro gekommen. Es war der andere Name. Der Name des Fahrers, der ertrunken war …

Sandra war zwar katholisch getauft, Religion spielte in ihrem Leben aber keine große Rolle. Auch mit Kunstwerken kannte sie sich nicht so gut aus. Das Bild, das sich ihr jetzt darbot, erinnerte sie dennoch an Botticellis *Madonna mit Kind*.

Den Kopf mit den noch spärlichen, hellblonden Haaren an Ann-Kathrins Schulter geschmiegt, die pummeligen Ärmchen um den Hals der Mutter gelegt, die ihrerseits mit einem Blick voller Zärtlichkeit und unendlicher Liebe auf ihr Kind blickte …

Sandras Augen wurden feucht. Sie wischte sich eine Träne

von der Wange und sagte: »Danke, dass du dir Zeit für mich nimmst.«

»Wozu sind Freunde da?« Ann-Kathrin küsste Demelza auf die Stirn, das Baby gluckste und grapschte nach einer Haarsträhne der Mutter. »So richtig verstanden habe ich die Zusammenhänge allerdings noch nicht.«

Nachdem Sandra das Gebäude des *Cornwall Oberserver* verlassen und sich soweit beruhigt hatte, um konzentriert ihren Wagen lenken zu können, war sie zu ihrer Freundin gefahren. Kaum hatte Ann-Kathrin die Tür geöffnet, war aus Sandra herausgesprudelt, was sie bei der Zeitung entdeckt hatte und welche Schlüsse sie daraus zog – und wer Susan Nicholls und Helena Branwell umgebracht hatte. Mit ungläubigem Staunen hatte Ann-Kathrin ihr zugehört.

»Es ist nur ein Indiz«, sagte Sandra jetzt. »Ein kleiner Hinweis, von einem Beweis meilenweit entfernt. Gleichzeitig ein außergewöhnlicher Zufall.«

»Ich stimme dir zu, Sandra. Der Unfall ist über achtzehn Jahre her und in Vergessenheit geraten.«

»Ob es Alan möglich wäre, einen Blick in den Unfallbericht zu werfen?«, fragte Sandra. »In der Zeitung steht, die Bremsen hätten versagt. Das wird sicher entsprechend untersucht worden sein.«

»Mit einem negativen Ergebnis«, erwiderte Ann-Kathrin, »sonst hätte es weitere Ermittlungen gegeben. Warum fragst du nicht Christopher? Er kommt doch problemlos an die alten Akten.«

»Christopher würde die gleichen Schlüsse wie ich ziehen«, erklärte Sandra, »bei diesem Verdachtsmoment jedoch handeln müssen und die Person verhören. Sie wird natürlich leugnen und alles weit von sich weisen, weil es keine Beweise gibt. Damit ist sie gewarnt und wird alles tun, eventuelle Spuren zu verwischen oder gar das Land zu verlassen. Du kennst Christopher, Ann-Kathrin. Er kann und wird nichts tun, das vielleicht nicht ganz legal ist.«

»Was können wir denn ausrichten, sollte sich dein Verdacht bestätigen?«, fragte Ann-Kathrin nachdenklich.

Das *wir* erwärmte Sandras Herz. Es war schön, dass die Freundin ihre Überlegungen teilte und nicht dachte, Sandra ziehe völlig unrealistische Schlussfolgerungen.

»Wir müssen ein Geständnis erzwingen.« Die Idee war Sandra soeben durch den Kopf geschossen. »Die Person, die Susan Nicholls und Helena Branwell ermordet hat, muss es vor Zeugen gestehen.«

Eine skeptische Falte bildete sich über Ann-Kathrins Nasenwurzel. »Wie sollte das gelingen? Wir können Sie ja schlecht entführen und foltern. Du weißt, Sandra, dass Geständnisse, die unter Zwang getätigt werden, vor Gericht keinen Bestand haben.«

»Wir werden niemanden entführen oder gar foltern. Was denkst du denn von mir, Ann-Kathrin!«

Die Freundin winkte ab. »Das war nur Spaß. Welche Mittel und Wege haben wir aber? Wenn dein Verdacht stimmt, hat die Person eine große kriminelle Energie an den Tag gelegt und ist mit allen Wassern gewaschen. Wir dürfen sie nicht unterschätzen.«

Nachdenklich rieb sich Sandra über ihren Nasenrücken und sagte leise: »Ich glaube, ich habe eine Idee.« Sie sah Ann-Kathrin ernst an. »Dafür benötige ich aber deine Hilfe, die von Eliza Dexter und zwei weiteren Personen. Vergiss meine Frage von vorhin, ob Alan in den alten Akten nachsehen kann. Die Männer lassen wir außen vor. Alan und

Christopher wären mit meinem Plan ohnehin nicht einverstanden.«

Demelza gluckste vergnügt. Es war ihr gelungen, ihre Fingerchen um eine von Ann-Kathrins Haarsträhne zu legen und kräftig daran zu ziehen.

»Aua, du kleine Motte!«, rief Ann-Kathrin. »Warte, auch du wirst mal lange Haare haben!« Sie sah zu Sandra. »Was kann ich tun?«

»Nichts«, antwortete Sandra. »Es ist doch besser, wenn du dich heraushältst. Du bist nicht länger nur für dich und Alan verantwortlich.«

Ann-Kathrins Augen weiteten sich. »Ist dein Plan so gefährlich?«

Sandra schüttelte den Kopf. »Zunächst wäre es nur ein behutsames Vortasten, das auch ergeben kann, dass ich auf einer falschen Fährte bin. Trotzdem möchte ich dich nicht …«

»Nichts da, Sandra Flemming«, rief Ann-Kathrin entschlossen. »Susan Nicholls war meine Kollegin. Ich will, dass ihr Mörder zur Rechenschaft gezogen wird. Sag mir, was ich tun soll.« Sie löste Demis Ärmchen von ihrem Hals, nahm das Baby und setzte es Sandra auf den Schoß. »Zeit für deine Patentante, sich ein paar Minuten um dich zu kümmern, mein Goldstück, solange Mummy Kaffee macht. Dann erklärt mir meine Freundin, was sie ausgeheckt hat.«

Mit einem Finger streichelte Sandra die samtweiche Wange des Kindes. Demelza roch nach Babypuder und irgendwie auch nach Geborgenheit. Der Gedanke, selbst Mutter zu werden, erschien Sandra auf einmal nicht mehr so fremd wie noch vor wenigen Wochen.

ZWEIUNDZWANZIG

Die kleinere, etwas pummelige Frau mit den mausbraunen, glatten Haaren kauerte in einem Sessel vor dem Kamin der Hotelhalle. Der Tee, den Lucas ihr serviert hatte, war unberührt.

»Ich weiß, dass ich eigentlich nicht darüber sprechen darf«, sagte sie und sah Eliza Dexter verzweifelt an, »aber Sie haben sie doch auch gekannt. Deswegen bin ich zu Ihnen gekommen. Ich muss einfach mit jemanden sprechen!«

Eliza nickte, aus den Augenwinkeln sah sie zu Sandra, die scheinbar unbeteiligt hinter der Rezeption stand und Daten in den Rechner eingab.

»Ich verstehe nicht, warum die Polizei den Überfall auf Helena geheim hält.« Grübelnd legte Eliza ihre Stirn in Falten.

»Ich auch nicht.« Aus ihrer Hosentasche nahm die Frau ein spitzenbesetztes Taschentuch und tupfte sich die Augenwinkel trocken. »Der Chief Inspector meint, es wäre von großer Bedeutung, den Täter im Glauben zu lassen, er hätte Helena getötet. So wiegt er sich in Sicherheit und wird einen Fehler machen.«

»Helena wird wieder gesund, nicht wahr?«, fragte Eliza.

Die Frau nickte. »Die Ärzte sind zuversichtlich. Ihre Verletzungen sind nicht lebensbedrohlich, Folgeschäden sind keine zu erwarten. Noch heute werden sie Helena aus dem künstlichen Koma holen, und morgen, spätestens in zwei Tagen kann meine Cousine eine Aussage machen.«

»Das sind doch gute Nachrichten!«, rief Eliza laut. Für Sandras Geschmack etwas zu laut. Übertreiben sollte es ihre Mitarbeiterin besser nicht. »Helena muss den Täter erkannt haben, schließlich war es heller Tag, als sie überfallen wurde.«

»Davon geht der DCI aus.« Die Frau griff nach der Teetasse und nippte daran. Dass der Tee inzwischen erkaltet war, schien sie nicht zu stören.

»Eliza, ich brauche Sie jetzt bitte«, rief Sandra durch die Halle. »Die Kalkulation für den Monat muss bis heute Mittag fertig sein.«

»Ich komme sofort, Sandra.« Eliza ergriff die Hand der Frau und drückte sie. »Es wird alles gut werden, Ms … Wie war noch gleich Ihr Name?«

»Jessica Stevens«, antwortete die Frau. »Ich lebe in Canterbury und wollte meine Cousine für ein paar Tage besuchen, weil ich gerade Urlaub habe. Dann habe ich von Ann Lewis erfahren, was passiert ist. Ms Lewis arbeitet mit Helena zusammen«, fügte sie erklärend hinzu. »Da dachte ich, ich muss mit jemanden sprechen, der Helena kennt. Ich wollte Sie nicht von der Arbeit abhalten, Ms Dexter.«

»Das ist völlig in Ordnung, Ms Stevens.« Eliza lächelte aufmunternd. »Ich nehme an, Sie werden einige Zeit in Cornwall bleiben? Wir hätten noch ein freies Zimmer …«

»Danke, das ist nicht nötig«, antwortete Jessica Stevens. »Ich werde in Helenas Haus wohnen. Eine Krankenschwester gab mir den Schlüssel. Meine Cousine wird sicher nichts dagegen haben.«

»Bleiben Sie ruhig noch sitzen, Ms Stevens«, sagte Eliza. »Soll ich Ihnen einen frischen Tee bringen lassen?«

Jessica Stevens lehnte dankend ab. Eliza trat neben Sandra und sagte: »Ich mache die Kalkulation im Büro fertig.«

Eliza verschwand im Büro, Sandra gab in aller Ruhe weitere Daten in den Rechner ein und tat, als hätte von dem Gespräch nichts mitbekommen. Aus dem Sofa, das neben dem Tisch mit den Zeitungen und Zeitschriften stand, erhoben sich jetzt Major Collins und Lady Claire und gingen zu Jessica Stevens.

»Dürfen wir uns einen Moment zu Ihnen setzen, Ms Stevens?«, fragte Lady Claire, und der Major ergänzte: »Wir wollten nicht lauschen, Sie haben aber so laut gesprochen, dass es unvermeidbar war. In Lower Barton ist etwas passiert, und es wird von der Polizei geheim gehalten?«

Ms Stevens nickte. »Meine Cousine Helena Branwell wurde überfallen und verletzt. Sie ist Immobilienmaklerin im Ort. Kennen Sie sie?«

»Bedaure nein«, antwortete der Major.

»Und ich bin in Higher Barton nur zu Gast«, fügte Lady Claire an. »Ihre Nachricht beunruhigt mich sehr, Ms Stevens. Wissen Sie, dass erst vor ein paar Tagen eine Frau ermordet wurde?«

Jessica Stevens nickte. »Der Inspector geht von einem Zusammenhang aus. Deswegen ist es wichtig, dass meine Cousine bald vernommen werden kann. Er erwähnte auch, dass eine weitere Frau überfallen wurde, diese aber unversehrt entkommen konnte.«

»Wie ich hörte, ist Ihre Cousine nicht schwer verletzt«, sagte der Major. »Hoffentlich konnte sie den Täter erkennen, vielleicht sogar identifizieren.«

»Davon geht der freundliche Chief Inspector aus.« Mit einem Seufzer stand Jessica Stevens auf. »Ich hoffe, es hängt nicht mit dem zusammen, was Helena früher mal getan hat.«

»Was hat sie denn getan?«, fragte Lady Claire interessiert. »Verzeihung, ich wollte nicht neugierig sein«, fügte sie schnell hinzu.

»Ach, das ist nur ein Gedanke von mir«, wiegelte Jessica Stevens ab. »Es ist lange her, ich glaube achtzehn oder neunzehn Jahre. Meine Cousine hatte damals …« Jessica sah sich in der Halle um. Außer ihnen drei und Sandra an der Rezeption war niemand zu sehen. Trotzdem flüsterte sie: »Meine Cousine hatte eine Beziehung zu einem verheirateten Mann. Es war mehr als eine Affäre. Der Mann wollte sich scheiden lassen und Helena heiraten. Leider starb er zuvor.«

»Das tut mir sehr leid«, bemerkte Major Collins betroffen. »Glauben Sie, dass Ms Branwell aus diesem Grund überfallen wurde? Wie Sie sagten, ist das lang her.«

»Nun ja, immerhin hatte sie den Verdacht, der Mann, den sie liebte, sei umgebracht worden«, erklärte Jessica Stevens, ihre Unterlippe zitterte. »Helena verdächtigt bis heute seine Frau. Sie meint, dass sie sich an ihm rächen wollte. Bewiesen konnte nie etwas werden.«

»Wahrscheinlich war es doch nur eine flüchtige Liebelei«, warf Lady Claire ein.

Jessica schüttelte entschlossen den Kopf. »Aus den zahlreichen Briefen, die der Mann meiner Cousine geschrieben hat, geht eindeutig hervor, dass er zur Trennung fest entschlossen war. Ja, er deutete sogar an, dass er fürchtete, seine Frau würde sich zu unüberlegten Handlungen hinreißen lassen.« Fest presste sie ihre große Handtasche gegen ihren

Körper. »Ich denke darüber nach, die Briefe der Polizei vorzulegen.«

»Warum denn das?«, rief Lady Claire. »Sie sagten, diese … Beziehung sei viele Jahre her. Haben Sie die Korrespondenz in der Tasche?«

»Nein, sie befindet sich in Helenas Wohnung. Sie hat sie mir schon oft gezeigt. Helena ist ein guter Mensch, zu allen immer freundlich. Ich bin überzeugt, dass sie keine Feinde hat, zumindest jetzt niemanden, der ihr würde schaden wollen. Die Polizei hat mich gebeten, jede Information mitzuteilen, möge sie auf den ersten Blick auch unbedeutend sein. Es kann nicht schaden, wenn der angebliche Unfall von Helenas Geliebtem noch mal untersucht wird.« Sie holte tief Luft und stieß hervor: »Und der Witwe ein paar Fragen gestellt werden.«

»Ich verstehe Sie«, sagte der Major und berührte leicht den Arm der Frau. »Darf ich Sie noch etwas fragen, Ms Stevens?« Jessica nickte. »Ist Ihre Cousine um die fünfzig, und ihre Haarfarbe ist rot?«

»Ja, woher wissen Sie das?« Jessica Stevens sah erst den Major, dann Lady Claire überrascht an. Dann formten sich ihre vollen Lippen zu einem »Oh! Sie haben Ähnlichkeit mit Helena! Der Chief Inspector sprach davon, dass die Möglichkeit eines Serientäters besteht.«

»Sie glauben nicht daran?«, fragte Lady Claire.

»Nein, ich glaube, jemand hat gezielt versucht, Helena zu töten«, antwortete Jessica Stevens entschlossen.

Major Collins nickte verständnisvoll. »So oder so, die Sache muss ein Ende haben. Ihrer Cousine wünsche ich eine baldige Genesung.«

»Sie sind sehr freundlich, ich danke Ihnen.« Jessica Stevens lächelte schwach. »Bitte, behalten Sie es für sich, dass meine Cousine noch am Leben ist und bald vernehmungsfähig sein wird. Ich hätte nicht plaudern dürfen, bin aber sehr aufgewühlt.«

»Selbstverständlich! Wir sind keine Klatschbasen!« Major Collins warf sich in die Brust. »Hoffen wir, dass Ms Branwell den Täter identifizieren oder zumindest genau beschreiben kann.«

»Das wäre eine große Erleichterung für uns alle«, ergänzte Lady Claire. »Werden Sie jetzt zu der Wohnung Ihrer Cousine fahren, Ms Stevens?«

Sie schüttelte den Kopf. »Ich habe noch einige Einkäufe zu erledigen und werde am Nachmittag dort sein.«

»Ich wünsche Ihnen und Ms Branwell alles Gute«, erwiderte Lady Claire. Sie wartete, bis Jessica Stevens die Hotelhalle verlassen hatte, dann sagte sie zu Major Collins: »Danke, dass Sie nichts davon gesagt haben, dass der Wahnsinnige mich zweimal überfallen hat. Das hätte Ms Stevens zusätzlich verstört.«

»Mylady, Sie haben großes Glück gehabt, dem Täter entkommen zu sein.« Besorgt musterte der Major Lady Claire. »Wenn Sie erlauben, passe ich ab jetzt auf Sie auf. Ich werde Sie nicht mehr aus den Augen lassen.«

»Das ist überaus freundlich, Major, aber das kann ich nicht von Ihnen verlangen. Mein Sohn ist ständig in meiner Nähe, und da ist noch der Constable vor meiner Zimmertür.« Sie zupfte sich ein paar Strähnen zurecht, die seitlich in ihr dezent geschminktes Gesicht fielen.

»Wenn Ms Branwell ihre Aussage gemacht hat, besteht die Hoffnung, dass Sie nach Hause zurückkehren können«, bemerkte der Major. »Für Sie freue ich mich natürlich, wobei ich gleichzeitig nicht verhehlen kann, dass ich unsere Ausflüge und Gespräche schmerzlich vermissen werde.«

»Ich empfinde ähnlich, Major.« Lady Claire legte eine Hand auf seinen Arm. »Lassen Sie uns das Thema beenden, machen wir lieber einen Spaziergang. Zuvor habe ich an Ms Flemming noch eine Frage.«

Sandra sah auf, als Lady Claire zu ihr trat. »Ich nehme an, Sie haben alles mitangehört?«

Sandra konnte es nicht leugnen, sagte aber: »Nur Bruchstücke, Mylady. Ich interessiere mich nicht für die Gesprächsthemen meiner Gäste und habe zu arbeiten.«

»Sie wissen bestimmt, Ms Sandra, dass in Lower Barton eine zweite Frau überfallen und beinahe getötet wurde und dass diese Tatsache von der Polizei verheimlicht wird. Natürlich wissen Sie es! Als Freundin von Inspector Bourke bleibt Ihnen nichts verborgen.«

»Ich durfte darüber nicht sprechen, Lady Claire«, erwiderte Sandra. »Gerade, weil Mr Bourke und ich in näherem Kontakt zueinanderstehen, erfahre ich von ihm eher wenig. In diesem Fall wollte er auch Sie, Mylady, nicht unnötig beunruhigen. Zumal der Mord an der Lehrerin und die Anschläge kurz vor der Aufklärung stehen.«

»Ich verstehe die Beweggründe des Inspectors durchaus.« Lady Claire wandte sich Major Collins zu. »Sie haben mir kürzlich von dieser heiligen Quelle erzählt …«

»St Gwinnodock Well.« Der Major nickte. »Ein mystischer Ort, etwa eine Stunde Fußweg entfernt. Dem Quellwasser wird ein Liebeszauber zugeschrieben. Wenn man unsterblich in jemanden verliebt ist und die Person von dem Wasser trinkt, wird sie niemals wieder jemand anderen ansehen.«

»Das klingt schrecklich, Major!« Lady Claire lachte hell

auf. »Gefühle ändern sich im Laufe des Lebens. Sicherheitshalber werde ich das Wasser meine Lippen nicht berühren lassen.«

»Es soll auch Heilkräfte gegen zahlreiche Krankheiten haben«, sagte Major Collins.

»Da ich mich so gesund und munter wie selten zuvor fühle, ist auch das nicht nötig.« Sie hakte sich beim Major unter. »Dennoch würde ich mir diese geheimnisvolle Quelle gern ansehen. Machen wir uns auf den Weg, Major. Passende Schuhe für einen längeren Spaziergang habe ich an.«

»Möchten Sie nicht Ihren Sohn fragen, ob er …«

»Nein. Mein Junge ist derzeit etwas niedergeschlagen. Mit seiner schlechten Laune würde er uns nur den Tag verderben. Wie man sich wegen eines zweitklassigen Mädchens derart gehen lassen kann!« Die Missbilligung stand Lady Claire ins Gesicht geschrieben. »Wenn wir wieder zu Hause sind, werde ich so schnell wie möglich ein Treffen mit der jungen Frau arrangieren, die die Richtige für Andrew ist. Das wird ihn auf andere Gedanken bringen.«

»Urteilen Sie nicht etwas hart über Imogen Paynter?«, fragte Major Collins. »Ich kenne sie bereits ein paar Jahre, und auf mich hat sie immer einen sehr angenehmen und intelligenten Eindruck gemacht. Die Fotos, die Ms Paynter hat machen lassen … Haben wir nicht alle in unserer Jugend den einen oder anderen Fehler begangen?«

»Ich nicht, denn ich genoss eine anständige Erziehung und Ausbildung. Außerdem weiß ich, was für meinen Sohn das Beste ist.« Lady Claire zog den Major am Arm. »Lassen Sie uns jetzt aufbrechen. Nicht, dass Petrus uns einen Strich durch die Rechnung macht.«

»Glauben Sie, es hat geklappt?«, raunte Eliza an Sandras

Ohr, nachdem Lady Claire und der Major das Hotel verlassen hatten.

»Ich glaube, ja.« Sandra zwinkerte ihrer Mitarbeiterin zu. »Dass Ann-Kathrin eine ausgezeichnete Lehrerin und eine liebevolle Mutter ist, habe ich gewusst. So gute schauspielerische Qualitäten hätte ich ihr aber nicht zugetraut.«

»Wann wollen wir gehen?«

»Ich nehme an, Lady Claire und der Major werden zum Lunch zurücksein und diesen hier einnehmen. Wir brechen gegen zwei Uhr auf. Da wird Rosa nicht länger in der Küche benötigt und kann die Rezeption übernehmen.«

Eliza sagte zögerlich: »Wollen Sie nicht doch Inspector Bourke oder zumindest Mr Trengove …«

»Alles zu seiner Zeit, Eliza«, erwiderte Sandra. »Ich spüre in meiner Nase, dass wir auf der richtigen Spur sind und unser Plan Erfolg haben kann.«

Lachend bemerkte Eliza: »Dann kann ja nichts mehr schiefgehen, Sandra.«

DREIUNDZWANZIG

Die Glocke des nahegelegenen normannischen Kirchturms schlug die halbe Stunde, als zwei Frauen durch die Hintertür in das Büro der Maklerin huschten.

»Hat Sie jemand gesehen?«, fragte Ann Lewis.

Sandra streifte sich die Kapuze ihrer sommerlichen Windjacke ab, Ann-Kathrin schob den Schirm ihrer Basecap zurück.

»Ich denke nicht«, antwortete Sandra. »Mein Wagen steht vor dem Laden von Ms Roberts. Sollte er bemerkt werden, wird jeder denken, ich bin bei der Metzgerin, was völlig normal ist. Ms Lewis, das ist meine Freundin, Ann-Kathrin Trengove.«

»Und ich Ann – ohne Zusatz.« Die beiden Frauen lachten und schüttelten sich die Hände.

»Eigentlich sollte ich Ihnen böse sein, Sandra«, sagte die junge Maklerin. »Sie haben mich schön an der Nase herumgeführt, als Sie sich für eine Hausinteressentin ausgegeben haben.«

»Ich hoffe, Sie verzeihen es mir, Ann. Wobei das Haus am Sunset Close ein wirklich schönes Objekt ist.«

»Jetzt, da ich weiß, worum es geht, verzeihe ich Ihnen alles. Hauptsache, es führt dazu, den Mörder von Helena zu überführen. Übrigens: Bei dem Haus am Sunset Close stehe ich kurz vor dem Kaufabschluss. Zwei Männer wollen dort einziehen, sie haben erst vor wenigen Wochen geheiratet.«

»Ann, haben Sie den Schlüssel für die Wohnung?«, fragte Sandra und deutete zur Decke.

Ann Lewis schüttelte den Kopf. »Den hatte Helena bei sich, ergo befindet er sich bei der Polizei. Es ist aber ein einfaches Schloss, und ich habe schon mal vorgearbeitet.« Sie zwinkerte Sandra zu. »Folgen Sie mir bitte.«

Von der Hintertür des Hauses, in dessen Erdgeschoss sich die Immobilienagentur befand, führte eine enge, steile Treppe ins obere Stockwerk. Die hölzernen Stufen waren in der Mitte ausgetreten. Am Ende der Treppe stand eine Tür einen Spalt breit offen. Auf Sandras fragenden Blick hin erklärte Ann Lewis: »Das war mit einem Dietrich einfach. Gut, dass gestern das polizeiliche Sigel entfernt worden ist. Sonst wäre das Betreten der Räume eine Straftat.«

Etwas beklommen trat Sandra in die Wohnung von Helena Branwell. Am Gesichtsausdruck ihrer Freundin sah sie, dass es Ann-Kathrin ähnlich erging. Die Wohnung sah aus, als wäre sie gerade erst verlassen worden. In der Luft hing noch der Geruch eines dezenten, etwas herben Parfüms. Von einer kleinen, quadratischen Diele führten vier Türen ab. Eine in eine schmale Küche, die nächste in ein Duschbad, hinter den anderen beiden Türen befanden sich das Wohn- und das Schlafzimmer. Alles war aufgeräumt und picobello sauber.

»Häufig habe ich Helena vorgeworfen, einen Putzfimmel zu haben«, sagte Ann Lewis. »Das tut mir heute leid. Sie hatte es nur gern ordentlich.«

»Dann hatte sie nie ein Kind«, murmelte Ann-Kathrin. »Ich räume ständig auf, und kaum bin ich fertig, kann ich wieder von vorn anfangen.«

»Nein, Helena hatte keine Kinder«, erklärte Ann Lewis. »Sie war nie verheiratet oder hatte eine feste Beziehung zumindest nicht, seit ich sie kannte. Wenn das stimmt, was Sie, Sandra, mir gestern erzählt haben, verstehe ich Helena heute besser.«

Im Wohnzimmer sah sich Sandra um. Der Raum hatte ein bodentiefes Erkerfenster nach hinten raus und war mit einer Tür mit dem Schlafzimmer verbunden. Eine Kommode aus hellem Holz, ein Bücher-, CD- und DVD-Regal, ein niedriger Tisch, ein Sofa und zwei Sessel in der Mitte des Zimmers waren die ganze Einrichtung. Ann-Kathrin nahm ein Bündel mit Briefumschlägen aus ihrer Handtasche. Sie waren mit einem roten Samtband zusammengebunden.

»Sind die alle von Alan?«, fragte Sandra überrascht.

»Schätzt du Alan so ein, als würde er Liebesbriefe schreiben?« Ann-Kathrin schmunzelte. »Als Jugendliche hatte ich einige Monate lang eine Brieffreundschaft mit einem Jungen aus Irland. In Ermanglung von E-Mail hat man sich damals der guten alten Post bedient.«

»Wie hieß er denn?«, fragte Ann Lewis.

»Ian MacDonnerty, er lebte im Südwesten der Insel«, antwortete Ann-Kathrin. »Es wäre interessant zu wissen, was er heute macht.«

»Das würde Alan wenig gefallen«, ermahnte Sandra sie und stupste die Freundin in die Rippen.

»Als ob ich Zeit für solche Dinge hätte«, murmelte Ann-Kathrin. Sie öffnete eine der oberen Schubladen der Kommode. Fein säuberlich zusammengelegt lagen Halstücher und

Schals in verschiedenen Farben darin. Ann-Kathrin legte das Bündel mit Briefen in die Schublade.

Unten an der Tür klopfte es verhalten. Die drei Frauen sahen sich erstaunt an.

»Ist sie das schon?«, fragte Sandra.

»Ich sehe nach«, sagte Ann Lewis. »Dass ich im Haus bin, ist unverfänglich.«

Ann ging die Treppe hinunter, gleich darauf hörte Sandra eine ihr wohl bekannte männliche Stimme. Sie ging zum Treppenabsatz und rief: »Major Collins! Was wollen Sie hier? Es war ausgemacht, dass Sie mir eine SMS schicken, wenn sie das Hotel verlassen hat.«

Der alte Haudegen erklomm die Stufen erstaunlich leichtfüßig. Die steile Treppe schien ihm nichts auszumachen.

»Ach, Ms Flemming, so ist es doch viel spannender! Außerdem, meine Damen«, er sah in die Runde, »können Sie tatkräftigen, männlichen Beistand gebrauchen. Man weiß ja nie.«

Sandra bezweifelte zwar, dass der Achtzigjährige eine echte Hilfe sein würde, sollte es darauf ankommen. Wegschicken konnte sie ihn aber nicht. Nachdem sie gestern Major Collins in ihren Plan eingeweiht hatte, war er erschüttert und sofort bereit gewesen, Sandras kleine Scharade mitzuspielen.

»Ich hoffe immer noch, dass Sie, Ms Flemming, unrecht haben «, sagte der Major. »Was kann ich tun?«

»Wir verbergen uns im Schlafzimmer«, antwortete Sandra. »Sie, Ann, Eliza und ich. Ann-Kathrin?« Sie sah die Freundin besorgt an. »Traust du dir das wirklich zu? Noch können wir die Sache abblasen.«

»Nichts da!« Ann-Kathrin lächelte, es wirkte ein wenig gezwungen. »Wir müssen es zu Ende bringen.«

»Sollten wir nicht doch besser DCI Bourke einschalten?«,

äußerte Eliza ihre Bedenken. »Oder Ihren Mann, Ms Trengove?«

»Er und Christopher würden es uns strikt verbieten«, erwiderte Ann-Kathrin. »Wie Sandra erklärt hat: Wir haben nur Indizien und nicht den Hauch eines Beweises. Wir brauchen das mündliche Geständnis.«

Die Türglocke schrillte. Alle zuckten zusammen und hielten für einen Moment den Atem an.

»Es geht los«, flüsterte Sandra. An ihrem Handy schaltete sie die Aufnahmefunktion ein und küsste Ann-Kathrin auf die Wange. »Toi, toi, toi!« Dann zogen sie, Eliza, Ann Lewis und der Major sich ins angrenzende Zimmer zurück. Die Tür blieb einen Spalt geöffnet. »Sie wissen Bescheid: Keinen Mucks!«

Ann-Kathrin ging hinunter und öffnete die Haustür. Oben war zu hören: »Ich wusste, dass Sie kommen werden.«

»Und ich wusste, dass Sie wissen, wer ich bin«, antwortete eine Stimme. »Ihr Auftritt heute Vormittag im Hotel war doch gespielt, nicht wahr, Ms Stevens? Ist Helena wirklich Ihre Cousine? Lautet Ihr Name überhaupt Jessica Stevens?«

»Das spielt keine Rolle«, antwortete Ann-Kathrin. Sie und ihr Gast traten ins Wohnzimmer. »Ich glaube, auf Höflichkeitsbezeugungen können wir verzichten, daher biete ich Ihnen keinen Tee an.«

»Existieren die Briefe tatsächlich?«

Ann-Kathrin zog die Kommodenschublade auf. Nur für einen Moment, so dass ihr Gast einen Blick auf das Briefbündel werfen konnte. Dann schob sie die Schublade wieder zu.

»Meinen Verdacht habe ich der Polizei noch nicht mitgeteilt«, sagte Ann-Kathrin. »Zunächst wollte ich mit Ihnen unter vier Augen sprechen.«

»Was wollen Sie, Ms Stevens?«

»Ich erkenne, dass Sie verstehen, und denke, dass wir uns einigen können«, antwortete Ann-Kathrin. Sandra zollte ihr Respekt, wie gelassen sie war. »Es ist nur eine Frage der Zeit, bis Helena eine Aussage machen wird. Ich gehe davon aus, dass sie Sie erkannt hat. Selbst wenn nicht, die frühere Sache, die von den Briefen unterfüttert wird, wird aufgerollt werden. Dann sieht es für Sie schlecht aus. Es ist anzuraten, dass Sie die Gegend oder sogar das Land so schnell wie möglich verlassen. Mein Schweigen wird Ihnen bestimmt etwas wert sein.«

»Wie viel?«

Sandras Herz pochte so heftig in ihrem Hals, dass sie fürchtete, es sei im Wohnzimmer zu hören. Eliza, Ann Lewis und dem Major stand die Bestürzung ins Gesicht geschrieben. Sandras Verdacht bestätigte sich.

»Über die Summe sprechen wir gleich«, sagte Ann-Kathrin. »Zunächst möchte ich wissen, wie Sie es gemacht haben. Damals der Unfall und jetzt der Mord. Warum musste Susan Nicholls sterben? Sie hatte mit Helena und der Vergangenheit nichts zu tun.«

»Das war ein bedauerlicher Irrtum.«

»Ihnen ging es von Anfang an um Helena Branwell«, sprach Ann-Kathrin weiter. »Die äußerliche Ähnlichkeit mit Helena wurde Susan zum Verhängnis, nicht wahr? Was ist an dem Morgen geschehen?«

»Warum sollten Sie es nicht erfahren, Ms Stevens? Am Tag zuvor habe ich Helena zufällig auf der Straße gesehen, als wir mit dem Auto die Fore Street entlanggefahren sind. Es war wie ein Faustschlag in meinen Magen. Ich wusste nicht, dass sie in Lower Barton ist. Dann sah ich das Schild mit ihrem

Namen an der Agentur. In dieser Nacht fand ich keine Ruhe, alles kam wieder hoch. So fuhr ich in den Ort ...«

»Ist niemandem aufgefallen, wie Sie das Haus verlassen haben?«, stellte Ann-Kathrin die Zwischenfrage.

»Nein, ich war leise und alle haben geschlafen. Ich parkte beim Supermarkt und ging zu Helenas Haus. Dort stand ich eine halbe Stunde und starrte zu den dunklen Fenstern empor. Ich wusste nicht, was ich jetzt tun sollte. Wie ein Tsunami stieg die Wut in mir hoch. Auch nach achtzehn Jahren hatte ich nichts vergessen, konnte ich nicht verzeihen, dass diese Frau mein Leben zerstört hat. Sollte ich klingeln und mit Helena sprechen? Ihr meinen ganzen Hass, der mir in dem Moment das Herz abschnürte, entgegenschleudern? Ich tat es nicht, ich wollte in Ruhe nachdenken. Da sah ich sie. Sie kam die Straße entlang. Ihr Gang war beschwingt, und sie summte eine Melodie vor sich hin. Ich drückte mich in einen Hauseingang. Sie ging so dicht an mir vorbei, dass ich ihr Parfüm riechen konnte. Es war süßlich und penetrant. Aufdringlich, wie die ganze Frau.«

»Sie hätten doch erkennen müssen, dass es nicht Helena gewesen ist!«, rief Ann-Kathrin aufgeregt. »Auch wenn es dunkel war: Die Straßenlampen in der Fore Street leuchten auch in der Nacht.«

»Woher wissen Sie das? Haben Sie nicht behauptet, in Canterbury zu leben?«

»Was ist dann passiert?«, fragte Ann-Kathrin, ohne eine Antwort zu geben. »Sie sind Susan gefolgt, nicht wahr?«

»Sie ging eine schmale Gasse zwischen den Häusern entlang, die auf diesen Platz mündete. Dort war es nahezu dunkel. Die Laternen leuchteten nicht die Ecken aus. Mein Denken war außer Kraft gesetzt. Die angestaute Wut ballte sich wie eine Kanonenkugel in meinem Magen zusammen. Ich rannte los und habe mich von hinten auf die Frau geworfen. Wir stürzten zu Boden. Sie lag auf dem Bauch, ich saß auf ihrem Rücken. Gewehrt hat sie sich nicht, wahrscheinlich war sie zu überrascht. Ich nutzte diesen Moment, packte sie an ihren roten Haaren und schlug ihre Stirn auf den Asphalt. Immer und immer wieder. Sie hat nur einmal kurz geschrien, da schlug ich erneut ihren Kopf auf den Boden. Dann war sie still. Es war ganz schnell gegangen. Im Nachhinein schätze ich, wohl kaum eine Minute. In dem Moment hatte ich jegliches Zeitgefühl verloren. Ich zerrte den Körper unter den Busch und rannte davon. Ich kann mich nicht mehr erinnern, wie ich zurückgekommen bin.«

»Wo Sie sich ins Bett gelegt und geschlafen haben, als wäre nichts geschehen«, sagte Ann-Kathrin mit belegter Stimme. »Wann haben Sie bemerkt, dass Sie nicht Helena Branwell, sondern eine unschuldige Frau getötet hatten?«

»Ich habe es erst am nächsten Tag erfahren, als die Leiche der Lehrerin gefunden wurde.«

Da war es: Das Geständnis! Sandra lief ein Schauer über den Rücken, ihr wurde übel. In den Blicken der anderen sah sie das Entsetzen, das sie selbst empfand.

»Und dann schmiedeten Sie den perfiden Plan, Helena tatsächlich zu töten!«, stieß Ann-Kathrin hervor. »Mag der Mord an Susan im Affekt geschehen sein – danach haben Sie eine immense kriminelle Energie an den Tag gelegt und genau überlegt, wie Sie vorgehen werden und wie Sie eine Unschuldige belasten können.«

»Was soll das Gerede, Ms Stevens? Sollten wir jetzt nicht endlich zum Geschäftlichen kommen? Also, wie viel verlangen Sie für die Briefe? Sie haben nämlich recht: Da Helena überlebt hat, muss ich das Land sofort verlassen. Zwar habe ich sie von hinten angegriffen und mit einem Hammer auf ihren Kopf gehauen, doch es ist tatsächlich nicht auszuschließen, dass sie mich erkannt hat. Bevor Sie fragen: Den Hammer habe ich in dem Tümpel bei der alten Mine versenkt.«

Ann-Kathrin nickte verstehend. »Nur noch eine Frage: Der Unfall Ihres Mannes – das war kein Unfall, nicht wahr?«

»Ich wollte doch nicht ihn töten! Bereits vor achtzehn Jahren hätte es Helena treffen sollen! Ich wusste nicht, dass er an diesem Abend mit ihr zusammen ist, als ich die Bremsleitung angeschnitten habe. Wie konnte ich ahnen, dass er ihren Wagen fährt! Wenn sie tot gewesen wäre, wäre mein Mann zu mir zurückgekehrt. Alles wäre wieder gut geworden. Bevor Helena gekommen ist, waren wir glücklich. Sie hatte ihn verhext! Warum sonst hätte sich mein Mann in eine Frau verlieben können, die mir äußerlich ähnlich sieht? Wenn ein Mann eine Affäre hat, wählt er in der Regel einen anderen Typ Frau als die, die er zu Hause hat.«

»Es überrascht mich, dass Sie über Kenntnisse verfügen, Bremsleitungen zu manipulieren«, sagte Ann-Kathrin. »Wurde das Auto nicht dementsprechend untersucht?«

»In meinen Kreisen verfügt man über Kontakte an hohen Stellen, um so etwas zu verhindern. Und über das nötige Geld.«

»Zusätzlich ist es Ihnen gelungen, den wahren Grund für den Todes Ihres Mannes bis heute zu verschleiern.«

Im Nebenzimmer tippte Sandra eine Nachricht an Christopher, er möge so schnell wie möglich zu Helena Branwells Haus kommen, und schloss mit den Worten: *Der Täter hat soeben ein Geständnis abgelegt …*

»Kann ich jetzt die Briefe haben, Ms Stevens oder wie immer Sie heißen mögen?«

Ann-Kathrin schüttelte den Kopf und rief laut: »Sandra, ich glaube, das reicht.«

Sandra stieß die Tür auf und trat ins Wohnzimmer. »Guten Tag, Lady Withcombe.« Ihre Stimme war kalt. »Bedauerlich, dass wir uns hier und unter solchen Umständen treffen müssen.«

»Sie?« Lady Claires Blick irrte von Sandra zu Ann-Kathrin. »Sie haben mir eine Falle gestellt!«

»In die Sie schneller getappt sind, als ich zu hoffen gewagt habe«, erwiderte Sandra.

Lady Claire lachte zynisch. »Es gibt keine Briefe, nicht wahr?«

»Zumindest keine zwischen Ihrem Mann und Helena«, antwortete Ann-Kathrin. »Leider ist die Behauptung, Helena habe überlebt, ebenso falsch. Sie haben zwei Menschen kaltblütig ermordet, Lady Withcombe.«

»Helena hat es also wirklich erwischt?« Der freudige Gesichtsausdruck der Lady erzeugte in Sandra ein Ekelgefühl. »Ich hätte skeptisch werden sollen, als Sie«, sie deutete auf Ann-Kathrin, »behauptet haben, das Weibsstück wäre am Leben. So fest, wie ich zugeschlagen habe, konnte sie es nicht überlebt haben.«

»Wirklich raffiniert, wie Sie die Überfälle auf sich selbst inszeniert und das bedauernswerte Opfer gespielt haben«, sagte Sandra. »Ich hatte tatsächlich Mitleid mit Ihnen und war um Ihre Sicherheit besorgt. Beantworten Sie mir noch eine Frage: Weiß Ihr Sohn Bescheid? Hat er Sie unterstützt?«

»Lassen Sie Andrew aus dem Spiel«, rief Lady Claire.

»Mein Sohn hat damit nichts zu tun. Für ihn ist sein Vater an einem Blutgerinnsel im Gehirn gestorben. Und dabei wird es bleiben.«

»Das wird schlecht möglich sein. Wir haben Ihr Geständnis nicht nur mit eigenen Ohren gehört, sondern auch aufgenommen. Ihr Spiel ist aus, Lady Claire Withcombe.«

Lady Claire lächelte und griff mit einer raschen Bewegung in die Tasche ihrer Jacke. Gleich darauf starrte Sandra in die Mündung einer kleinen, silberfarbenen Pistole.

»Halten Sie mich für so dumm, dass ich hergekommen bin, ohne mich entsprechend zu schützen? Ich hatte nie vor, die angeblichen Briefe zu kaufen. Eine Lady Withcombe lässt sich doch nicht erpressen! Sobald ich die Briefe gehabt hätte, wären Sie, Ms Stevens, den gleichen Weg wie Helena gegangen. Warum sonst hätte ich Ihnen alles erzählt?«

»Mylady, geben Sie auf«, flüsterte Sandra. »Ein weiterer Mord macht alles nur noch schlimmer.«

Lady Claire hob die Pistole um ein paar Zentimeter. »Wenn Sie hoffen, mich überwältigen zu können, weil Sie zu zweit sind: Habe ich eigentlich erwähnt, dass ich sechs Mal hintereinander die Damen-Schützen-Meisterschaft von Sussex gewonnen habe? Ms Sandra, geben Sie mir Ihr Handy!«

Lady Claire streckte die freie linke Hand aus. Sandra blieb nichts anderes übrig, als ihr das Telefon auszuhändigen. Lady Claire warf es auf den Boden und trat fest mit dem Absatz ihrer Halbschuhe darauf. Das Display splitterte, beim nächsten Tritt brach das Gehäuse entzwei.

»Das nutzt Ihnen nichts«, sagte Sandra, äußerlich ruhiger, als ihr zumute war. »Die Polizei ist informiert. Sie wird in wenigen Minuten hier sein.«

»Dann darf ich keine Zeit verlieren.« Der Lauf der Pistole

wechselte von Sandra zu Ann-Kathrin. »Meine Damen, wer möchte zuerst?«

»Mylady, bitte, vergessen Sie auch mich nicht!« Aus dem Schlafzimmer trat Major Collins. »Sie sehen mich bis ins Mark erschüttert, denn ich habe Sie für eine wirkliche Dame gehalten. Eine Dame, wie sie heutzutage nur noch selten anzutreffen ist.«

»Major?« Fassungslos riss Lady Claire die Augen auf. »Und ich habe gedacht, Sie wären ein alter Trottel, der seinen zweiten Frühling erlebt. Ihre verliebten Dackelblicke waren lächerlich! Als ob eine Frau wie ich sich ernsthaft mit einem Mann, wie Sie einer sind, abgeben würde. Um Sie tut es mir am wenigstens leid.« Ihr Finger krümmte sich am Abzugshahn.

Im selben Moment, als sich Major Collins in ihren Arm warf, stürzte sich Ann Lewis auf Claire Withcombe. Ein Schuss löste sich, Sandra meinte, bei dem Knall würde ihr Trommelfell platzen. Ann Lewis versetzte Lady Claire einen rechten Haken. Wie ein gefällter Baum fiel sie rücklings auf den hellen Teppichboden, rollte einmal mit den Augen und verlor das Bewusstsein.

»Das wäre erledigt«, sagte Ann Lewis und rieb sich die Knöchel ihrer Hand.

»Sie ist aber nicht tot?«, raunte Eliza.

»Natürlich nicht«, antwortete Ann Lewis. »Für die nächsten Minuten wird sie nur ein bisschen schlummern. Sandra, wir sollten sie sicherheitshalber fesseln, bis die Polizei kommt.«

Mit der Fußspitze stieß Eliza die kleine Pistole unter die Kommode. Anfassen wollte sie die Waffe auf keinen Fall.

Aus der Schublade nahm Ann-Kathrin zwei bunte Schals. Gemeinsam mit Sandra fesselten sie zuerst Lady Claires

Handgelenke, dann die Fußknöchel. Breitbeinig stand Ann Lewis neben der Bewusstlosen.

»Wenn sie Mucken macht, verpasse ich ihr noch eine«, sagte sie entschlossen.

»Das wird nicht nötig sein«, erwiderte Sandra. »So einen Schlag habe ich bisher nur in Filmen gesehen, Ann.«

»Jahrelanges Training. Im letzten Jahr habe ich mit einem rechten Haken die damals amtierende südenglische Meisterin k.o. geschlagen.«

Sandra sah sich um, denn Major Collins war seltsam still geworden. »Major!« Erschrocken sprang Sandra an seine Seite. Der alte Haudegen war auf das Sofa gesunken, eine Hand auf seine linke Schulter gepresst. Sein Gesicht hatte jede Farbe verloren, zwischen seinen Fingern quoll Blut hervor. »Oh, Gott! Bleiben Sie ruhig, ich rufe sofort den Notarzt.«

»Ich mach das«, sagte Eliza, das Telefon bereits in der Hand.

»Als sich der Schuss löste, hat es mich erwischt«, presste der Major hervor. »Die Kugel hat mich nur gestreift. Es wird eine kleine, unbedeutende Narbe mehr an meinem Körper sein. Ms Flemming, wenn Sie wüssten, was ich schon alles erlebt habe! Damals, im Frühjahr 1982 auf den Falklandinseln – da wurde mir beinahe mein Bein weggeschossen. Ich lag wochenlang im Lazarett.«

»Das erzählen Sie mal in aller Ruhe, Major«, sagte Sandra sanft und drückte seine Hand. Von der Seite reichte ihr Ann-Kathrin ein sauberes Stofftaschentuch. Sandra presste es fest auf die Schusswunde. Der Major zeigte keine Schmerzen, im Gegenteil. Er lächelte versonnen.

Sie hörten jetzt die Sirenen der sich nähernden Einsatzfahrzeuge und atmeten erleichtert auf.

VIERUNDZWANZIG

Die Lammlachse waren zartrosa gebraten, die das Fleisch ummantelnde Feigen-Nuss-Kruste fingerdick und kross. Der köstliche Duft ließ Sandra das Wasser im Mund zusammenlaufen. Sie stellte den Teller, auf dem sich noch in Rosmarin geschwenkte junge Kartoffeln, ein bunter Gemüsemix und ein Portion Pfefferminzgelee befanden, auf den Tisch.

»Ich wünsche Ihnen einen guten Appetit, Major Collins.«

»Von der Chefin höchstpersönlich serviert, wird mir mein Leib- und Magengericht gleich nochmal besser munden.« Der Major schüttelte die Serviette aus, legte sie sich auf den Schoß und griff nach Messer und Gabel.

»Soll ich Ihnen das Fleisch klein schneiden?«, fragte Sandra besorgt. »Wegen Ihrer Schulter …«

»Papperlapapp! Mit der ist alles in Ordnung«, erwiderte der Major. »Ich bin froh, dass ich heute das Krankenhaus verlassen durfte. In den letzten Tagen wurde ich behandelt wie ein Invalide. Ein Pfleger wollte mich sogar füttern!« Er zwinkerte Sandra verschmitzt zu. »Unter anderen Umständen kann es durchaus angenehm sein, von einer jungen, hübschen Schwester gefüttert zu werden, nicht jedoch von einem bulligen Kerl, der besser in der Fremdenlegion dienen, als auf Patienten losgelassen werden sollte.«

»Haben Sie noch Schmerzen?«

»Kaum der Rede wert.« Der Major winkte ab. »Außerdem habe ich eine Packung mit Schmerztabletten mitbekommen. Die Wunde ist nicht mehr als ein Kratzer.«

»Wenn Sie sich nicht in Lady Claires Arm geworfen hätten, wäre meine Freundin jetzt vielleicht …« Sandra schluckte bei dieser Vorstellung. »Sie waren sehr mutig, Major.«

»Warum?«, fragte er überrascht. »Ich habe nichts weiter getan als das, was jeder von uns getan hätte, um ein Menschenleben zu schützen.«

»Bitte, essen Sie, Major, sonst wird es noch kalt.«

Sandra verließ das Restaurant. Auch heute, am Samstagabend, waren alle Tische besetzt. Was sich im Haus von Helena Branwell zugetragen hatte, war nicht an die Öffentlichkeit gedrungen. Nur, dass Lady Claire Withcombe zwei Frauen getötet und die Überfälle auf sich selbst inszeniert hatte. Unter den Gästen wurde zwar getuschelt, abgereist war niemand. Außer Major Collins hatte auch keiner näheren Kontakt zu Lady Claire und ihrem Sohn gehabt.

Sandra wollte in ihr Büro gehen. Dort warteten Christopher, Ann-Kathrin und Alan. In der Halle wurde Sandra von Andrew Withcombe aufgehalten. Sie hatte den Eindruck, dass er auf sie gewartet hatte.

»Ms Flemming …« Sein Gesicht war krebsrot. »Können Sie nicht mit Imogen sprechen?«

»Ich wüsste nicht, was ich ihr zu sagen hätte«, antwortete Sandra kühl.

Andrew Withcombe hatte nichts von den Taten seiner Mutter gewusst. Irgendwie tat er Sandra leid, trotzdem hätte sie es begrüßt, wenn er Higher Barton verlassen würde. Seit der Entlarvung der Verbrechen seiner Mutter vor zwei Tagen hatte er sich kaum aus der Suite gewagt und sich das Essen hochbringen lassen. Von Christopher hatte Sandra erfahren, dass Claire Withcombe an die zuständigen Behörden in Sussex überführt und dort inhaftiert worden war.

»Bitte, Ms Flemming ... Sandra ...« Nervös fuhr er sich durchs Haar. »Es tut mir alles aufrichtig leid! Imogen kann mich doch nicht für das Schreckliche, das meine Mutter getan hat, bestrafen. Sie weigert sich, mich überhaupt anzuhören.«

»Also gut, ich höre dir zu.« Sandra drehte sich um. Sie hatte nicht bemerkt, dass Imogen aus den Wirtschaftsräumen in die Halle gekommen war. »Sag, was du zu sagen hast. Ein letztes Mal, dann geh und komm niemals wieder!«

»Imogen!« Andrew machte einen Schritt auf sie zu. Mit abwehrend ausgetreckten Armen wich Imogen zurück, das Gesicht wie aus Stein gemeißelt. »Ich liebe dich!«, rief Andrew verzweifelt. »Ohne dich ist alles sinnlos, gerade jetzt ...«

»Wenn deine geliebte Mummy den Rest ihres Lebens hinter Gittern verbringen wird«, unterbrach Imogen ihn. Ihre Mundwinkel zogen sich nach oben, das Lächeln erreichte nicht ihre Augen. »Es geht nicht darum, was deine Mutter getan hat. Auch nicht, dass sie versucht hat, mir einen Mord anzuhängen und mich in Untersuchungshaft gebracht hat. Das waren die wohl schrecklichsten Tage meines Lebens.«

»Imogen, es tut mir so leid ...«

»Lass mich aussprechen, Andy!«, rief sie. »*Du* hast an mir gezweifelt. *Du* hast deiner Mutter mehr geglaubt als der Frau, die du angeblich liebst. Das ist keine Liebe, Andrew Withcombe! Für die Fotos, die ich vor Jahren gemacht habe, hast du mich verurteilt, ohne die Hintergründe zu kennen. Sie haben dich nicht interessiert. Jetzt, da du allein bist, wenn deine Mutter dir nicht mehr sagen kann, was du zu tun und zu lassen hast, suchst du jemanden, an den du dich klammern kannst. Du glaubst nicht ernsthaft, du bräuchtest nur deine Arme ausbreiten und ich würde alles vergessen und verzeihen und an deine Brust sinken?« Imogen lachte bitter. »Auch ich habe gemeint, dich zu lieben. Noch vor ein paar Tagen habe ich mir nichts Wundervolleres vorstellen können, als mein Leben mit dir zu teilen. Deine gesellschaftliche Stellung, dein Besitz, dein Geld – all das war mir herzlich egal. Ich hätte dich nicht weniger geliebt, wenn du bei der Müllabfuhr arbeiten und in einem Two-up-two-down-Haus wohnen würdest. Dass du dich aber gegen mich gestellt hast, als ich dich am nötigsten gebraucht habe, hat mir die Augen geöffnet. Du bist ein Schlappschwanz und ein Muttersöhnchen und wirst es immer sein. Erst in einer Krise erkennt man, wer seine echten Freunde sind, wem man wirklich vertrauen und auf wen man bauen kann. Ich habe erkannt, dass du nicht der Mann bist, mit dem ich leben möchte.«

Etwas atemlos schnappte Imogen nach Luft. Für sie war das eine lange Rede gewesen. Mit hängenden Schultern starrte Andrew auf seine Schuhspitzen. Die vorherige Röte in seinem Gesicht hatte sich in eine fahle Blässe gewandelt.

»Ja, liebst du mich denn nicht mehr, Imogen?«

»Liebe?« Sie zuckte mit den Schultern. »Ich bin mir gar nicht mehr sicher, ob es wirklich Liebe oder nicht eher eine romantische Verliebtheit und eine starke sexuelle Anziehungskraft zwischen uns gewesen ist. Zumindest im Bett hast du mich als vollwertige Frau und nicht als Mutterersatz gesehen.«

»Imogen, jetzt wirst du ordinär«, sagte Andrew vorwurfsvoll.

»So bin ich eben. So war ich und so werde ich bleiben«,

erwiderte Imogen ruhig. »Ein Zimmermädchen, die Tochter einfacher Leute. Und weißt du was, Andrew Withcombe? Ich bin stolz darauf, wer und was ich bin und möchte niemand anderes sein. Für keinen Mann der Welt!«

»Ich denke, es ist alles gesagt«, sagte Sandra. »Es wäre für Sie, Sir Andrew, für Imogen, für uns alle hier besser, wenn Sie noch heute abreisen. Ich habe kein Recht, Sie des Hotels zu verweisen, appelliere jedoch an Ihre Vernunft.«

»Ja, bitte, geh!«, sagte Imogen leise. »Trotz allem wünsche ich dir für die Zukunft alles Gute. Zum Schluss gebe ich dir noch einen Rat: Solltest du wieder eine Frau finden, die dich heiraten möchte, dann steh zu ihr, gleichgültig, woher sie kommt und wie ihre Vergangenheit ist.«

Imogen drehte sich um und verließ, ohne Andrew noch eines Blickes zu würdigen, die Hotelhalle.

»Ich gehe packen«, murmelte Andrew. Die Schritte, mit denen er die Treppe hinaufging, glichen denen eines gebrochenen Mannes.

»Wir haben alles gehört«, sagte Ann-Kathrin, als Sandra das Büro betrat. Demi schlummerte im Maxi-Cosi neben ihr. »Ich zolle Imogen Respekt.«

»Ich ebenfalls«, erwiderte Sandra. »Imogen hat eine innere Stärke, und sie wird ihren Weg im Leben gehen.« Sie trat dicht an Christopher heran und berührte seinen Arm. »Noch böse?«

Er sah sie ernst an. »Das sollten Alan und ich eigentlich sein. Du, Ann-Kathrin, Eliza, Ann Lewis und der Major habt euch in große Gefahr begeben. Die Sache hätte auch tragischer als nur mit einem Streifschuss enden können. Auch wenn ich es ungern zugebe, ich kann verstehen, warum ihr im

Alleingang gehandelt habt. Hätte ich aufgrund des Indizes, dass Frederic Withcombe seine Frau wegen Helena Branwell verlassen wollte, Lady Claire befragt, hätte sie das wohl eingestehen müssen. Auf keinen Fall aber hätte sie gestanden, dass sie Helenas Auto manipuliert hatte, noch weniger, dass sie Helena und Susan getötet hat. Beweisen hätte ich es Lady Claire nicht können.«

Sandra nickte zustimmend. »Genau das waren unsere Beweggründe, sie zu einem Geständnis zu bringen. Ich wusste, dass du es verstehen wirst, Christopher.«

»Das bedeutet aber nicht, dass ich es gutheiße.«

»Nachdem ich in dem Zeitungsartikel gelesen habe, dass Lord Withcombe bei dem Unfall in der Sennen Cove gestorben ist und Helena Branwell verletzt worden war, lag alles ganz klar vor mir«, erklärte Sandra. »Dass Lady Claire zweimal überfallen und mit relativ kleinen Blessuren davongekommen war, hatte mich sowieso gewundert. Der Täter tötet Susan und Helena mit brutaler Gewalt, aber ausgerechnet Lady Claire lässt er laufen, obwohl beide Überfälle in einsamen Gegenden stattfanden?«

»Trotzdem war es ein gewagtes Spiel, der Frau eine Falle zu stellen«, beharrte Christopher auf seinem Standpunkt.

»Wir wussten nicht, dass sie eine Pistole hat, sonst hätte Sandra anders gehandelt«, sprang Ann-Kathrin der Freundin zur Seite.

»Christopher, ich fürchte, wir werden unsere Frauen nicht davon abhalten können, auch künftig Miss Marple zu spielen«, bemerkte Alan schmunzelnd. »Diesbezüglich sind sie wie Kinder: Je mehr man ihnen etwas verbietet, desto reizvoller wird es.«

Christopher seufzte. Er legte einen Arm um Sandras

Schultern und drückte sie an sich. »Wenigstens hast du mich dann doch noch informiert. Ach, Sandra, was soll ich nur mit dir machen?«

»Tee? Kaffee?« Ein vollbeladenes Tablett in den Händen, kam Eliza ins Büro, darauf eine weiße Porzellanschale mit einer feuerroten Paste. »Ich bringe auch frische, salzige Scones und einen herzhaften Aufstrich, den Monsieur Peintré heute erfunden hat. Er nennt die Kreation *Die rote Gefahr* und bittet um eine ehrliche Einschätzung.«

»Der Koch hat einen makabren Humor«, bemerkte Christopher trocken.

Schmunzelnd sagte Sandra: »Nach Rotem steht mir im Moment nicht der Sinn. Ich werde Monsieurs Rezept trotzdem probieren und bin überzeugt, es wird köstlich schmecken.«

So war es. Die Creme, die Tomaten, roten Paprika und gerade so viel Chilischoten enthielt, dass es pikant, aber nicht zu scharf war, schmeckte allen.

»Mr Nicholls hat sich übrigens freiwillig dazu erklärt, in eine betreute Wohnanlage nach Penzance zu ziehen«, berichtete Ann-Kathrin. »So ist er in der Nähe seiner Tochter, die sich ohnehin immer am meisten um ihn gekümmert hat. Ruby hat mir erzählt, er halte es psychisch nicht aus, weiter in dem Haus zu leben, in dem er mit Susan glücklich war.«

Auch Alan hatte eine Neuigkeit: »Helena Branwell hatte ein Testament aufgesetzt, nach dem Ann Lewis die Agentur und das Haus erbt. Ms Lewis hat mich gebeten, ihr bei der Abwicklung der Formalitäten zur Seite zu stehen. Ich habe den Eindruck, die Frau schämt sich, Helena als kalt und berechnend eingeschätzt zu haben.«

»Nun ja, Helena war eine Geschäftsfrau«, bemerkte Sandra.

»Zum Wohl eines Unternehmens sind manchmal Entscheidungen zu treffen, die nicht alle verstehen.«

»Besonders, wenn es darum geht, Mörder zu jagen«, sagte Christopher. »Da spannt frau nicht nur ihr Personal, sondern auch einen Gast ein.«

»Major Collins hat es gern gemacht«, erwiderte Sandra. »Auf seine Verletzung ist er sogar stolz. Ich habe mitbekommen, wie er allen die Geschichte erzählt und sie dabei ziemlich ausschmückt.«

»Lassen wir dem alten Haudegen das Vergnügen.« Eliza griff zur Teekanne. »Darf ich nachschenken?«

Ann-Kathrin schob ihre Tasse hin, Sandra lehnte ab, und Christopher stand auf. »Ich muss noch mal ins Büro. Mit dem ganzen Papierkram kann ich Sergeant Greenbow nicht allein lassen.«

Sandra begleitete ihn zu seinem Wagen. Dort fragte sie: »Kommst du gegen später zu mir?«

»Es könnte Mitternacht werden«, gab Christopher zu bedenken.

»Vorher komme ich aus dem Hotel auch nicht raus. Wäre es nicht schön, morgen in aller Ruhe miteinander zu frühstücken?«

Er schloss Sandra in die Arme und küsste ihren Scheitel.

»Um deine vorherige Frage zu beantworten: Nein, böse bin ich dir nicht, nur besorgt. Es beunruhigt mich, wenn sich die Frau, die ich liebe, immer wieder in gefährliche Situationen begibt.«

Die Frau, die ich liebe …

Sandras Augen wurden feucht. Sie schmiegte ihre Wange an sein Jackett. Sie konnte und wollte Christopher dennoch nicht versprechen, sich nie wieder in seine Arbeit einzumischen.

Instinktiv spürte Sandra, dass es nicht das letzte Verbrechen gewesen war, in welches das Higher Barton Romantic Hotel verstrickt sein würde.

Rebecca Michéle

Ein Mörder zieht die Fäden

Ein Cornwall-Krimi

Dryas Verlag, Taschenbuch,
336 Seiten,
ISBN 978-3-940258-90-9

Sandra Flemming, Managerin des Higher Barton Romantic Hotel in Cornwall, freut sich auf das Weihnachtsfest, welches mit einer großen Feier in ihrem ausgebuchten Haus begangen werden soll. Selbst ihre Eltern aus Schottland wollen kommen. Dass kurz vor dem Fest ein Doppelmörder aus dem Gefängnis flieht, bekommt Sandra nur am Rande mit. Doch dann überschlagen sich die Ereignisse: Der Flüchtige tötet erneut, ein Freund von Sandra entgeht nur knapp einem Anschlag, eine ihrer Mitarbeiterinnen verschwindet, und ein Dieb scheint sein Unwesen im Hotel zu treiben. Sandra kommt dem Doppelmörder auf die Spur, muss aber schweigen, um ihr Leben und das ihrer Lieben zu retten.

Der 3. Fall für Sandra Flemming!

Ein alter Fall wird endlich aufgeklärt.

DRYAS